ハヤカワ・ミステリ文庫
〈HM㉗-1〉

家族のなかの見知らぬ人

A・R・トーレ
北野寿美枝訳

早川書房
9149

A FAMILIAR STRANGER
by
A. R. Torre

Translated by
Sumie Kitano
First published 2025 in Japan by
HAYAKAWA PUBLISHING, INC.

テックス・トンプソンに。いつの日か、あなたのようなすぐれた作家になれることを願ってすべてを引き起こした原因は愛ではないと、はじめに断わっておきたい。
殺人、二重生活、いくつもの嘘……そのどれも、夫に対するわたしの愛の
不足が引き起こしたことではない。
すべては、夫がわたしに愛を返してくれなかったせいだ。

リリアン・スミス

目次

家族のなかの見知らぬ人

登場人物

リリアン・スミス……………《ロサンゼルス・タイムズ》紙の記者
マイク…………………………リリアンの夫
サム・ナイト…………………リリアンの親友
デイヴィッド・ローレント……カフェで出会った男性
レナード・トンプソン…………墓地管理人
ジェイコブ……………………リリアンとマイクの息子
フラン…………………………リリアンの上司
テイラー・フォートウッド……亡くなったセレブ
アレック・ガーシュ……………刑事

出会った日にデイヴィッドに話したことはすべて嘘。

あのころは嘘ばかりついていた。記者であり母親であり妻であるわたしリリアン・スミスにはこれといってすぐれたところはなにもなかったから、よく別人になりきって、いまよりましな人生を勝手に創造していた。すっきり目覚めてベッドから出る人間。予測不能で刺激的で……ああ、くそ。セクシーな魅力のある女に。夫が見惚れ、愛情を注ぎ、一分一秒でも長くいっしょに過ごすべく残業など絶対にしない、そんな女に。

そんな人間――そんな女――は、もちろん存在する。仕事がら、わたしはそんな人たちの生活に足を踏み入れてきた。彼らの友人や家族、同僚たちから話を聞いた。たいていは短く燃え尽きた彼らの人生を、わたしは要約して記事にしてきた。

デイヴィッドと出会ったあの日、わたしは自分の人生を終えることを考えていた。マイクは気づくだろうか？　わたしがいなくなったとわかるのは、どれぐらい時間が経ってからだろう？

たぶん夕食の時間。それが最初。下手な料理が食卓に並ばなかったときに。まずはいらだつ。整った顔に不満げな皺が刻まれる。強く咎めるだけのそっけないメール。デリバリーか店頭受け取りで料理を頼む電話を一本かければ、それで問題解決。夫は問題を解決するのが大好きだ。そもそもわたしと結婚したのも、おそらくそれが理由だと思う。男の大半は、その女なしでは生きられないと思う相手を妻に選ぶ。わたしの夫は、自分がいなくては生きていられそうにない女を選んだ。

わたしがいざというときに備えて睡眠剤を貯め込んでいるのがその証拠。

そう。デイヴィッド・ローレントと出会ったとき、わたしはこれ以上ないほど凡庸な厄介者だった。あくびが漏れるほど退屈でつまらない女だったから、デイヴィッドにほほ笑みかけられ、自分の名前を言うとき、嘘をついたってわけ。

わくわくするような人生を終えて亡くなったばかりの女の名を騙《かた》り、彼女の魂を拝借した。彼女の物語を拝借した。彼女の人生を盗んだ。

それがとても心地よかった。

死の二カ月前

1

リリアン

@themysteryofdeath：週末ラスベガスを訪れる三人の女。トロフィーワイフ、インターネット講師、生活苦にあえぐシングルマザー。そのなかのひとりが生きて家へ帰れない。死ぬのはだれでしょう？

ツイートを投稿してからカートを押し、洗濯洗剤の棚の前で足を止めて、夫が好む銘柄の低刺激性洗剤を探した。つま先立ちになって淡緑色の容器をつかみ、棚から引き抜くようにして取った。そのせいで走った肩の痛みに顔をしかめる。

マイクはわたしの鎮痛剤を隠したくせに、問いただすとしらばくれて、うつろな表情で目を大きく見開くという、わたしの大嫌いな顔をしてみせた。そのあと、鎮痛剤を隠したことを否定し、高用量イブプロフェンを——一週間前からそれに切り替えることになっていた——服《の》めと勧めたけれど、あれでは痛みはろくに治まらない。

ポテトチップスの袋とトイレットペーパーのパックのあいだに淡緑色の洗剤容器を押し込み、カートを通路の端へ寄せて携帯電話を手に取った。ツイートに早くも十件以上の回答が届いているので、画面をスクロールしてリプライに目を通し、よりおもしろい回答に〝いいね〟を返すうちに気分が高まってきた。

christopher23：シングルマザー。男性ストリップ集団チッペンデールズのスパンコールTバックで締め殺された（笑）

ncarolinamom：トロフィーワイフ。浮気をしている不細工な夫が雇った殺し屋に撃ち殺された

imahoney：@ncarolinamom、そうだよね。トロフィーワイフに一票。映画では魅力的な人物が最初に死ぬと決まってる

bornblonde247：映画では、ね。これは現実の話よ、ばーか。インターネット講師に

一票。SNSに書き込みをしながらラスベガス・ストリップを横断していてタクシーにはねられた

わたしは携帯電話をバッグに戻し、笑みを浮かべた。わたしのフォロワーは、死を好む気味悪さはあるけれどウィットもある。でもまあ、当のわたしがそう。このアカウントを開いたのも、家族や友人たちがわたしの出す死者当てクイズにうんざりしてたから。彼らが辟易した顔をするクイズを、インターネットは受け入れてくれた。わたしのツイッターのフォロワーは一万人近くになり、着実に増えつづけている。

一時間待って、いくつかヒントを投稿しよう。今日中に正解者が出なければ、訃報記事へのリンクを添えて真実を明かすつもり。実際にそのリンクへ飛ぶ人がどれぐらいいるのかはわからないけれど、訃報記事担当の記者としては、それがこのゲームにある種の箔をつけることになるし、自分の仕事を胸を張って肯定する行為だという気がしている。

このゲームを続けていくためのガイドラインもいくつか設けている。まず、インターネット検索ですぐにネタが割れて楽しみを台なしにさせないように、とにかく事実を変えて出題すること。そして、フォロワーに@themysteryofdeathの正体を見破られないように、自分の書いた訃報記事はまず使用しないこと。

でも、我慢できずについ使ってしまうときもある。《ロサンゼルス・タイムズ》紙の読者の目に触れるだけではもったいない出来の訃報記事にはフラグをつけてドロワーに貯め込んでいるから。《ロサンゼルス・タイムズ》紙の定期購読者は訃報記事欄を飼い猫のトイレに使っているだけじゃないかとひそかに疑ってもいるし。

「まあ、リリアン！」なじみのある甲高いキンキン声には驚きの色が表われていた。食料雑貨店で知った人間と出くわすなんて聞いたことがないとでもいうんだろうか。わたしはため息を押し殺して夫の秘書に向き直った。

ヘザーは赤いパンツスーツに身を包んでいた。痩せた太ももに張りつくようなパンツ、レースカップのブラジャーの谷間のすぐ下でボタンを留めたジャケット。片手に緑色の買い物かごを持ち、喜びをむき出しにしてわたしにほほ笑んでいる。「ばったり会えるなんてとってもうれしいわ。昨日マイクに訊いたところなのよ！　肩の具合はどう？」

「大丈夫よ」わたしは思わず肩を揉んでいた。「医者には、腕を伸ばしすぎて痛めたんだって言われた」

「なにかできることがあれば」彼女はそこまでしか言わなかったけれど、わたしはあからさまな申し出を無視しようとした。「知ってのとおり、マッサージの資格を持ってるし」

いいえ、そんなことは知らない。その情報にいやな顔を見せないように努めた。夫が雇っているモデルのような秘書はただでさえ誘惑的なのに、資格を得た指使いで快感をもたらすことまでできるなんて。「ありがとう、ヘザー」

「いいえ、こちらこそ。先週、ああしてお休みをもらえてすごくうれしかったもの。サンタバーバラは楽しかった？」

思わずうなずきはしたが、なんの話かと考えていた。

「あのホテルでよかったのかわからなくて」ヘザーは、わたしがとまどっていることなどおかまいなしに続けた。「リッツだし、いいに決まってるけど、インターネットの評価は曖昧だったから。気に入ってくれたってマイクから聞いたけど？」彼女は鮮やかなピンク色の下唇の端を噛みながら、不安そうにわたしの顔を見つめた。

「リッツ・カールトンのこと？」その点をはっきりさせながらも、彼女の言葉が頭のなかを駆け巡っていた。先週マイクは生涯教育研修で家を空けた。でも、行き先はサンタバーバラではなくサンフランシスコ——少なくとも、本人はそう言った。「ああ、大丈夫。とてもすばらしかった」

「じゃあ、よかった」彼女が漏らした安堵の息はかすかにペパーミントのにおいがした。

「とにかく、なにかできることがあればメールしてね」

「ありがとう、ヘザー」十センチはありそうなハイヒールでおぼつかなげに立ち去る彼女を見送った。

わたしを家に残して高級ホテルでのバケーション。またひとつ夫の疑わしい行動が判明して、胃がきりきりした。この件も証拠の山に加えた。その山は重さで傾きはじめている。いま起きてることに向き合う必要があるけれど、心はそれを受け入れることができない。いまはまだ。ひょっとすると、なんてことのない説明がつく話かもしれないし。

2

リリアン

書く記事が少ない日には死者に会いに行く。たいてい、墓地でも新しい墓の建つ北端からスタートし、並んだ墓石のあいだをジグザグと進んで、知った名前の墓にデイジーを一本ずつ供えていく。

最後に訪れるのはマーセラの墓と決めている。

彼女の墓石の前に残りのデイジーを供える。あっさりした墓――いくつかの墓石のような凝った装飾なんてないけれど、小さいわりに存在感はある。刻まれた墓碑銘もあっさりしている。

マーセラ・プローン

2002.12.15 ~ 2010.3.1

その笑い声と笑顔で天国へ召されますように

好きな墓碑銘だ。彼女の訃報記事の締めくくりの一文。あれ以後も、この言葉を使いたくなることがあったけれど、どうもしっくりこなかった。まるで、友だちから盗んだドレスを着るような感じ。大学時代に一度、その愚を犯したことがある。ジェンナ・フォレスターがベッツィジョンソンのドレスをうちに忘れていった。ジェンナのドレスだし、返さなきゃいけないとわかってたのに返さなかった。彼女が町を留守にしたある週末、それを着て〈ウイスキーバー〉へ行ったものの、その夜はひと晩じゅう盗人のような気分だった。

しばらくマーセラの墓前で過ごしたあと古いほうの区域を進んでいくと、一本の木の下に彼女の父親が座っていた。目を閉じ、両脚を広げ、墓地管理人の作業衣の上着の裾から毛むくじゃらの丸い腹が見えている。

彼を起こすのはあとまわしにして、いまの彼の姿と、十年以上前に初めて会ったときの彼の姿とを頭のなかで比較した。まだ幼い少女の生前訃報記事の依頼を受けたときは心が痛んだ。少女はホスピスに入院中で、自分の訃報記事の作成に参加したがっていた。ユニークではあるけれどつらい依頼だった。胃がきりきりするほど重い気分でホスピスセンターの呼び鈴を押すと、緊張と不安による皺を刻んだ顔をした、まるで軍人のようないかめしい男に迎えられたのだった。

あのあと、レナード・トンプソン刑事は仕事も生きる目的も健康も失った。いまは墓地管理人として亡き娘の墓守りをしながら、健康を害するほどの量のアルコールを消費し、わたしの友情をしぶしぶ受け入れている。

「ねえ」彼の横にしゃがんで肩を揺すった。「レニー」

彼ははっと身を起こしたものの、わたしを見て緊張を解いた。「なんだ？」

「勤務中に寝たりしたら、そのうち馘になるわよ」わたしは彼と並んで座り、バックパックから、余分に持ってきたチキンサラダ・サンドの包みを取り出した。「お腹空いてるでしょう？」彼の色褪せた黒いカーゴショーツの太ももに置いた。

「ほかにかまう相手はいないのか？　救助が必要な子犬とか？」

「子犬の救助は午後だけにしてるの」自分の分のサンドイッチを取り出し、缶入り炭酸飲料も引っぱり出して彼の横の芝生に置いた。「とりあえず昼食にしましょう」

わたしは彼と目を合わせたままサンドイッチにかぶりついて食べた。レニーは鎖骨の下まで伸びているごわごわして鳥の巣のような顎ひげをちゃんと手入れする必要がある。

「オニオンは嫌いなのよね？」まだ彼の脚に乗っているサンドイッチの包みをつついた。「ね、ちゃんと話を聞いてるんだから」

「オニオンが好きだと言ったんだ」レニーは睨みつけるような目でわたしを見つめたまま炭酸飲料の緑色の缶をつかみ、タブに汚い爪を引っかけた。

「嘘よ。そんなこと言わなかったわ」歯のあいだに挟まったチキンサラダを舌先で取った。頭を巡らせて、芝刈り機でそばの通路を走ってくる墓地管理人を見た。「あれはだれ？」

「新入りだ」レニーは炭酸飲料を口もとへ運んでぐいぐい飲み、げっぷを漏らした。「続かないだろうな」

「図太いタイプでないとね」わたしがおごそかに言うと、めずらしくレニーが笑ってくれた。

彼がサンドイッチに噛みついたので、わたしもそうした。ゆっくりと食べながら、彼がわたしを観察していることに気がついた。

「なにかあったか？」彼はたずねた。わたしの顔が二重に見えるほど酔っているであろうことを考えると、その視線はずいぶん鋭い。

「なにも」わたしはまたサンドイッチに噛みつき、彼がサンドイッチを置いてわたしをまじまじと見つめ、わたしが打ち明けるのを待っているのを見て、うめき声を抑えた。「夫がね」口のなかのものを飲み込んでから切りだした。「浮気をしてると思う」

「世の亭主どもはみんなそうだろう」

不安が胸につかえているにもかかわらず、わたしは声をあげて笑った。「ありがとう、レニー。すごく安心した」

彼は両肩を上げて肩をすくめた。「証拠はつかんでるのか？」

「いくつかね」証拠は、例のサンフランシスコ出張の件だけじゃない。高価なコロンのプレゼントについての嘘、爪の痕じゃないかと疑わしい背中の引っかき傷、ますます増してきたわたしに対する無関心。三カ月前には、疑惑を突きつけて離婚することも考えた。

でも、翌朝にはその考えを捨てていた。ジェイコブのハイスクール卒業まであと二年もないという時期に、家族をばらばらにしてまで自分のプライドを守る価値があるとは思えなかったから。

それに、レニーの言うとおりかもしれない。男が浮気をする生き物なら、マイクと別れてほかの男を選んでも同じこと。

「おれだって、マーセラの母親を裏切って浮気してた」レニーは土で汚れた拳で口もとをぬぐった。「ろくに隠そうともしなかった。ばれてもかまわないと思ってた。結婚生活から抜け出すため、あれに離婚を決意させるための、無精なやりかただ。で、ご亭主は隠しかたがずさんなのか？」

それは判断がむずかしい。なにしろ、わたし自身が白黒つけることをおそれてるんだから。「ずさんなんて言葉、マイクには似合わない」と返事を濁した。

レニーがくすりと笑うので、わたしのことはお見通しなのだと思った。「ま、よく考えるんだな」

考えたくない。マイクのことを、妻と愛人の両方でいい思いをしたがってる身勝手な男だと思ってるだけならまだいい。でも、彼がわたしを嫌って別れたがっているとなると、状況は深刻で厄介だ。

どっちなのか判断はつかないけれど、夫について確かなことがひとつある。彼はすべてを考え抜く人間だということ。彼がわたしと別れる計画を進めているんだとしたら、覚悟しておかなければならない。向こうはあらゆる事態を想定して計画を練り上げているにちがいなく、こっちはすでに負けと決まってる可能性が高いから。

3

リリアン

母はよく、浮気なんてしようものならタマを切り落としてやるからね、と言っていた。逸話としては笑えるけれど、頭に血がのぼれば実際にやりかねなかった。だから、母がそう口にするたびに、そのときどきの男はかならず椅子のなかで身じろぎし、聖なる宝物を守るように脚を組むのだった。

わたしの結婚式で、母はマイクにその脅し文句をぶつけた。どんよりした目はブラッディ・マリーを三杯も飲んだせいでうるみ、宴席のテーブルに身をのりだして薔薇模様の陶器で煙草の火を揉み消す際に、恥ずかしいことに黄色のフォーマルドレスの胸もとから乳首の端が見えていた。喫煙禁止で、ホテルの従業員がすでに二度も注意していたけれど、母には聞く耳を持たなかった。規則なんて、所得税や礼儀、車の制限速度と同じく、母には通用しない。

若いころはそんな母を恥ずかしく思っていた。でも四十歳が目前に迫ってるいまは……人にどう思われようがまったく意に介さない母をうらやましくすら感じている。欲しいと思えば手に入れる。おもしろそうだと思えばやってみる。相手を嫌いだったり、相手のやることが気に入らないときは、それをはっきりと口に出す。

これまで母との類似性を避けようと懸命に努めてきたけれど、汚い言葉遣いや品のない服装、昼間からマティーニを飲むといった行動の底に……案外、大切ななにかが潜んでるのかもしれない。本当のわたしと、無味乾燥な人間になってしまったいまのわたしとを区別するなにか。わたしに色をつけてくれるなんらかの個性が。

本当になにか個性があればいいのに。いまのままでは、退屈すぎて自分でも眠気を覚えるぐらいつまらない人間だ。

墓地を出て、『ロサンゼルス・タイムズ』社のオフィスに立ち寄ることにした。エル・セグンド地区にあるオフィスに顔を出すのはほぼ三カ月ぶりだ。エレベーターで編集部のあるフロアへ上がりながら、八十年以上も本社として使われていたダウンタウンの〈タイムズ・ビルディング〉を少しばかりなつかしく思い出していた。いまの本社は、わざわざ独自性も美しさも欠くように作り上げられた建物だ。《ロサンゼルス・タイムズ》ももはや寿命だとマイクは考えている。活字は死んだというのが彼の意見だ――わたしが朝、電子書籍を購入したことを考えれば、彼の言うとおりだ。それでも、できるだけ長く新聞紙の感触を味わいつづけたい。毎週、わたしの名前が訃報記事欄に8ポイントフォントで載るんだからなおのこと。

ブルペンオフィス（デスクを教室のように一方向に並べ、監督しやすくしたオフィス）の自分のデスクに行くと、未処理書類入れには大量のくず郵便物と数枚の社内メモに交じって、上司のフランから〝すぐに来るように〟と記された蛍光オレンジのポストイット。三週間も前の地元の牧師の死亡通知に貼りつけてあったから、ともどもごみ箱に捨てた。

未処理書類入れを空にしてから、知った顔はいるかとオフィス内を見まわした。グラフィックTシャツを着てカラフルな髪をした知らない連中がガラスデスクに覆いかぶさるようにして携帯電話の画面に集中しているので、まっとうな組織で働いているという感覚が薄れてきた。ホールに戻ってエレベーターの呼び出しボタンを押した。

「新人さん？」キャップをうしろ向けにかぶり、ロサンゼルス・レイカーズのユニフォームを着た男がわたしの横に立ち、コーヒーの入った発泡スチロールカップを持つ手を小さく振った。

「ちがうわ」数学の授業でよく打ち負かされたのと同じ知ったかぶった顔に我慢しようと

したけれど……冗談じゃない。〝新人さん？〟とはね。こっちはベテランよ。だいたい、シカゴのトリビューン社に買収された二〇〇〇年にはもう在籍してたんだから。「リモートワーカーよ」

「ああ、なるほど」彼は片手を突き出した。「ぼくはリック。ファンタジー・フットボールの写真を担当してる」

彼の手が目の前にあるので無視はできない。フラットシューズの足をもぞもぞ動かし、顔をしかめないように努めながら握手に応じた。

彼はわたしの手をつかんだまま頭を傾け、わたしが首から下げている名札を読んだ。

「リリアン・スミス。編集部所属？」

「そう」わたしは手を引き抜き、なぜこんなに時間がかかっているのかと思いながらエレベーターパネルを見つめた。

「ぼくが読んでそうな記事を書いたことは？」

「訃報記事を読まないかぎり、それはないわね」彼はマスタードのようなにおいがする。においを感じるほどだから、わたしのパーソナルスペースを侵している。

彼はわたしの返事にとまどっている。「今週の訃報記事ってこと？」

「どの週でも」

「わあ……あの著名人専門の訃報記事担当記者さんか」彼は、わたしが何者かを理解しはじめると同時に、接近禁止命令をくらって以来つきまとう同情の表情を浮かべた。

「それは昔の話。いまはただの訃報記事担当記者。著名人は担当してない」その言葉の棘をやわらげようと笑みを浮かべた。あの降格に触れられるとわたしはいまだにかっとなる、と夫に指摘されているから。

「なるほど」その言葉は宙に浮かんでいる。「かっこいい《クールな》仕事みたいだ」

そう、実にクール。彼の表現にあきれた顔をしないように努めた。実際、冷やかな《クールな》仕打ちを受けたから。二年前、わたしは取締役会のお気に入りだった。〈ジ・アイヴィ〉でランチを食べ、この二十年のあいだに亡くなった著名人を年代順に記憶している風変わりな訃報記事担当記者。ジェイコブの通っていたミドルスクールでキャリアデーのスピーチを頼まれるという栄誉に浴したこともある。マイケル・ジャクソンの訃報記事を書くときに妹のジャネットに会った話をすると講堂じゅうの人が圧倒されて息を呑んだっけ。

でも去年は、新聞社のクリスマスパーティに招待すらされなかった。紐を結ばずにテニスシューズを履き、見せびらかすようにウォレットチェーンを垂らしているこの負け犬野郎は出席したんだろう。こっちは一晩じゅうサムの家で高価なエッグノックを飲みながら、下向きの人生を嘆いて過ごしたというのに。

エレベーターの到着チャイムが鳴ると、わたしは降りる人たちを待ち、その流れをよけてそそくさと乗り込んだ。スポーツ欄担当の男は迷っている。わたしの失敗が悪臭を放っているのかもしれない。彼はその場から動かず、さよなら代わりに発泡スチロールカップを持ち上げた。

応えたくないので携帯電話を取り出してツイッターのフィードを開いたけれど、オフィスに入る前に投稿したヒントへのリプライは二件だけだった。

くそ。なにもかもうまくいかない。

4

リリアン

夫はゆっくりと外科医のような精密さで肉を切って口へ運んだ。フォークを伏せて皿に置き、ナプキンで口もとを拭いたあと、そのナプキンを膝の上に戻して整えてから赤ワインのグラスに手を伸ばす。「ジェイコブ、学校はどうだ？」

「問題ない」息子が大きな体に着てるハイスクールの暗紫色のポロシャツは、背中を丸めただらしない座りかたのせいでよじれている。皿の小さな胸肉を疑わしげにつついている。

マイクがわたしをちらりと見た。そのこげ茶色の瞳に不服そうな気配が見えるかと、わたしは目を凝らした。柔和な笑みを浮かべているので、夫の心を読み取ろうなど無駄なことだとため息をついた。

「フランス語のクラスはどう？」せめて会話を引き出す手助けだけでもしようとした。

「問題ない。ねえ、これはなに？」ジェイコブは肉の一片を指先でつまんだ。

「鶏肉よ」嘘だ。好き嫌いがひどくなる一方のジェイコブは、このところどんな料理も受けつけない。「フランス語クラスのほかの子たちとはうまくやってる？」さらにジェイコブにたずね、ヘザーから聞いたサンタバーバラの件について、夫がそこで三日もだれとなにをしていたのかについて、考えまいとした。三日。その三日のあいだに恋に落ちることもあるだろう。離婚の計画を立てることも。女を妊娠させることも。就職面接を受けることも。

「ああ。うまくやってる。それに、おれたちは子どもじゃない。もう十八になったやつもいるんだ」ジェイコブは鴨肉の一片を口に放り込んでおそるおそる嚙んだ。「鶏肉の味じゃない」

「いいから食べろ」マイクが命じた。

「確認したかっただけよ」わたしはあわてて言った。「授業スケジュールをまた変更するわけにいかないもの。学期末も近いし――」

「フランス語クラスのだれとも問題は起こさない」ジェイコブは感情を殺した声で言った。

「だれもおれに近づきやしないから、心配いらない」

またマイクと目が合い、親の顔を交わし合えたのでほっとした。いくらドライなマイクでも、ジェイコブのことはいちばんに考えているし、家庭を壊したりしない。そう信じている——信じるしかない。

マイクはフォークを手に取り、くし形のポテトフライに刺した。「そんなこともいずれは終わる、ジェイコブ。時間が解決してくれる」

「どうでもいいよ」ジェイコブは皿を脇へ押しやった。「これ、ラム肉だよね？」

「鴨肉よ」わたしはいらついた。「前は好きだったでしょう」

「でも、いまは嫌いだ」

わたしは無理やり深呼吸をして、マイクがあいだに入ってくれるのを待ったけれど、彼は通知音を発した携帯電話に気を取られていた。

「部屋に戻るよ」ジェイコブは席を立ち、皿と使ったナイフとフォークを引っつかんだ。

「ごちそうさま」

わたしは、息子が自分の食器をキッチンへ運び、大きな音を立ててシンク脇に置くのをただ見ていた。何年か前なら、テーブルにいなさいと命じて従わせることもできたけれど、いまは無視される可能性のほうが高い。母親として、まだ口で負ける回数もしれてるけれど、そのうち全敗を喫することになるだろう。

学校はそんなジェイコブの扱いに手を焼いた。血とあざだらけで校長室に連れて行かれたジェイコブと相手の子の扱いに。かなりの額の寄付金を納めていたおかげでジェイコブは退学処分を免れた。フランス語クラスの生徒たちがあの子を無視しているのであれば、むしろいいことかもしれない。ハイスクールでは、無視されるのは注目されるよりも千倍もましだから——少なくとも、にきび面で口ごもりがちだったわたしにとってはそうだった。

ジェイコブが重い足音を立てて階段を上がっていくと、わたしはため息を漏らして皿を脇へ押しやった。「あの子をどう扱ったものかわからないわ」

マイクは口のなかのものを飲み込んで、毎日の食事で使っているブルーのリネンのナプキンで口もとを拭いた。「あれも十七だ。ホルモンやら学校やらに折り合いをつけている。おれがあの年ごろのときは、話しかけてくるやつを軽くあしらうか喧嘩をするかのどちらかだった」

いつもならその言葉に笑みを浮かべるはずだからそうしようとしたけれど、口がひどく引きつるのでワイングラスを取って口もとを隠した。「そんなことないでしょう。あなたのことだから、たぶん利点と問題点を書き出したはずだわ」

マイクは肩をすくめた。「頭のなかでそうしたかもな」

わたしはナプキンを半分に、さらにもう半分にたたんだ。テーブルの下、板張りの床の上で靴下の足が小刻みに揺れている。書斎へ行って、書きかけの訃報記事を仕上げたくてうずうずした。午後に二件の依頼が入ってきて、どちらも締切まで余裕がない。

でも、食事を終えてすぐに書斎へ飛んでいくのは、夫の定めた不文律に反する。彼は、食事のあとすぐに皿を洗い、食洗機に放り込んで念入りコースにかけるのが当然だと考えている。食べ残しは保存容器に移し、それを冷蔵庫にきちんと重ねて置く。ごみはディスポーザーにかけるか、袋に入れて圧縮機に放り込む。だから、だれかのわくわくするような人生に逃げ込むことができるまで一時間はかかる。そのだれかの配偶者はたぶん浮気なんてしてなかっただろうけれど。

「おいしかったよ」マイクは長々とワインを飲んでグラスを空けた。彼はワインを一杯だけと決めているけれど、わたしは……かたづけをしながらひそかにボトルを一本空ける。

「料理してくれてありがとう」

次に出てくるせりふの察しがついた。あやまって一瞬早く出てしまった映画の字幕のように。

「会社へ戻らなければならなくなった。すぐに出るとしよう」

ときどき、マイクがある種の言葉を口にするとき、出会ったころにはまだ残っていた英国訛りがにじむことがある。ロンドン生まれの彼は、十三歳のときに母親とアメリカへ移住してきた。気どった英国訛りは徐々に消え、わたしとジェイコブが使う人当たりのいいカリフォルニア訛りに変わった——でも、しみついた英国訛りがときどき顔を出す。もったいぶる傾向がある口調のほうが好きで、なつかしんでるんじゃないだろうか。

とにかく、わたしは、早く仕事に取りかかりたい気持ちと、さっさと出かけてほしい気持ちと、本当はどこへ行くのかを知りたい気持ちのあいだでジレンマに陥っている。「うちからログインすれば？」以前はそうしていたのだから。渋滞がひどい時期やダウンタウンで大規模停電が発生した際、彼がリモートで仕事ができるようにわたしの書斎を改造したぐらいだ。

「いや、必要なファイルが会社にあるんだ。相手は香港にいるから向こうの時間帯に合わせる必要もあるし」彼はフォークの先で皿をひと掃きするようにして、ニンジンとマッシュルームと玉ねぎのミックスグリルを突き刺して取った。

わたしの顔を見ようとしない。この一年、ずっとそんな調子だ。体をこわばらせ、目を合わせず、見えすいた言いわけひとつで何時間も家を空ける。いかにも自制の徹底した男らしく最小限の言葉しか口にしないけれど、わたしはその大半を読み取れるようになっていた。

彼は口のなかのものを飲み込むと、ナプキンをふたつ折りにして皿の横に置いてから立ち上がった。自分の皿とナイフとフォークをまとめて持ち、ジェイコブが空けた椅子のうしろを通ってわたしの脇で足を止めた。わたしが顎を上げると彼は身をかがめ、待ち受ける唇を避けて頬にキスをした。「二、三時間で戻る。先に寝ててくれ」

〝先に寝ててくれ〟。結婚生活において、これ以上なく多くを語る言葉。

彼がキッチンのシンクで手を洗うあいだ、わたしは椅子から動かなかった。きっかり一分洗ったあと、積み重ねたハンドタオルの山から清潔な一枚を選び取って手を拭くのがマイクのお決まりのやりかた。彼はタイル張りの床にドレスブーツの靴音を立てて車庫へ通じる室内ドアの脇へ行き、フックから自分のキーホルダーを取った。

「じゃあ、行ってくる」彼が声をかける。

「行ってらっしゃい」わたしはぼんやりと返し、ワインボトルを手に取って自分のグラスに注いだ。

いっそ自分の車であとを尾けようか。そう考えたものの、心身ともに疲れそうだ。そのあと食事のあとかたづけに加えて記事の仕上げも待っているんだから。

そこで、できた妻を演じることにした。ベッドルームが三つある幸せのマイホームから出ない。キッチンをかたづけ、食べ残しの始末をし、書斎で依頼の記事を仕上げてメールで送る。

そのあとも役割を忠実に守る。二本目のワインの残りで睡眠剤を流し込み、ベッドに入る。

5

マイク

妻は疑いはじめている。険のある目で見つめたり、ときには真実か嘘かを見きわめるかのようにおれが言った言葉をそっくり繰り返してみたり。

だが、気の毒だが彼女には突きとめることはできない。彼女を操り、欺くのがこうも容易だと、本当にありがたい。おれが彼女を守り、彼女の選択や意見を誘導して人生を楽にしてやることができるとわかって、安心できるからだ。彼女は気づいていないが、彼女の下した〝決断〟は、足し算程度の単純な操作でおれが仕向けたものだ。

彼女の疑いの矛先を見つけよう。〝うっかり〟ミスを犯して、おれの秘密だと思われているなにかがばれることになれば、彼女は腹を立てて責めるだろうから、おれはあっさり降参して服従の意を示す。彼女は勝ったのは自分でおれを負かしたと信じ、おれたちの結婚生活はその先も続く。この家はおれの城、彼女とジェイコブはおれが世話してやるべき羊。すべてはおれの筋書きどおりに運ぶ。知性こそ、すべてを正しい位置に収めるための要《かなめ》だから。おれはクラスいちのハンサムでもスポーツマンでもなかったが、いつも頭はいちばんよかった。だから、いつものことながら勝利する。

6

リリアン

目が覚めると背中にマイクがくっついていた。片手をわたしの腰に置き、口を半開きにして、いびきをかいている。わたしは体をまわして彼の胸にもぐり込み、深くにおいを嗅いだ。寝ぼけていても浮気の疑いは忘れてない。彼がいつも使ってるふけ取りシャンプーと石鹼のにおいがしたので、尻尾をつかめないことにいらだって彼を押しのけた。

目を閉じて、シーリングファンの羽根の回転音とマイクの不規則ないびきの音に耳を傾けた。また睡眠時無呼吸の症状が現われている。いびきの間隔が長くなりすぎたときは起こしてあげなければいけないのに、無音とシーリングファンの音を聞きながら、このまま彼の呼吸が止まって死んでしまったらどうなるだろうかと想像し、次の瞬間にはふたたび眠りに落ちていた。

わたしたちはたがいを受取人に高額な生命保険をかけている。マイクの生命保険金が入れば、この家のローンを完済できるし、ジェイコブだって志望するどんな大学へも進むことができる。なんならロサンゼルスを離れて——なにしろ、この街にはうんざりしてるから——どこかの（モンタナ州とか？）小さな町へ越してもいい。アーミッシュの馬車のうしろで渋滞が生じたり、見知らぬ人たちが挨拶代わりに手を振ってくれたり、レイプや殺人の被害者になる不安もなく夜にジョギングができるような町へ。手を伸ばしてマイクのあばらを強くつつくと、彼はうめいて寝返りを打った。

いびきは止まった。

次に目が覚めたとき、室内は朝の光に満ち、家のなかは静寂に包まれていた。携帯電話のメールを確認してから警察無線アプリを開き、コーヒーを淹れることにした。ドリップが始まって挽いた豆の香りが室内に広がると、購入したばかりの電子書籍を開いて、読みかけの第二章の途中から読みはじめた。

『夫・妻の浮気を見破る方法』という本で、第二章は被害妄想と正当な疑惑のちがいについて書かれている。わたしの場合はどちらにも当てはまるみたい。それは大いに結構なんだけど、十二ドル九十九セントも払ったほどの価値はない。何ページか流し読みをするうち、コーヒーメーカーからドリップ終了のチャイム音が聞こえたので立ち上がった。

カップに注いだコーヒーにクリームと砂糖を入れていると、警察無線アプリからおなじみの符号が聞こえてきた。

死体が発見された。猫のガーフィールドが描かれたコーヒーカップを置いて警察無線の音量を上げ、ペンと仕事用のメモ帳を手に取った。詳細を書き留め、食品庫の脇に吊した家族の連絡板の上方のソーラー掛け時計に目をやった。ステンレス製のトラベルマグを引っぱり出してコーヒーを注ぎ、ふたを閉めた。

人の死にわくわくしないように努めたものの、詳細がまだつかめず、回答がわからないこの瞬間——アドレナリンがほとばしるこの瞬間が、わたしは大好きだ。

@themysteryofdeath：月曜日の朝の高層オフィスビル。エレベーターで最上階へ向かう人たち。メンテナンス係、企業幹部、事務職社員、昇進したばかりの中間管理職。ひとりは昼食時まで生きていない……死ぬのはだれでしょう？

エドワード・シュワーツ（企業幹部）は高層ビルの角部屋オフィスで発見された。心臓発作を起こし、デスクに突っ伏して亡くなっていた。運よく訃報記事の依頼が舞い込んでこないかぎり無報酬の作業になるけれど、そんなことはかまわない。報酬が伴おうが伴うまいが、わたしは死のもたらす余波が大好きだから。

シュワーツは余命まもない身だったことがわかった。「腫瘍が四つもあって」秘書は、ダークグレーのアイラインを完璧に引いた目に涙のひとつも浮かべずに重々しい口調で言った。「医者からはあと数ヵ月の命だと宣告されていました」

わたしは詳細を書き留め、そのあとは駐車場に停めた車のなかで彼のSNSに目を通した。隣の駐車位置に車が入ってくると、シュワーツの車のことを考えた。たぶん企業幹部クラスの契約者専用区域のどこかに停めてあるんだろう。本人のインスタグラムの写真から判断するに、ポルシェ911。移動させられるか、不動産オークションで売り払われるまで、駐車料金の高いダウンタウンの駐車区画をいつまで占領させてもらえるんだろう。

SNSのプロフィールによれば独身。子どもはいないか、SNSの投稿に子どもを載せないことにしてるか。仮に家族がいるとしても、訃報記事で触れる人数はごく少ない可能性が高い。

独身成人の訃報記事はむずかしい。亡くなったのが子どもの習いごとの送り迎えにいそしむ母親やばりばり働く父親だったなら、だれしも愛情のこもった熱烈な賛辞を書き並べることが容易にできる。でも、エドワード・シュワーツのような独身者の訃報記事には独創的な強い言葉が必要だ。それと、彼が人生で高給と脱色したブロンド美女以上のなにかを得ていたかどうかに気づく洞察力とそれを調べる粘り強さを持ち合わせている人間が。

故人がなにも得ていなかった場合もある。いけすかない野郎の表面を削り落としてもやっぱりいけすかない野郎だったという場合も。シュワーツについては、二十分ばかり掘り下げただけで、身勝手とうぬぼれが七層にも重なってることが予測できた。七年も務めた秘書はボスの死を事実上喜んでいた。つまり、あの秘書かシュワーツのどちらかがろくでなしだということ。

シュワーツのリンクトインのプロフィール欄に目を通していると電話が鳴った。ステアリングホイールに取りつけたボタンのひとつを押して車のスピーカーにつなぎ、電話に出た。「もしもし」

「ノーラ・プライスが死んだ」なんの前置きもなくサムが告げた。親友がもたらしたニュースにわたしは眉をひそめた。

「嘘でしょ」とうめいた。「死因は?」

「どうやら癌を患ってたようだ。だれも知らなかったらしい」

くそ。ノーラはまちがいなく世界一名の知れた黒人コメディエンヌで、持ち前の回転の速い頭と鋭いユーモアでいつだってわたしを大声で笑わせてくれた。

二年前なら、グリスウェル・アックスが自殺とされる死を遂げる前なら——彼女の死と訃報記事のせいでわたしは降格され、逮捕歴までついた――さっさとノーラの広報担当者に電話をかけている。彼女の人生を正しく記録するべくペンを片手に彼女の同性婚の妻や子どもたちから話を聞くために、『ロサンゼルス・タイムズ』社がわたしにニューヨーク行きのファーストクラスの航空券を用意してくれたはず。

「もしもし、聞いてるか？」サムのなめらかな声が懸念の色を帯びて深く低くなっている。テレホンセックスの達人と言ってもいいような声だ。初めて会った夜、あるコメディ・クラブのマイクを通して本人にもそう告げた。彼は一瞬の間を置いてから、おれたちは親友になると応じた。わたしは笑い飛ばしたけれど、彼の言ったとおりだった。サムの言うことは、知恵に基づくことであれ、こじつけであれ、つねに正しい。それがなにより癪にさわる彼の一面。

「うん、聞いてる。ただ……思いもよらないことだったから驚いただけ。彼女を大好きだったし」

「なあ、内覧のためにカラバサスへ向かってるんだけど、ハッピーアワーに出てきてくれるなら会いたいな。〈オイスター・ハウス〉でどうだ？」

「いいわよ」即答していた。ダッシュボードの時計に目を凝らす。「時間は？」

「五時でいいか？」

「じゃあ、あとで」通話を切り、依頼された訃報記事のための午後の予定を確認した。今週初めに自動車事故で死亡した中年の女性、テイラー・フォートウッドの訃報記事だ。報酬をもらって書く記事なので遺族への取材予定が入っている。約束は午後一時半。この時間の渋滞状況を考えて、シートベルトを締めた。

あのノーラ・プライスが。こうもあっけなく亡くなるなんて。エドワード・シュワーツの死を悼む人なんていないだろうけれど、身長約百五十センチのコメディ・アイコンの死は国じゅうが悲しみ、各地で追悼行事が開かれ、記念財団も設立されるだろう。ノーラのことを頭から振り払ってツイッターを開き、死んだのはメンテナンス係だと早くも決めてかかっているフォロワーたちのためにヒントを追加した。

@themysteryofdeath：ヒント：金があるほどトラブルも多い

ちょっと露骨すぎるヒントだけれど、かまわない。完璧主義のストレスが死を招くこともあるんだから。

7

リリアン

浮気の尻尾をつかもうとしている理由を見きわめることが重要です。夫婦間の問題を解決し、関係を修復するためですか？　それとも、自分のあやまちを正当化するために相手を浮気者に仕立てたいからですか？

――『夫・妻の浮気を見破る方法』第四章

ロサンゼルスでは、カフェは出会いを求める場だ――独り身の連中が微妙に間隔を開けて並び、混み合ったカフェの小さなテーブル越しに色目を送り、ハリウッド大通りのヤシの木かげで誘惑するように電子煙草をくゆらせる。だからこそ、カフェに入るときのわたしはいつも使命を負っている。肩をいからせて防御を固め、〝お断わり〟と伝える皺を眉間に刻んで、男どもやたまに寄ってくる物乞いどもを撃退するという使命を。

「ベンティ・サイズのパンプキンスパイス・ラテをアーモンドミルク、砂糖ふたつで」きびきびと、でも穏やかな声で注文。

クレジットカード払い。

二十五パーセントのチップ。

コーヒーを受け取る。

席を確保。

ヘッドホンを装着。

パソコンを取り出す。

猛烈な勢いでキーを打つ。

わたしはとりたてて魅力的な女じゃない。それでも、ロサンゼルスでは鎧《よろい》をまとわなければ餌食にされる。狩る側か狩られる側(わたし)のどちらかの鎧を。どっちつかずのいい女は食われるだけだ。

離婚したばかりの(そして亡くなった)ティラー・フォートウッドは狩る側で、ボーイフレンドが六人もいた(彼女の妹の話だ)。彼女の家の吹き抜けのリビングルームはわたしの家がすっぽり入ってしまうほど大きい。わたしは信じられないほど大きな赤い革張りのソファに座って、彼女の執事（そう、執事）が出してくれたパイナップルチャイ・ラテを飲みながら彼女のアルバムを繰ったのだった。カレンダーバイヤーとして成功を収めた彼女の夢のような休暇旅行の写真、ばったり出会った著名人との写真。アラブの王子ふたりと一台のベントレーの横でユキヒョウたちとくつろいでいる写真。容姿の点ではわたしとたいして変わらないけれど、テイラーは自信と生気に満ちていて、どの写真からも、家にある選び抜かれた調度類のひとつひとつからも、そのエネルギーが発散されていた。

死さえもが――後部タイヤのパンクにより、運転していた車が尻振りを起こして対向車に突っ込み、十四台もの多重衝突事故に至った――ドラマチックで衝撃的だった。わたしが死ぬとしたら、たぶん足の爪の感染症が原因だろうし、訃報記事を書いてくれる記者は最小限必要な三段落を埋めるのにも苦労することだろう。

ヘッドホンからマッチボックス・トゥエンティの甘い歌声が聞こえてくると――テイラーは大学二年のときに彼らとツアーでドイツをまわっていた――記事の下書きを見直した。彼女の人生のもっとも刺激的な瞬間だけを切り取ってもすでに六段落にもなっている。三十七歳。わたしよりふたつ下なのに、百万倍も楽しい人生。下書きを保存してパソコンを閉じ、ため息をついた。ヘッドホンをはずし、生ぬるくなったコーヒーを飲んだ。無防備になった瞬間、遮断していた周囲に目と耳を向けたくなって店内を見まわした瞬間だった。ひとつ向こうのテーブル席にいたのがディヴィッドだった。

彼が器量のいい男だったら、恋に落ちたりしなかっただろう。あわてて視線を自分のテーブルに戻し、冷静を装って無理やり無関心な顔をしてヘッドホンをつけ直しただろう。でもディヴィッドは器量のいい男ではなかった。少なくとも、雑誌の表紙を飾ったりコロンの広告に起用されるような美男ではなかった。貧相でみすぼらしく、唇が隠れるほど伸び放題のひげが顎全体を覆い、同じ色のウェーブヘアが野球帽の脇からはみ出している。鼈甲《べっこう》縁の眼鏡、白いTシャツにボードショーツ。わたしはボードショーツを見つめ、いい大人の男がどうして木曜日に水着なんか着てるんだろうと考えていた。

「興味があるなら、女性用サイズもあるよ」

わたしは彼の顔に視線を上げると同時に赤面した。「せっかくだけど興味はないから」

「うわ、すげない断わりかた」彼は片手で胸を押さえ、傷ついたふりをした。

「そのボードショーツが癒してくれると思うけど」どうしてまだ話してるんだろう？　席を立ってごみをまとめ、パソコンをしまえばいいのに。わたしは意志の力で行動を起こした。左手で緑色のコーヒーカップを持ち上げてダイヤモンドの結婚指輪をはっきりと見せた。彼は気づくだろうか？　そもそも気にするだろうか？　これぐらい、大人同士の気さくな会話にすぎないのかもしれないし。すっかり勘が鈍っていて判断がつかない。

「初めて見る顔だね」彼は両膝に両肘をついて身をのりだした。わたしより何歳か下だ。三十五とか。いや、三十二かも。口調に訛りがあり、わたしの耳はそれがどこの訛りか探り出そうとした。

咳払いをひとつしてから応えた。「そりゃあそうよ。ふだんはこのあたりに来ないから。商用で移動中なの」

商用か。口をついて出た思いがけない嘘が気に入った。でも、なんの仕事？　彼は訊かないかもしれない。だいいち、立ち去るつもりじゃなかったっけ？　立ち去るはずだったでしょう。立ちなさい、リリアン。いますぐ席を立つのよ。

「ふーん。商用か」彼は身ぶりでパソコンを指した。「当ててみせよう。保険のセールスだろう」

「ずいぶん具体的な推測だけど、ちがうわ」くそ。なんの仕事か考えなければいけなくなり、藁にもすがる心境だった。

「離婚弁護士？」

上機嫌だったのに気分が沈んだけれど、笑みを消さないように努めた。「全然ちがう」わたしがくしゃくしゃのナプキンとコーヒーマドラーをつかむと、彼は不満げにうめいた。「ねえ、〝テーブルのおかたづけ〟は待って。頼む。次が正解じゃなかったら行っていいから」フランス語だ。フランス語訛りにちがいない。

わたしは思わず声をあげて笑っていた。「正解は出ないと思うわ」当然だ。本人のわたしが正解を知らないんだから。

「パンケースより大きいもの？」

「はあ？」わたしはまた笑った。声が大きくなっていた。ふたつ向こうのテーブル席のティーンの少女が迷惑そうな顔を浮かべてブレスレットを鳴らした。

「《二十の質問》。ゲームだよ。二十の質問をして、正解を出せなければ負け。パンケースより大きいかどうかっていうのはお決まりの質問なんだ」彼が説明した。「ま、普通は相手の仕事を突きとめるゲームじゃないんだけどね」

「カレンダーバイヤーよ」どういうわけか、考えうる嘘のなかからよりによってそんな嘘が口をついて出てきた――もっとも、テイラー・フォートウッドのことがまだ気になっていたし、店に納めるカレンダーを選ぶのが職業になるという考えに驚いていたせいではあるけれど。

彼は一瞬の間を置いてから、負けを認めて残念そうな顔をした。「なるほど。だったら質問を二十しても正解は出なかっただろうな」

「そうね。だれかを負かすのは嫌いなの」もういいわ、リリアン。立ちなさい。ごみをまとめてカップを持って。さあ立って、パソコンをバッグにしまって、もう行くの。充分、愛想よくしたんだし、そろそろ立ち去りなさい。

「おれはディヴィッド」彼が片手を差し出した。

わたしは一瞬迷ったものの、握手に応じた。「テイラーよ」

こうして、わたしの偽りの人生が幕を開けた。

嘘だとわかっていながら無謀にも偽りの人生へと突き進んでいく女もいるけれど、わたしの場合は、尻をついてゆっくりと坂を滑り下りていった。がたがた揺れながらも、手に負えなくなったら両足を踏んばって止まることができるように。偽りの人生の初日はほんの序章にすぎず、名前と職業について単純な嘘をついただけだった。ディヴィッドは彼の道を、わたしはわたしの道を進み、その罪により傷つく者はひとりもいなかった。草の上で跳ねるのはわたしの尻、坂の下へ向けて突き出すのはわたしの両脚、そのまま滑り下りていきたいかどうかの決断を下すのはわたしの心。

笑顔を向けてくれる人がいるのはうれしいこと。気に留めてくれる人、気の利いた言葉に声をあげて笑ってくれる人がいるのは。

別の女になりすますのは気持ちがいい。その女の複雑な事情について知ってるのがわたしだけだとしても。

案外、夫がわたしに隠しているのはそれかもしれない。実際の人生よりもわくわくする別の人生を求める快感。

8

リリアン

二時間後、わたしはバッグを頭に載せて雨に悪態をつきながら〈オイスター・ハウス〉の駐車場を小走りで横切っていた。雨が激しさを増すなか、店の両開きのドアに達した。逃れるように店内に入ってバッグの雨粒を振り落とし、サムを探す。〈オイスター・ハウス〉は破傷風にかかりそうな汚い店で、ビーチもほんの一部しか見えない。呼びものは、安いメキシコ湾産の牡蠣と凍らせたジョッキで提供されるキンキンに冷えたビール。混み合ったテーブル席のあいだを進み、トイレ脇のブース席にサムの姿を見つけた。約束の時間に遅れたけれど、彼は慣れっこだ。遅刻は敬意の欠如の表われだと考えてるくせに、いつも批判を伝える笑みを向けるだけ。

「こんばんは」わたしは身をかがめて、いつもどおり両頬に彼のキスを受けた。「遅れてごめん。でも、ほら。渋滞がひどくて」片手を振っておおまかに四〇五号線を指した。

「ご心配なく――おかげで地元の魅力的な人たちをよく知る機会が得られたから」

「イケてるサーファーかなんか？」とたずね、サムのビールを勝手にひと口もらった。

「いや、ビジネスマンやら観光客やらだ」

上半身裸のビーチアスリートに目がないサムはもう何年も日照りつづきだ。わたしはずっと協力してきた。相手を見つけてあげようとした。出会い系サイトのプロフィール欄やSNSのメッセージを分析したり、いやなデート相手たちの愚痴を聞いてあげたり。おもしろいけれど気も滅入る。それもまた、ひどく神経質で、わたしに隠しごとをしているにせよ、精神的に安定している夫と別れない理由のひとつ。あの本の第二章で指摘されてるように、夫の隠しごとは女じゃないのかもしれない。ギャンブルの負債とかドラッグの常用癖とか。そっちであることを願ってる自分が情けない――とはいえ、電子レンジを買い替えたときも取扱説明書を読んでから使いはじめる夫がギャンブルにもドラッグにも手を出すはずがない。あいにく彼はその手の弱さを超越している。

でも、女となると……彼はそれも超越してる？　読みはじめたばかりのあの本によれば、浮気は性的欲望を満たすことだけが目的ではないことが多いらしい。妻や夫の気を引いたり、自信喪失に抗うためだという。その気持ちは……カフェで出会った男と二十分ほど口説きまがいの会話を交わしたいまは理解できる。知らない男の目に留まったと思うと心が浮き立つ。わたしが次に発する言葉を待ちきれないというように、あの男がわたしの目を見つめていたことをずっと思い出している。

サムとの会話に集中し直そうとした。「まるで、ビジネスマンといっしょにいることなんてできないみたいなふるまいね。細かいことに注意を払う相手とベッドをともにするのはなんら悪いことじゃないわ」

サムは片眉を上げた。「夫に指一本触れてもらってない女が言うかね……えっと、もう何カ月だっけ？」

「気をつけなさいよ」わたしはきっとなり、警告するような視線を向けた。

「悪かった」サムは両手を上げて降参し、わたしが触れられたくない話題に踏み込んだ。「実際のところ、彼はどうしてる？」

「うーん……」わたしはウェイターを探して店内を見まわした。「微妙ね。元気そうに見える。でも、あなたが言ったとおり」――サムとしぶしぶ目を合わせた――「このところよそよそしいの。ふたりのあいだに壁があるって感じ。その壁がなにでできてるのかわからないけど」

サムは沈痛な顔をした。「気の毒に。あれからじっくり考えたのか――」

「あの話ならやめて」先まわりして釘を刺した。「お願い。気弱になったところにあのリキュールが火をつけただけよ」独立記念日に自宅でバーベキュー・パーティを開いたとき、わたしはサムの隣にくっついて、マイクと別れることを考えてると打ち明けたのだった。ほかの連中が外の焚き火台のそばに陣取り、リビングルームでサムとふたりきりだったので、がらにもなく感情的になっていたわたしは、その夜、近所に越してきたばかりの豊満な女とばかりしゃべっていたマイクに腹が立っていた。おしゃべりは新規の客を獲得するためだった、とマイクは断言したけれど。

「あのリキュールはきみになにか伝えようとしてたんじゃないか」

夫と別れろって？　そんなわけない。わたしは首を振った。「ちがう。ただ……」ティラー・フォートウッドのことが頭に浮かんだ。「別の道を選んでたら人生はどうなってただろうって、ときどき考えてしまうの」

夫と息子のいない人生。言葉にするとつまらなそうだ。その考えがサムに聞こえただろうか？　手を伸ばして彼の腕をつかみ、いま口にした言葉から注意をそらそうとした。「頭がどうかしてるって言って」

「きみの頭はどうもしてない」サムは身をのりだし、この五年間わたしを支えてくれた少しばかり歪んだ笑みを見せた。「きみは正常だ。そう言われたくないのはわかるけどね、リル。きみは百パーセント正常だ」

笑みを返したはしたけれど、がっかりして心のどこかに亀裂が走った。正常。どうしようもなくつまらない。

9

リリアン

@themysteryofdeath：いっしょにエレベーターに閉じ込められた裕福な女、不安に支配されたティーン、老人。三カ月後、そのなかのひとりが死ぬことになる。それはだれでしょう?

六時半にサムと別れ、渋滞の大半を回避して七時に帰宅し、八時にはパジャマに着替えていた。マイクは残業だし、ジェイコブはダイニングルームのテーブルに残って宿題をかたづけている。わたしはワインを注いだグラスを持って、洗濯機と乾燥機の置かれた狭い家事室に逃げ込んだ。

この家は、不動産市場が崩壊した時期に購入したものだ。ジェイコブはまだ幼児で、マイクは右目の視力に回復不能な損傷を負うことになった自動車事故の保険金を得ていた。この十五年のあいだにキッチンと主寝室を改修した。次はこの家事室だ――もう六年もそう言いながら、いまだにがたがた揺れる古い洗濯機を使い、錆びの浮いた温水ヒーターにたたんだ衣類を重ねて置いている。

ワインをたっぷりひと口飲んでから、ノーラ・プライスが三カ月前に『サタデー・ナイト・ライブ』内で演じた短いコメディー劇のにおわせに気づいた人がいるかどうか知りたくてツイッターをチェックした。いまのところ、今回のクイズはだれの手にも余るようだ。

洗濯機のふたを開け、洗濯かごから衣類を引っぱり出してポケットのなかを確かめてから放り込んでいった。わたしのヨガパンツ、ゴルフシャツ二枚、マイクのパジャマのズボンと下着類。彼のカーキ色のズボンのポケットを確かめながら、十五分前に洗濯かごへ放り込む前に淡青色のスキニージーンズのうしろポケットから引っぱり出した名刺のことを正当化しようとした。〝万一〟必要になったときのためにと渡されたディヴィッド・ローレントの名刺のことを。

純粋に礼儀として受け取っただけで、本人の目の届かないところで、すぐにごみ箱に放り込むつもりだった。でも、そうしなかった。

いまからでも遅くない。なんなら、いますぐ二階へ行って、パジャマの引き出しに隠したあの名刺を取り出して捨ててもいい。

マイクのカーキ色のズボンの前ポケットには五ドル紙幣一枚とレシート一枚、小銭がいくらか入っていた。それを乾燥機の上に置いてズボンを洗濯機に放り込み、洗濯かごの底の洗濯物を取った。

そのズボンのポケットにはなにも入ってなかったので、そのまま洗濯機に放り込んでから洗剤容器のふたを開けた。定量の洗剤を入れながら、以前の人生に戻れたらわたしが書くことになるであろうノーラ・プライスの訃報記事について考えた。

かのコメディエンヌには、姉であり娘であり『サタデー・ナイト・ライブ』のレギュラー出演者であった人生に鋭く切り込んだウィットに富んだ訃報記事がふさわしい。彼女の四十九年の歩みと、その人生に刻まれたおもしろく大切な瞬間の数々を称賛し、哀悼する短い回想録が。

ま、どうでもいい。わたしが気にすることでもない。担当でもないし、彼女の訃報記事の依頼はきっとジャニスに行く。ジャニスは細心の注意を払って最大の賛辞を書き上げるだろう。太字の香りつきマーカーを持たせてもらった幼児のような腕前で。

キャップ一杯の柔軟剤を加えてから洗濯機のふたを閉めた。家事室を出ようとして、乾燥機の上に置いた五ドル紙幣の横の皺くちゃのレシートに目を留めた。

〝銀行記録や電話の通話記録を手に入れ、相手の行動を探る方法を見つけなさい〟。あの本を第三章まで読み進めていた。第三章は、夫・妻の行動をうまく探り出す方法について書かれていた。どれもわかりきった方法に思えるものの、その大半はわたしにはできないことだった。十八年になる結婚生活において、わたしはマイクがなにをしても無関心だった。彼もわたしも、それぞれ自分の銀行口座を持っている。彼は会社で契約している携帯電話を持っており、ジェイコブとわたしはファミリープランで契約している。以前、ふたりの記念日や彼がよく使っている暗証番号、彼の社会保障番号の下四桁を使って彼の銀行口座にアクセスしようとしたけれど、うまくいかずにあきらめたことがある。わたしが手にできるのは共同クレジットカードの利用明細だけだし、そのカードに使用履歴はない。

なんとなく、浮気の証拠になるんじゃないかという期待と不安の入り混じった思いでレシートを手に取って皺を伸ばした。

マリブのステーキハウスのレシートだった。フィレミニョンふたり分。ワインが一本。デザート。レシートのいちばん下に記された合計金額を見て怒りの息を吸った。もう何年も、わたしたちはディナーにそんな高額を支払っていない。仮に支払うことがあるとしても、特別な機会にかぎられる。マイクは締まり屋だし、わたしはいつだってサラダとグラス一杯のハウスワインで満足だし。レシートの日付を確かめた。火曜日の午後七時三十二分。フランネルのパジャマのズボンのポケットから携帯電話を取り出し、インターネットでそのレストランを検索した。太平洋を望む小さな高級店で、ブティックホテルが併設されている。ホテルの外観に見覚えがあった——サムの住む高級地区まで車で四十五分かけて行きたくなったときにいつも通りかかるあのホテルだ。

ブラウザを閉じてメールを開き、履歴をスクロールして火曜日の夜のマイクからのテキストメッセージを見つけた。

二本あった。ひとつは午後六時二十二分。

〝帰りは遅くなる。客と食事だ〟。

いつものことだ。その二時間後に送られてきた二本目を開いた。

〝泊まりになった。客が明日の朝、事業計画を見せたいらしい。帰りに電話する。ジェイコブに経済学の試験勉強をさせること〟。

ああ、そうだった。あの日、マイクはサンディエゴへ出張していた。昼ごろ電話で話をした。アパート一棟を購入するために銀行役員たちと会っていた。泊まりになったとテキストメッセージが来たとき、夜遅くまで飲みに行くつもりじゃないかと一瞬だけ疑った。実際はもっと悪かった。

マイクがサンディエゴになど行ってなかったことを証明するレシートを見つめた。彼はここロサンゼルスにいた。自宅から二十キロ足らずのところに。二本のメッセージに彼の思考の経過が表われている。まず——妻から解放されて夜遅くまで過ごす計画を立てる。そして夕食後——外泊する決断を下す。女は何者？　ひと晩いっしょに過ごそうとわたしの夫をどうやって説得したの？

いや、ひょっとすると彼が——綿密に計画を立てるわたしの夫が——その気にさせて、積極的に誘惑したのかもしれない。

考えるだけでむかつき、洗濯機の縁《へり》をつかんだ。べつにこれが初めて手に入れた証拠ってわけじゃない、と自分に言い聞かせた。今週の初めに食料雑貨店でヘザーからサンタバーバラのことを聞いたんだから。あの時点で、いくつかの手がかりを考え合わせて、マイクにはほかに女がいるんだろうと見当をつけていた。そしていま、新しい手がかりがそれを裏づけるひとつに加わった。

なにも怖がることはない。接近禁止命令をくらったあと通うのをやめた精神科医が潜在意識に浮かんだ。あの医者の心地よい歌うような声が。〝なにも怖がることはないわ、リリアン。さあ、息を吸って。大きく深く息を吸って〟。

高額な電子書籍なんて必要なかった。状況はわかっている。いいかげん、疑わしきは罰せずとするための口実を探すのはやめよう。夫は浮気男。今夜だって嘘をついてる可能性が高い。〝残業〟。たぶん女といる。

母に知られるわけにいかない。この手のことに大喜びするから。母はもともとマイクのことが気に入らなかったし、男が浮気をしないなんて絶対にありえないとつねづね説いてるし。案外、人生のその一面についてのみ、母は正しいのかもしれない。

胸の奥、乳房の下あたりを這うように鋭い痛みが襲った。傷心により物理的な痛みが生じるとしたら、これがそうだ。

方程式がいっぱい並んだ宿題に覆いかぶさるようにして鉛筆で解答を書き込んでいるジェイコブの横で足を止めた。頭のてっぺんにキスをして、抗議のうめきを無視した。「もう寝るわね」

「了解」ジェイコブは鉛筆を逆さにし、そこについてる消しゴムでなにかを消した。

わたしはゆっくりと階段を上がって重い足どりで廊下を進み、ジェイコブの部屋の前を通って主寝室に入った。室内は暗く静かで、いつもマイクが寝る側に置いてあるデジタル時計の赤い文字が光っている。きちんと整えたダークブルーの掛け布団、決められた順番に整然と並べた三つの特大クッション。

ベッドにクッションを並べるのはわたしの好みじゃない。それどころか、飾り房も、金糸刺繡でざらざらする表面も大嫌い。ベッドメイクをするたびに、マイクが整えられた部屋の見た目を好み、秩序を好み、正確さを好むというだけの理由で順番どおりにクッションを並べるという余計で不必要な作業にいらいらする。マイクと別れたら、ふわふわの大きな羽根枕に変えよう。そして、枕は乱れたまま、シーツは絡まったまま、ブランケットは床に滑り落ちそうになったままで放っておく。

声をあげて笑ったものの、自己憐憫に浸る悲しい声に聞こえた。乱れたベッドは、テイラー・フォートウッドのような女になりたいくせになれるはずがないという確かな証拠。もっとも反抗的かつ心を奮い立たせる空想においても……乱れたままのベッドは最終宣告の証だから。熱いセックスのせいではなく、夫の定めた厳しい基準を守ることを怠ったせいで乱れたままのベッドは。

マイクの睡眠剤を二錠服んでからブランケットの下にもぐり込み、ベッドの自分の側で身を丸めた。

問題は、見苦しいベッドやら無謀な偽りの人生を空想することはできても、マイクと別れられないことだ。ジェイコブがハイスクールの三年生、結婚して十八年にもなるのに離婚すると考えると……マイクのいない人生はどう見えるだろう？　マイクのいないわたしは何者だろう？　わたしの存在価値は、妻であり母親であること、マイクの支えと評価を得ることにある。夏に離婚の意志をサムに打ち明けたときは、実は本気ではなかった。実際に行動に移す気のない、つい口をついて出たにすぎない言葉だった。

さあ、息を吸って、リリアン。大きく深く息を吸って。肺が指示に従い、睡眠剤が効果を発揮して体がリラックスしはじめると、ありがたくも、ものの数分で死んだような眠りに落ちていた。

10

リリアン

目が覚めると、頬に乾いたよだれがこびりつき、首を寝ちがえていた。そうっとあお向けになって、室内の明るさからいまの時間を探ろうとした。午前半ば。九時、いや十時かもしれない。ベッドのマイクの側が乱れている。何時に帰ってきたんだろう。〝残業〟から。

わたしの携帯電話が床に落ちている。ゆうべは動揺してたせいで充電するのを忘れた。手を伸ばし、分厚いラグを指先で引っ掻くようにして携帯電話を取った。

バッテリー残量は四パーセント。昨夜十一時二十二分に単三電池の予備がどこにあるかとたずねるジェイコブからのテキストメッセージに気づかなかった。夫の帰宅時間を示す手がかりはなにもない。携帯電話を電源コンセントにつないだ。

栓をひねってシャワーの下に入ると、生ぬるい湯がしだいに熱くなってきた。白いサブウェイタイルに片手を押し当てて、この家へ越してきた最初の週を思い返した。マイクがわたしの手に自分の手を重ね、わたしのうなじに顎を乗せてわたしの体になめらかな体を押しつけたのだった。シャワーの音がわたしの漏らすうめき声をかき消していた。あれがこのバスルームの使いぞめだった。

それが問題なのかもしれない。熱情が去ると、この世のどんな友情、どんな敬意をもってしてもその穴を埋めることはできない。わたしを見るマイクのまなざしに情熱は宿っていない。交わすキスに気持ちはこもっていない。セックスは短く粗雑で、眠る前にオーガズムを与え合ってるだけだ。

一年前、髪にエクステをつけ、ぴったりした服にハイヒールでイメージチェンジをしてみた。襟ぐりの深いトップスを着て化粧したり、露出の高いシルクのショーツとほぼ透けて見えるタンクトップでベッドに入ったり。もう一度マイクの気を引くことができるのを願って、恥ずかしいほどの努力をした。

でも、うまくいかなかった。きっかり三十日間やってみたあと、わたしはエクステをはずし、フラットシューズとノーメイクに戻った。そのあいだずっと、マイクはさながら自動操縦のクルーズ客船のようだった。天候にも状況にも左右されることなく、波を切って航行しつづけていた。

シャワーの下へ顔を突っ込み、降り注ぐ湯が頬や唇、額を打つので息を止めた。顎を上げて息を吸い込んでからシャワーの下に戻った。

例の本には、どんな証拠も記録し、より多くの証拠を集め、もはや疑う余地もないぐらい根拠を固めてから問いただしたほうがいい、と書いてある。早すぎるタイミングで問いつめると相手は証拠を隠すので、もっと多くの事実を明らかにする機会を失うことになる、と。

もっと多くの事実なんて知りたくない。むしろ、知る事実は少ないほうがいい。マイクの尻尾をつかもうとただ待つのは苦痛だし、わたしは忍耐強い女じゃない。なんとしてもマイクを問いつめなければ。そうしないと頭がどうにかなってしまう。

11

リリアン

　マイクの勤務先はパサデナにある。ヤシの木々に囲まれた四階建ての低層ビルに入っている金融会社だ。わたしは正午少し前に来訪者用の区画に車を停めて、芝生の分離帯越しに、〝月間優秀社員〟用の区画に停めてある彼のシルバーのボルボを見やった。

　〝月間優秀社員〟に選ばれたなんて聞いてない。前に選ばれたときは、いわゆる鉄板焼きレストランへ行って家族でお祝いディナーを楽しんだ。シェフが小エビをはじくようにして口に放り込んでくれると、ジェイコブはめずらしく声をあげて笑った。マイクは酒ボム（ビアジョッキに箸を二本渡して日本酒の入ったお猪口を乗せてから、机を叩いてそのお猪口をジョッキの中に落とし、勢いに任せて飲むカクテル）を三杯も飲んで酔っぱらい、帰りに運転するわたしの片手を握っていた。月間売上に基づいた賞で、ボーナスがついてくる。前回はそのボーナスで彼の車のローンを完済した。今回のボーナスはなにに使ったんだろう？　あの高価なステーキ・ディナーの資金？　密会のホテルの宿泊代？　相手の女に花でも贈ってやった？　プレゼント？

エアコンを強にして、考えるのを無理やりやめた。携帯電話を手に取り、マイクにテキストメッセージを送る。

〝話があるの〟。

いささかドラマめいてるけれど、この状況なら当然だ。画面を見つめて待った。すぐに返事が来た。

〝なぜ？〟。

いらいらが膨らみ、早くもこの先の展開が予測できた。こんな話で職場に押しかけるべきじゃなかったのかもしれないけれど、こうして来てるんだし、メッセージも送ってしまった。いまさら、矛を収めることなんてできない。

マイクが続けてクエスチョンマークをひとつ送ってきたので、わたしは怖気づいて車で走り去る前にメールを打ち込んで送った。

〝理由はわかってるはずよ。すぐに出てきて。来訪者用の区画に車を停めてるから〟。

大人げなくてみっともないし、不意打ちの要素も失ったけれど、彼があっさりと非を認めてくれることを願っていた。そうすれば、こっちは証拠不十分で根拠の薄い非難をしなくてすむ。

電話の呼び出し音が鳴った。

留守番電話に切り替えて――わたしにしてはめずらしい大胆な行動だ――電源を切り、携帯電話をカップホルダーに突っ込んだ。話をしたいなら出てくればいい。会議も打ち合わせも放り出して。電話なんて放り出して。わたしは妻なんだから。ああ、くそ。早くも込み上げてきた涙が目尻からこぼれかけている。

低層ビルに目を凝らした。さあ早く、マイク。崖にぶら下がってるわたしが、手をつかんで安全な場所へ引き上げて、わたしたちの結婚生活を救って、と頼んでるのよ。

階段を駆け下りてこの車に飛んでくるか、会社から一歩も出てこないか。

わたしはステアリングホイールをぎゅっと握りしめた。

ほら、マイク。わたしたちを救って。

12

リリアン

待たされた五分間は耐えがたいものだった。悲しみに駆られて涙があふれ出しそうになったかと思えば、激しい怒りが込み上げ、母の口癖に倣ってマイクが眠っているあいだにタマを切り落としてやりたくなったりもした。

彼が欲しい。わたしには彼が必要だ。彼なしではどう存在し、どう生きればいいのかわからない。彼が家庭を壊すはずがない。

あんな男、大嫌い。もううんざり。わたしは情熱とときめきを求めてるのに、向こうはその正反対。彼がわたしを捨てたことなんて忘れなさい――何年も前に別れておけばよかったのよ。

ビルの玄関ドアが開いてマイクが出てきたときには、感情の綱渡りをしているわたしはぐらぐら揺れていつ落下してもおかしくないような状態だった。彼は暗色のネクタイを左手で押さえ、コンタクトレンズではなくいつもの眼鏡をかけた姿で、芝生の分離帯をゆっくりと横切って歩いてくる。チャコールグレーのズボンの脚が風にはためき、淡青色のドレスシャツの前腕部にはアイロンによる筋がまだ残っている。フロントガラスを通してわたしと目を合わせたままだ。境の灌木をまたいで助手席側へ近づいてくる足どりに警戒をはらんだ不安が感じ取れる。彼はドアを開けて助手席に座り、音を立てないように慎重にドアを閉めた。

一瞬、沈黙が漂った。それが広がっていく。両手が震えているので、太ももの下に押し込んで弱腰を隠した。「わけを言って」

彼は身動きも返事もしない。その無反応が、わたしの知りたかったことすべてを物語っている。彼は浮気をしている。問題は、いつからの関係なのか、相手の女にどれぐらいのめり込んでいるのか、だ。

感情が込み上げてきたので、唇を引き結んで、弱気の顔に気づかれないようにと祈った。

「弁解の言葉もないよ、リル。でも、たんに……」彼は間を置いて続けた。「判断ミスが続いただけだ」

外では、風に飛ばされてきた木の葉がフロントガラスに張りついた。「相手の女は何者？」

彼が黙っているので、わたしはシートの上で身をよじって彼のほうを向いた。「相手の女は何者?」繰り返す口調が強くなっている。

彼は返事を迷っている。彼のこの顔、この淡々とした表情はよく知っている。痙攣するようにかすかに震える瞳孔、静かで穏やかな息遣い。彼は考えている。計算している。頭のなかで、いくつもの考えが位置を変えて正しい場所に収まろうとしている。それをこれまでに何十回も見てきたわたしは、自分がミスを犯したことを悟った。

手のうちをさらしてしまった――わたしがほとんどなにもつかんでいないことを知らしめる質問を選んでしまった。女が何者なのかも知らないわたしが、彼の言葉のどこまでが嘘なのかをわかるはずがない。

襟もとまでボタンを留めているのに、彼はぐっと唾を飲み込んだ。「どうやって突きとめた?」

くそ。嘘をついても大丈夫?　軌道修正して、もっと優位な立場で自信満々にふるまっても?　別の道を探したけれど見つからなかった。「どうだっていいでしょう」と嚙みついた。「全部知ってるんだから。サンタバーバラ。火曜日の夜。あなたは自分で思ってるほど利口じゃないわ」怒りに満ちた息を吐き出した。「どうして?　いったいどうして――わたしじゃ満足できなかった?」

彼は首を振った。「やめろ。きみのせいじゃない、リル。肉体だけの関係。あやまち。なんの意味もない」

〝肉体だけの関係〟。とても愚かで傷つく言葉。両手を拳に丸めてステアリングホイールに叩きつけると、その激しさの振動で前腕までが痛んだ。「相手の女は何者？」繰り返し問いただす声がうわずっている。「わたしより若い？　わたしよりセクシー？」くそ、その女はきっとワックス脱毛をしてる。たぶんセルライトなんてない肌をしてる。無責任で愚かで、彼の強迫傾向をセクシーだと思ってるんでしょうよ。

「きみの知らない人だ」彼があわてて言った。「おれたちと同年代。セクシーでもない。ちょっとちがうだけだ」窮地に陥った夫が言うべきことを、彼は口にしなかった。〝きみはだれよりセクシーだ〟とか〝リル、きみはきれいだ〟とか〝きみは完璧だ〟とか。それどころか、自分の発言の上にあぐらをかき、不適切な説明を終えると黙り込んだ。

「欲ばり野郎」耳ざわりな言葉が胸の奥から飛び出し、驚いたことに、わたしは声をあげて泣きだした。

「リル……」わたしの手に触れようと彼が伸ばした手を払いのけた。彼はシートのなかで身をよじってわたしに向き直った。「終わりにする。たったいま。すぐに。約束する」

彼が弁解しようとしないのが信じられなかった。なんの説明もないことが。あの本には、浮気者はとっさに嘘をつく、証拠を隠すと書いてあったけれど、彼はあっさり降参してすべてを認めている。

「いいか」彼はわたしの手をつかまえてぎゅっと握った。「終わりにする。この件はこれで終わりだ」

「自分の責任で終わらせておけばよかったのよ」わたしは手を引き抜いた。「そうすればわたしが知ることもなかったのに」そのほうがましだった？　知らないほうが幸せ。悲しいけれど、それがよかった。なにも気づかないままでいるのが。夫が用心深くずっとそばにいて、わたしにまったく気づかれずに浮気をするほうが。「ずさんだったのよ、マイク。ずっとわたしに見向きもしないで」怒りが高まった。その矛先を彼の隠蔽のずさんさに向けるのは筋ちがいなのに、まだなまなましい怒りが言葉の端々ににじんだ。「愛してたのよ」吐き捨てるように言った。「いまも愛してる」

「ああ、リル」彼は悲しげな声で言い、つらそうに顔を歪めた。そんな表情を見るのは、わたしが流産したとき以来初めてだ。「これからもずっときみを愛しつづけるよ。本当になんの意味もなかったんだ。おれは身勝手だった。でも、これで終わりだ。頼む。もう終わったと言ったら信じてほしい。今日で終わらせる。いますぐに」

彼が両手でわたしの顔を挟んで目の奥をのぞき込むので、安堵とあきらめで心が沈んだ。

その言葉を聞きたかったからだ。「ジェイコブは――」と力なく口にした。

「おれはきみの夫、ジェイコブの父親だ。どっちの役割も今後はもっとしっかり果たすと約束する」彼がきっぱりと言った。「それでいいか？」

 わたしはうなずいた。ほかにどうしようもないでしょう？ 彼が夫で父親なら、わたしは妻で母親。ふたつの役割は結びついているし、わたしの人生にそれ以外の要素はないんだから。

そう考えてたじろいだ。本当にそう？ 結婚生活と母親業以外になにもなし？ 仕事……去年の降格がこたえているとはいえ、仕事はある。ツイッター・アカウント……くそ、SNSのプロフィール欄になんの存在意義も期待できない。

わたしの存在や幸せの量は、彼と釣り合ってる？

不安に駆られて彼を見ると、笑みを浮かべているのでぎくりとした。わたしの頬を伝う涙を親指でぬぐってくれている。「もう大丈夫だ」とささやいた。「ほら、おれを見て。おれはきみのものだと約束する。きみだけのものだ。きみを傷つけるようなことは二度としない」

こんな人生は変えなければ。この人生を彼に粉々に嚙みくだかれる前に、もっと勇敢で自立した、いまよりいい自分を見つけなければ。

13

マイク

彼女に嘘は言っていない。なんであれ、嗅ぎつけられた以上、犠牲を払う必要があった。どうやら、たいしたことはつかんでないようだ。いっしょにいた相手がだれかすら知らないんだから。だが、リスクはすでに充分だ。彼女はサンタバーバラのことも火曜の夜のことも知っていた。もっとくわしく調べようと思えば、そのふたつのピースからパズルの全体像を解明することもできる。

ありがたいことに彼女は深く調べる人間ではない。必要最小限以上に知ろうとはせず、安易な道を選ぶタイプだから、おれはそれを提供する。〝幸せな結婚生活〟という名の広大で美しい道を。完璧な夫になる。誠実な夫に。信頼できる夫に。彼女にひれ伏し、機嫌を取り、この〝情事〟から気をそらすために必要なことはなんでもやって、おれたちの愛と家族を思い出させる。

選択の余地がなく、彼女はもとの場所に戻る。不機嫌な態度や罰、冷ややかな拒絶、辛辣な言葉が待ち受けているだろうが、リリアンは習慣と安楽に支配される人間だし、別の選択肢は――四十路の離婚女は――彼女の歩みたい道ではない。

だが、そう、犠牲を払う必要はある。だからオフィスに戻ると、携帯電話を手に取り、電話をかけた。手短に冷静に。

手を切った。

以上。終わり。

14

リリアン

@themysteryofdeath：静かな楽園の島。ヨークシャーテリアを散歩させているティーンの少女の目の前で、車線を超えてトラックの前に飛び出す一台のスクーター。ものの数秒のあいだに三人全員の人生が変わる。死ぬのはだれでしょう？

わたしはオーブンの焼き網に焦げついたチーズをこすり落としながら、シンクの奥、光沢のある淡青色のタイル貼りのバックスプラッシュに立てかけたデイヴィッド・ローレントの名刺を見つめていた。電話をかけようか。いっしょにランチを食べてもいい。ティラーの世界に入り込み、カレンダー買いつけのフロリダ出張から戻ったばかりのふりをして、彼女――わたし――の車がガス欠になったためパークレンジャーのプロペラボートに乗せてもらってエバーグレイズ湿地を横断した話を披露する。なんなら、マイクが見向きもしなかった襟ぐりの深いトップスを着ていこう。一時間ほどいちゃついたり笑ったりして、この傷心から抜け出せばいい。

ランチを食べるだけ。それ以上なにもあるはずがない。

携帯電話を手に取り、画面をスクロールしてツイッターのリプライに目を通した。

@greengoblin：スクータードライバー。一目瞭然

@ryanswife9：だからこそスクータードライバーは不正解よ、@greengoblin。一目瞭然の問題が出るはずない

@jessbessandtess：ひょっとすると、われわれを欺くために一目瞭然の問題を出してるのかも

@planktonsboss：スクーターをよけようとしたトラックが犬の散歩をしている少女をはねた。#マイクドロップ

全員が的はずれなので、正確でありつつ正解を――スクーターに衝突したトラックの運転手が相手を殺してしまったと思い込み、その罪の意識からトラックを道端に寄せて拳銃自殺したことを――完全には明かさないようなヒントを考えようとした。

「なにかがちがうなあ」キッチンのドアロからサムの声がするので、携帯電話から顔を上げると、サムはぴったりした黄色のゴルフシャツの胸の前で腕を組んでドア枠に寄りかかっていた。「でも、なにがちがう？」

彼が現われたことに驚きながらも笑みを浮かべた。「あら。今週はサンフランシスコにいると思ってたけど」

「客にすっぽかされたんだ。北じゃなく南へ越すことにしたらしい。明日サンディエゴで物件探しだ」

わたしは携帯電話をキッチンカウンターに置き、また焼き網を手に取って焦げをこすり落としはじめた。くそ。最初に湯に浸しておけばよかった。

「なにをやってるんだ？」サムが隣に立った。「それってオーブンの部品か？」

「そう、大掃除してるの」サムがデイヴィッドの名刺に気づく前に、わたしは両手を洗剤まじりの水の上で振ってから布巾で拭き、その布巾を名刺の前に放るように置いた。

「どうして？」

「そうよね」わたしはひとつ息を吐き、キッチンとリビングルームのあいだに置いてある小さな円テーブルに向き直った。椅子のひとつを引き出して体を沈めるように座り、サムがテーブルをまわりながら空いている椅子のなかからいつもマイクが座る椅子を選んでそろりと引き出すのを眺めた。サムはドレスパンツの太もも部分を引き上げてから腰を下ろした。一挙一動に気を使う彼が腹立たしい。一度ぐらい、電気コードにつまずいて転ぶとか、鼻からソーダを吹くとか、ほうれん草のかけらが歯に挟まっているとかいう姿を見てみたい。サムなら絶対にいまのわたしのような状況に陥ったりしない。マイク（パートナー）の浮気を――一度きりじゃないかもしれないけれど――予測して対応策を練り上げ、パートナーを誘惑される前に浮気相手になるおそれのある女を誘惑して結婚してしまうすべを見出すはず。

それにひきかえ、わたしときたら……いったいなにをやってるんだか。家にじっとしてマイクのキッチンの汚れをこすり落としてるだけで、女と手を切るというマイクの約束をただ信じている。車のなかで、女の名前を聞き出し、目の前で女に電話をかけるように迫り、ふたりのやりとりをこの耳で聞けばよかった。

でも、それはしたくなかった。女が現実に存在する証拠なんて欲しくなかった。想像しようとしてもなにも浮かばない白紙の状態が好ましかった。相手が、近所に越してきたばかりのあの女か、勤務先の人事部長か、いつも気を引くような態度を取ってる歯科衛生士だなんてわかったりしたら……頭から離れなくなる。相手を調べ上げる。あとを尾ける。問いつめ、なじる練習をするけれど、いざその機会が来ても気の弱さが顔を出して取り返しのつかないことをしでかすだろう。

「リル？」サムが身をのりだすと、磨き上げたばかりの木製テーブルの表面に彼の高級時計のぶつかる音がした。「なんか怖いんだけど。大丈夫か？」

「マイクがね」ゆっくりと簡潔に、慎重に言葉を選び、感情を表に出さずに言った。「浮気をしてるの」

サムはテーブルに目を伏せ、指先で木目をなぞった。「だれと？」

「わからない」押し殺した笑い声が漏れた。「でも、かまわない。もう終わったって言ってるし」

「それを信じるのか？」彼が目を上げたので、懸命に本心を隠そうとしているのが読み取れた。出会ってからほぼ五年。彼はわたしたち夫婦の結婚生活の浮き沈みに何度も立ち会い、そのたびにわたしのカウンセラーの役割を担ってくれている。

「そう、信じる。彼は……」すぐに言い直した。「彼にはわかってるもの、なにが危機にさらされているのか。ジェイコブとわたし。失うものが大きすぎる。それに、肉体だけの関係だって言ってた。もしそれが本当なら……」わたしは目をこすり、まだ濡れていないのでほっとした。「そんなことのために結婚生活を危険にさらすなんて愚かだわ。いくらわたしたちが……」ふさわしい言葉を見つけようとした。「いまは関係が少しとだえているとしても」

「最近の話じゃないだろう、リル。マイクのことでは二年前にも愚痴をこぼしてた。彼は何年前から浮気してたか白状したのか？」

長い関係だった可能性を考えたくなくて、わたしは首を振った。サムの意見がなんの助けにもなってないので、勝手に家に入ってきた彼に対するいらだちが込み上げた。友人としての境界線を上手に明確にする必要がある。これを機に、うちの合鍵を返してと要求すればいいのかもしれない。いま境界線を引けば、今後は夫婦関係についての助言を遮断することができる？

「掃除に戻らなくちゃ」わたしは席を立った。「すぐに取りかかるから。あなたが歯ブラシを持って焼き網の網目をきれいにしたいなら別だけど」

「この話題を避けようとしてるね」サムは椅子から動かない。「彼と別れろ、リル。そうでもしないと彼は懲りない。しばらくはいい子にしてるだろうけど、そのうちにまた同じことをする」

彼の言うとおりかもしれないけれど、それはすでに考えたうえで捨てた選択肢。一、二カ月の猶予があれば考える余地もあるかもしれないけれど、そんな重大な決断をいますぐ下すことはできない。冷凍庫の霜取り、食器棚の引き出しシートの交換、シンクの上方のブラインドの丸洗い。いますぐできるのは――対処できるのは――それぐらいだ。

蛇口を最大にひねって勢いよく水を出し、焼き網をふたたび手に取った。洗剤まじりの水のなかからスポンジたわしをつかみ取り、気持ちも新たに、こびりついた汚れに挑んだ。サムの助言のあと広がっている沈黙を無視して、努力の甲斐あって剝がれはじめた焦げに意識を集中させた。

サムがタイル張りの床をするようにして椅子をうしろへ押しやり、わたしの真うしろへ来てやさしく肩をつかんだ。「わかったよ、ひとりにしてやる」彼はわたしの頭のてっぺんにキスをした。「話をしたくなったら電話をくれ」

「ありがとう。大好きよ」わたしは詫びるような笑みを浮かべて向き直ったけれど、彼はすでにドアロへ向かっていた。彼が出たあとでドアは小さな音を立てて閉まったのに、彼の最後の助言は、当の本人がレンジローバーに乗り込んで走り去ったあともしばらく空中に浮かんでいた。

彼の言うとおりだろうか？　時間が経てばマイクはまた浮気をするんだろうか？

死の六週間前

15

リリアン

一週間が過ぎ、傷心は怒りに変わっていた。これまでとは打って変わって、マイクは毎日、夕食に間に合うように帰ってきて、やり残した仕事は自宅の書斎で済ませ、夜にはわたしに注意を注ぐようになったけれど、わたしはそんな彼を無視した。夜の誘いを拒絶し、彼の目の下の隈《くま》や生えぎわのわずかな後退に気づきはじめた。腹立たしいことに、口に入れた食べものを飲み込むのを一瞬ためらうことにも。

本当に、この先一生こんな男といっしょにいたいと思ったの？

どうかしてるかもしれないけれど、腹が立つのは彼がほかの女とセックスしたことではなかった。お金のことだ。高価なディナーはその一端にすぎない。ほかにどんなことにお金を注ぎ込んだんだか。高級ホテルの部屋？　薔薇の花束？　プレゼント？　ジェイコブの大学資金が心もとない状況なのに、女の家賃を払ってやってたんだろうか？

そんなことを気にするなんて馬鹿げてるのに、そのことばかり考えてしまう。マイクは相手の女にいくら注ぎ込んだんだろう？　女はマイクにとっていくらぐらいの価値があったんだろう？

「おはよう」

いつものキッチンの窓ぎわから向き直ると、階段を下りてこちらへまわってくるジェイコブが見えた。制服姿で、寝乱れた髪がそのままだ。散髪の必要がある。暗色の巻き毛が暗紫色のポロシャツの襟に達してるし、こんなむさくるしい髪型が父親をいらいらさせるのはまずまちがいなく世界共通の傾向だろう。その点ではわたしも同感だ。自分のコーヒーをキッチンカウンターに置いた。「お腹空いてる？」

「シリアルを食べる」彼は食品庫のドアを開けてフルーツループの箱を取った。「車の警告灯が点いたんだけど。えーっと……エンジン警告灯」

「お父さんに言った？」食器棚からボウルを取り出してキッチンカウンターに置き、スプーンも取ってやった。

「まだ言ってない。どうせ、先週済ませることになってたオイル交換だろうって言うから」

わたしは息子の隣のスツールに腰を下ろし、彼が箱を振って鮮やかな色のリング状のシリアルをボウルに出すのを眺めた。「たぶんそのとおりなんでしょう」

「ノーラ・プライスが死んだんだってね」

「そうよ」

「母さんがいまも有名人の訃報記事の担当だったらいいのに」

「そうね」マグカップを手に取り、陶器のなめらかな表面で両手を温めた。「お母さんもそう思う」

「ロビン・ウィリアムズの記事を書いたときのこと、覚えてる？」ジェイコブが急に活気づいた。「マイケル・ジャクソンの記事を書いたときのことは？　ネバーランドへ連れて行ってくれたよね？」

そう、連れて行った。でも、子育てでいちばん思い出に残っているできごとならもっとほかにある。携帯電話がメールの着信音を発したおかげで返事をせずにすんだ。寝具類を紹介するダイレクトメールだったので開かずに削除した。画面をスクロールしていくと、上司のフランから午前六時四十五分に着信があった。一見、そんな時刻の着信は気になる。

でも、うちの編集長は、ロサンゼルスへ異動してきて十年近くなるのにいまだに東海岸の勤務スケジュールにこだわるという迷惑な習慣を貫き、自分がニューヨーク出身だということを部下に思い出させたがる。メールは短く、要点だけだった(これまたニューヨーク流だ)。

リマインダー：本日午前十時より勤務評価

しまった。掛け時計に目をやった。シャワーを浴びる時間はない。マグカップをシンクへ持っていって中身を流した。

「どうして有名人の担当を辞めたの？」

蛇口をひねって湯を出し、ジェイコブに見られないように顔をしかめた。わたしたちは、この子の前でアックス家の双子の件には触れないようにして、去年の騒動からこの子を守ってきた。この子はわたしが著名人の訃報記事を書かなくなったことに気づいていないように見えた。この子の興味はテレビゲームやカードゲーム、ウェブサイトの検索履歴を消去することに注がれていた。ちらりと目をやり、息子がわたしをじっと見ているので驚いた。そんな栄誉に浴すのは何年ぶりだろう。「うーん……ある遺族への取材がうまくいかなくてね。自殺だと見られてたんだけど、そうじゃないことを示す手がかりがあまりに多くて。亡くなった女性の双子の妹さんの身が危険だと思って警告しようとしたの」

「ちょっと待って。それって、あのコーヒー・ツウィンズのこと？　イカした双子の」

わたしはオレンジ色のマグカップをゆすいだ。「そう。あの双子のことを知ってるなんて驚いたわ」

「死んだほうは〈マキシム〉にいたんだよね。トレントがゲーム部屋に彼女のポスターを貼ってるんだ」

そうでしょうとも。

「じゃあ母さんはあの双子をこっそり調べたってこと？　すごいな。とんでもないことだよ」

そう、とんでもないことだ。ブレクスリー・アックスに自分の調査結果を見せ、命の危険があるかもしれないと知らせるために、ボディガードの目を盗んで彼女に近づき、ディナーパーティの邪魔をしたなんて、とんでもないこと。彼女がワインボトルをわたしの頭に振り下ろし、助けを求めて叫んだのはとんでもないこと。逃げようとして、体重が百三十キロもありそうなボディガードにタックルされ、手錠で両手両足を拘束されたのはとんでもないこと。もっととんでもないことになっていれば、いまごろ刑務所にいただろう。

マグカップを伏せて乾燥棚に置いた。「急いで上へ行って着替えないと。学校でいい一日をね」

頭のてっぺんにキスしてやる瞬間、ジェイコブは体を傾けた。イカした双子のことなど忘れて、スプーンを口へ運びながらまた携帯電話に見入っている。

「行ってらっしゃい」キッチンを出て階段を上がりながら言った。

シリアルを頬ばっているジェイコブは、返事の代わりに小さくうなった。

16

リリアン

まるで校長室の前で待たされている児童のように、固い椅子の下で足首を交差させて編集長室の前で待つあいだ、携帯電話でニュースを読んだ。マリナ・デル・レイのボート所有者が起こした訴訟の記事があったので、デイヴィッドに転送しようと思ってバッグから名刺を取り出した。あのカフェの前の船着場にボートを係留してると言ってたから。

メールを書きはじめてすぐ、自分の迂闊さに気づいた。リリアン・スミスの名前で彼にメールを送るわけにいかない。テイラーと名乗ったんだから。作戦を変更することにして、彼の名刺を手に取って携帯電話の番号を探した。記されているのはワッツアップの電話番号だけだ。彼が、差し出した名刺を指先で軽く叩きながら、このメッセージアプリを使ってるかと訊いたことを思い出した。テイラーを演じていたわたしは、当然でしょ、と笑い飛ばしたんだった。実を言うと、ワッツアップは本当に使っている。アップルがなんらかの方法でテキストメッセージを読んでいる（しかも内容に関心を持っている）とつねづね疑っているマイクとやりとりするときに。

ワッツアップを開き、ユーザーネームが電話番号で設定されている（ユーザーネームからリリアンだとばれない）ことを確認してからデイヴィッド宛てのスレッドを作成した。リンクを貼りつけて、気を引くそぶりをできるかぎり排除したメッセージを作成した。

〝興味を持つだろうと思って。もう知ってるかもしれないけど。　テイラー（カフェで会った女）〟。

送信する前に、頭のなかで語調を試しながら二度も読み返した。大丈夫。思わせぶりな調子も媚びる調子もない。夫と子のいる女にふさわしい。でも……テイラーなら、もっとちがう文章を送るのでは？

もちろん、そうに決まってる。テイラーなら、つまらない記事なんかじゃなく愉快なメッセージを添えて、休暇の海外旅行で撮った思わせぶりな写真を送るはず。カメラロールを開いてアルバムをスクロールした。マイクの飛行機恐怖症のせいで、わが家の休暇旅行先はたいてい、ブライス・キャニオン国立公園やセコイア国有林といった退屈な場所だ。タホ湖旅行のアルバムを開き、浮輪をつけて湖面に浮かんでる写真を見つけた。ファネット島の砂浜の近くで撮った一枚だけれど、まるで旅行案内のカリブ海の光景そのもの。写真のわたしは赤いワンピース水着を着て白いサングラスをかけ、シャッターを切る直前にマイクが言ったことに声をあげて笑っている。この写真をコピーして添付するために、デイヴィッド宛てのメッセージを書き直すことにした。

〝ボートはすぐに出す？ わたしはここに浮かんでるわ〟――だめ、これでは馬鹿っぽい。

〝ちょっとご挨拶だけ〟。これも馬鹿っぽい。

〝ハイ、コーヒー・ツイン。フレズノはどう？〟。

悪くない。コーヒーの注文が同じ（パンプキンスパイス・ラテをアーモンドミルクで）だと笑い合ったから、わたしのことを思い出すはずだし、添付の写真も役に立つだろう。彼はフレズノに住んでいるけれど、時間の半分はロサンゼルスで過ごしている。それが、わたしの魅力的な日常について熱心に質問する合間に教えてくれたわずかばかりの情報のひとつ。わたしは――

「リリアン？」

顔を上げると、フランがそばかすの浮いた片手を腰に当ててそばに立っていた。今日は鮮やかで派手なオレンジ色のパンツスーツだ。それを引き立てているのが、ビルケンシュトックのブルーのサンダルと、赤褐色の巻き毛をまとめきれていない黄色のシュシュ。

「おはよう、フラン」

「入って」彼女はドアを開けたまま押さえた。ぶっきらぼうな口調と引き結んだ唇から、勤務評価の結果が予測できる。

気は進まないながら編集長室に入った。フランがドアを閉めた。錠をかける鋭い音は、ギロチンの刃が落ちた音を連想させた。

17

リリアン

その夜、わたしは〈パーチ〉のバーカウンターに顎を乗せていた。すぐ横にビールがあり、くびれのあるビアグラス越しに金魚が見えている。「本当にいけ好かない女」わたしはむっつり顔で言った。「ニューヨーク流が抜けないんだから」

サムが肩をつかんで、そっと上体を引き起こしてくれた。「まあまあ。少なくとも馘にはならなかったんだから」

「馘になったも同然よ。子どもを諭すみたいな話しかただったし」わたしはいらだち混じりの息を吐き出した。「どんな記事を期待してるのよ、あんなくそみたいな見出しをつけて。

っったく、なんだってんだ」

〝ったく、なんだってんだ〟というのは最近ジェイコブがよく使う言いまわしで、わたしも気に入っている。自分のなかに構築しはじめたテイラー・フォートウッドならこうだろうと思う乱暴な言いかたが口をついて出た。デイヴィッドに宛てた控えめのメッセージは破壊的な成功を収め（テイラーなら〝破壊的〟と表現するはず）、十回ほどのやりとりのあと、今週末デイヴィッドがロサンゼルスに戻ったらまたカフェで会うことになった。

　男とひそかにメッセージを交わすぐらい、一般的見地から言えばかなりおとなしい反逆だけれど、舞い上がるような気持ちになった。希望のない勤務評価のあとではそんな高揚感が必要だった。

「わかった。でも、彼女はきみを馘にするつもりはない」サムが断言し、薄紫色のドレスシャツの中央に下がっている銀色の細いネクタイをなで下ろした。まるで写真撮影でも控えているように見えるから、完璧にセットされた彼の髪に手を入れてぐちゃぐちゃに乱してやりたい衝動に駆られた。

「それはそうだけど、会社はこのところ一時解雇《レイオフ》をしてる。今回の勤務評価だって、たんにわたしを馘にするときに利用する証拠書類だって気がする」わたしはすぐそばのバースツールの横木にサンダル履きの片足を乗せて周囲を見まわした。なるほど、サムの服装はこの店にふさわしい。悪目立ちしてるのはわたしのほう。淡青色のカプリパンツにカーディガンといういでたちは、ぱっとしない勤務評価には最適だけれど、マティーニにオリーブという客層を考えると三段階ぐらい下の略装だ。見ていると、高さ十センチものハイヒールに太ももが見えすぎているミニドレスの女がおぼつかない足どりで歩いていった。独身だったら、この手の店にたびたび来る必要があるってこと？　地道な努力を飛ばしてキープ男を釣り上げることはできる？　デイヴィッドみたいな男を。

「……それで満足を得られるかが問われる」サムが言葉を切り、片眉を上げてわたしを見た。意識が飛んでいた。でも、なんの話かわかっているかのようにうなずいた。

「気分は大丈夫か？」サムが心配そうにわたしの顔をのぞき込んだ。

「大丈夫」腕時計に目をやった。「長居できないの。明日、ジェイコブの学校で集まりがあって、それに出席することになってるから」生徒のあいだにドラッグ使用が広まりつつある問題について話し合う保護者集会。退屈この上ない話し合いだ。「あと一杯だけにする。なんなら二杯」

「そりゃ楽しそうだ。マイクとは学校で落ち合うのか？」

「どうかな」バーカウンターの真ん中あたりのグラスホルダーから短いメニューを取った。四品しかなく、どれもまともに発音できない。「腹ぺこだわ。夕食の待ち合わせにすればよかった」

サムはわたしの食事の欲求を無視した。「あの件は夫婦で話し合ったのか？」

〝あの件〟。浮気のことだ。マイクもわたしもますます避けかたが上達している巨大で厄介な爆弾。

「ううん」グラスを口もとへ運んでビールを長々と飲んだ。「話題を変えましょう。男の話を聞かせて」

サムの唇にかすかな笑みが浮かんだ。「昔よく話したな」

昔の彼は男の逸話に事欠かなかった。出会い系サイトの幹部。砂漠に大牧場を欲しがるスタントマン。ナプキンに電話番号を書いてよこすウェイター。自分に買えるはずのないワンベッドルームのアパートを探す俳優。サムが言い寄り、たいていは悲惨ながらおもしろい結果に終わっている。もう何年も彼から男の話を聞いてない。でも、昔の話だとしても、彼が披露すれば聞く。

「うーん」彼は頭を傾けた。彼が失恋の話を引き出し一杯分持っていても驚きはしない。わたし自身はもともと彼に少し惚れ込んでるけれど。「そうだな、おれがブルーのコンバーチブルに乗ってたのを覚えてるか……」

わたしはビールを飲みながら彼の話に耳を傾け、バーテンダーが来るともう一杯注文した。すぐにわたしは声をあげて笑っていた。

それがサムのすばらしいところ。サムはすべてを忘れさせてくれる。

18

リリアン

　サムの赤いユニット式カウチで目が覚めた。カウチのボタンが頬に食い込み、左脚がカウチの端から垂れている。あおむけになってトレイ型天井を見上げ、陽光に縁取られたヤシの葉の影が木象嵌に映って揺らめくのを眺めた。どうしてここに？　いま何時？

　両肘をついてゆっくりと上体を起こし、周囲を見まわした。あらゆるものが整然とかたづいている。重しのスカルを載せた本の山。三つ折りにしてサドルレザーの椅子にかけたアイボリーのカシミヤ製ブランケット。暖炉の上に置かれた水槽では、二匹のヨーロッパアナゴが黒珊瑚の周囲をゆったりと泳いでいる。「サム？」

　両足を床に下ろし、右のこめかみに痛みが走ったので顔をしかめた。バッグはどこ？　身をのりだして、レザーシャギーラグの上、さらにコーヒーテーブルの下に目を凝らした。

カプリパンツも見当たらない。むき出しの太ももを指先で弾くようになでた。頭を傾けて、サムのベッドルームへ続く長い廊下を見やった。ベッドルームのドアは開いていて明かりは消えている。いま何時なのか、バッグと携帯電話がどこにあるのかを知る必要がある。ゆうべなにがあったんだろう？　サムと〈パーチ〉で飲んで……そのあとは……

立ち上がると不自然なぐらい右へよろめき、まっすぐ立とうとすると足がもつれた。身を沈めるようにカウチに座った。あと何分か横になってるほうがいいかもしれない。今日はなにか予定があったっけ？　今日は何日？　ジェイコブの学校の集会には行った？

目を閉じて、サムの車の音か足音が聞こえないかと耳をすました。サムがなんとかしてくれる。

「まったくもう、酔いつぶれて」サムが必要以上に激しく肩を揺すった。わたしはうめいて彼の手をはねのけようとした。「冗談抜きだ、リル。もう十時になる」

わたしは目を開け、サムの手にスターバックスの紙コップが見えて猫なで声をあげそうになった。「パンプキンスパイス・ラテだと言って」

「パンプキンスパイス・ラテだ」

わたしは起き上がって紙コップに両手を伸ばした。感謝のうめきをあげながら、温度を確かめるためにおそるおそるひと口飲んだあと、一気にごくごく飲んだ。「あなたは聖人だわ」

「きみはダメ人間だ」サムは、よだれで頬に張りついた髪をそっと剝がしてくれた。「今日の予定は？　午前中になにかあるのか？」

「今日って金曜日？」

彼は唇を引き結んだ。「そうだ、リリアン」

「そんな言いかたしなくてもいいでしょう。頭がぼうっとしてるんだから。わたし、ゆうべはどれぐらい飲んでた？」

「おれと？」彼は腰を下ろしてカウチの背にもたれ、モノグラムのついた高価なスリッパを履いた足をコーヒーテーブルに乗せた。「ビールを三杯か四杯かな。あの店を出たあとでなにを飲んだのかは知らない」

わたしは身をひねって彼を見た。「あの店を出たあと？」

サムは、劣等生に教えるかのようにゆっくりとじれったそうな口調になった。「あの店を出たあと、おれがきみをタクシーに乗せ、きみは家へ帰った」

「えっ？」そんな記憶はない。サムがあるゲイバーの駐車場係の話を聞かせてくれたあとの記憶がまったくない……考えよう、それ以外の記憶をたぐり寄せようと懸命に努めた。

あのレストランでだれかを見かけた。知っている人を。あれはだれだったんだろう。「じゃあ、どうやってここに?」

「一時間ぐらい経ってから、ラデラ・ハイツまで迎えに来てほしいと電話をかけてきた。タクシーをつかまえろって言ったけど、現金の持ち合わせが足りないとか言って。ウーバー・タクシーを呼ぶのもいやだって。料金がマイクにばれるから」

「タクシー料金がマイクにばれることをどうして気にするんだろう」まったく理解できない。「どこで拾ってくれたの?」

「フォックス・ヒルズの近く。劣悪な地区だ。道路の穴ぼこのせいで車のアライメントがずれてしまうし」

「どうしてそんな場所に……」はっと思い当たって間を置いた。「ショッピングモールの近くにいた?」

サムは自分の分のコーヒーを手に取った。「もう少し西だ。ガソリンスタンドの縁石なんかに座り込んで」安酒場のバケツに尻を丸出しにして座っていたかのような言いかた。

「どうせカプリパンツも台なしだろう。洗濯機に放り込んだよ」

「ありがとう」彼の膝をぎゅっとつかんだ。彼のそんな心遣いには驚かない。サムは究極の世話好きだから。寝かしつける前に解熱鎮痛剤を二錠、氷水で飲ませてからおとぎ話を聞かせてくれたんだろう。いつか最高の父親になるだろうけれど、それまで彼はわたしのもの。

意識が〝サムのすばらしさ〟に寄り道をしている。わたしがラデラ・ハイツ地区のショッピングモールの近く、サムの言ったガソリンスタンド――あのガソリンスタンドは知っている――にいたことについて、考えられる理由はひとつしかない。フランがラデラ・ハイツ地区の二ブロック内側、庭にプラスチック製のフラミンゴをふたつ置いたショッキングピンクの家に住んでいるからだ。それを知ってるのは、何年か前、彼女がコスタリカへ行っている二週間ばかりのあいだ、彼女の飼い猫たちの餌やりをしていたから。痩せっぽちのシャム猫たちに餌をやったあと、一度だけあのガソリンスタンドで煙草を買ったことがある。どうしてもニコチンが欲しくなって、煙草を一本か二本吸ってもだれにも害はないと自分に言い聞かせたのだった。

でも、ゆうべはどうしてそんなところにいたんだろう？　ひょっとすると、フランが電話をくれて、彼女が編集部のスタッフたちにクリスマスに決まって贈ってるあのくさいフランス産チーズを肴にメルローワインでも飲みながら勤務評価を丸く収めようとしたのかもしれない。

「わたしの携帯電話はどこ？」

「そこに置いたけど」彼はわたしの背後に手を伸ばしてクッションを軽く叩いたあと、うしろの隙間に手を入れた。そこにはなかった。「鳴らしてみよう」

呼び出し音が鳴る前に見つけた。カウチの肘掛けとクッションのあいだに挟まっていた。

「あった」画面をアンロックし、通話記録を開いた。マイクからの不在着信はない。妻が帰宅しなかったことに気づかない――というか、気にしない――なんて、どんな夫よ。いや、帰宅はしたのかもしれない。とにかく、わたしはなんらかの方法でフランの家へ行った。マイクが送ってくれたとか？

そう、午後十一時四十二分にサムにかけている。その前は通話履歴なし。フランからの着信もない。テキストメッセージの履歴を見ても同じくなにもない。「車で拾ってくれたとき、わたしはなんて言ってた？」

サムはリネンのズボンの太ももあたりに片手をやり、なにかのかけらを弾き飛ばした。彼が黙っているので心配が深まった。「サム？」

「ゆうべのことはなにも覚えてないのか？」彼がようやくたずねた。

「そうよ」語気が鋭くなった。

「きみは泥酔してた」彼が言いにくそうに切りだした。「それに気が立っていた。少なくとも、おれと別れたときは腹を立てていた。でも、ガソリンスタンドで拾ったときは……満足した様子だった」

満足した様子？　どういう意味だろう？　わたしのぽかんとした顔を見て、彼はため息を漏らした。「洗濯機のカプリパンツを見てこよう。そろそろ乾いてるはずだ」

「性的な満足ってこと？」思い切って訊いてみた。

思いもよらず、彼は笑いだした。いつまでも笑っているので、わたしは睨みつけた。

「そんなに笑うことじゃないでしょう」と非難した。

「驚いたな」彼がひと息つき、笑いもしだいに収まった。「おれの言わんとすることを完全に誤解してる。遠まわしな言いかたをしたおれのミスだ。〝満足した〟様子というのは忘れてくれ。〝仕返しを果たした〟ように見えた。そう、そのほうが正確な表現だ」

〝仕返しを果たした〟。万力で締められたように、胃が不安できりきり痛んだ。そんな正解はまったく求めていない。真夜中にフランの家の近所をうろついていたと考えるだけでも不安なのに。なにを企んでいたにせよ、勝ち誇った悪党のように見えたなんて、よからぬ徴《しるし》だ。「なにか言ってた？」

「そうだな、おれのメッセンジャーバッグに吐く前に、なにをしてたんだって訊いたら、にんまり笑った」彼が心地悪げに身じろぎするので、ふたりのなかではわたしのほうが良い子だと思い出させたい衝動に駆られた。彼が運転しているときはいつもスピードを落とすように注意してるし、バーで会った同性愛嫌いの阿呆とは言い合う価値もないとたしなめてるんだから。彼の言う、泥酔して嘔吐する危ない女——そんなの、わたしじゃない。

自分が実際にそんなことをやるとは思えない。でも、こうして、それを裏づける携帯電話の履歴を下着姿で眺めている。

「にんまり笑っただけ？」

「ぞっとするほど邪悪な笑みだった」彼は顔をしかめた。「そのあと〝あやまちを正している〟と言った」彼が降参の印に両手を上げた。「意味はわからない」

「どうもまずそうね」わたしは気が抜けたように応じた。

「なあ、気を悪くしないでほしいんだけど、きみは覆面をした自警団員じゃない、リル。最悪の場合、消火栓のすぐそばに停まってる車のフロントガラスに痛烈な苦情を書いたポストイットを貼りつけたんだろう」

わたしは笑みを浮かべそうになった。いかにもやりそうなことだから。

彼が立ち上がった。「なあ、一時間後にリスティング契約を交わす約束があるんだ。乾燥機からカプリパンツを取ってくる。そのあと、きみの車のところまで送るよ」

洗濯室へ向かう彼にうなずいた。携帯電話に目を戻し、メールを開いた。わずかばかり手に入れた楽観も、受信ボックスに入っている最新メールを見て消え失せた。送信者名はフランで、件名を見れば内容は一目瞭然だった。

リリアン・スミス：解雇

19

リリアン

フランのメールは短く、わたしの知らないアドレス宛て――たぶん人事部だろう――にも共有されている。ＣＣ欄にはわたしを含めて四つのアドレスが入っていた。

リリアン・スミスはロサンゼルス・タイムズ・コミュニケーションズLLCを即時有効で解雇とします。当該人のデータベースへのアクセス、キーフォブ、駐車許可証、会社メール・アカウントを無効にしてください。

サムがわたしの淡青色のカプリパンツを持って戻ってきたときも、わたしはまだ画面を見つめたままだった。宙に浮かんでいるようなカプリパンツを目の端でとらえ、やみくもに手を伸ばして手探りでつかまえた。

「どうかしたのか？　顔が真っ青だ」彼が額に手を当ててくれるのがわかった。「体温は正常みたいだな」

「鬱になった」

「えっ？」彼が隣に腰を下ろしたので、わたしは頭を左に傾けて彼の肩に乗せた。彼は片腕をまわしてわたしを体ごと引き寄せた。

二十二年。ふた昔。マイクとの結婚生活よりも新聞社勤めのほうが長い。人生のすべてが粉々に砕け散ったような気がした。うめき声が漏れた。

「ほらほら、大丈夫だ」サムは片手で髪をなでたあと、頬の涙をぬぐってくれた。

いいえ、大丈夫なんかじゃない。わたしは幸せな結婚生活を送る妻だった。でも、そうじゃなかった。敬意を集める新聞記者だった。でも、もうそうじゃない。仕事を失くしたわたしの人生はどう見えるだろう？　わたし自身、どう見えるだろう？

「別の仕事を探せばいい」サムがわたしのこめかみあたりにキスをした。「リリアン。ほら。泣くなって」

なんてこと。泣いてたんだ、わたし。唇をきゅっと結んで、子猫のような泣き声が漏れるのを抑えた。マイクの浮気を知ってもこんなに取り乱さなかったのに、わたしの精神状態はどうなってるんだろう。サムが立ち上がりかけたので彼のシャツにしがみつき、ちくちくするリネンの生地に頬を押しつけた。

「マイクに電話をさせてくれ。迎えにきてもらおう」

「いや」悲しみの淵から浮かび上がって声を見つけた。「マイクには言わないで」

「どうして?」

「とにかく、彼には言わないと約束して」こんな挫折をマイクに知られると思うと……ただでさえ自尊心が傷ついてるのに、その傷口をナイフで深くえぐられるようなもの。まず、夫の気持ちをキープできなかった。次に、仕事をキープできなかった。「心の整理がついたら自分で言うから。まずはフランと話し合わないと。状況を確認する。案外、再雇用してくれるかもしれないし」パートタイムでもいいし、なんならフリーランサーとしてでもいい。くそ、いざとなれば媚びへつらい、泣きつき、売り込んでやる。

まあ……売り込みはしないかもしれないけれど。

「マイクには正直に打ち明けるべきだ、リル。重大事なんだから」

ちがう、サムは誤解している。何カ月も、ひょっとすると一年も、不正直だったのはマイクのほう。彼がもともと財布を別にしたがってたからそうした。仕事とプライベートを切り離したがったからそうした。わたしの普通預金口座には、向こう一年はわたし名義の支払いができるだけの蓄えがある。一年もあれば、次の仕事を見つけるには充分だ。それなのに、なにがあったかをマイクに知らせる必要がある？「サム、わが子の命にかけて誓うわ。マイクに話したら、あなたが首につけてるその愚かしいネックレスで締め殺してやる」わたしは彼を睨みつけた。

彼は声をあげて笑った。「これはボロータイというんだ」

「みっともない代物ね」

彼はその侮辱を聞き流した。「マイクは馬鹿じゃないよ。それに、言いたくないけど、もう行かないと約束に遅れるんだ」

そりゃそうだ。彼には仕事がある。まだ仕事があるんだから。わたしとちがって。今日は、二時締切のクラークとデントリンソンの訃報記事を書くはずだったのに。あれはだれが担当するんだろう？　ジャニス？　あのくそ女。めそめそ泣きだすとサムが肩を落とした。

「ほら、リリアン。しっかりしろ」

「大丈夫よ」むきになって言い返したものの、かすれた声が裏返った。「バッグをちょうだい。もう出ましょう」

彼が立ち上がった。「申し訳ない。キャンセルしたいんだが、例の桟橋建設事業の打ち合わせだから」

例の桟橋建設事業？　親友ならなんの話かわかって当然なのに、まったく見当がつかない。カプリパンツに片方ずつ足を通した。

大丈夫、ちゃんとできる。自分の車に戻ってフランのオフィスへ行き、なにが起きているのか突きとめるだけでいいんだから。

そのすばらしい計画も、十五分足らずで、〈パーチ〉の駐車場にて行きづまった。サムの車の助手席に座ってバッグのなかを捜索すること二回。くそ。キーが——ツール類やら思い出の品やらをじゃらじゃらつけた大きなキーリングが——見当たらない。

「おかしいな」ぼそりと言いながら不安が湧き上がる。「キーリングがない」

サムは、夕食時まで閉まっているバーを見やった。「ゆうべ店に忘れたってことは？」

「それはないと思うけど」わたしはうめくような低い声で言った。マイクはつねづね、わたしがぼんやりしてると思っているけれど、正直なところ、あのキーリングとこのバッグは大のお気に入りで、これまで一度も失くしたことはない。「うちまで送ってくれる時間はある？　うちにスペアキーがあるから、それを持ってタクシーでここへ戻ればいいし」

「いいよ。どうせ途中だから」彼はギアをドライブに入れ、わたしがシートベルトを締めるのを待った。「それはそうと、マイクにはうちに泊まってるって言ったから。昨日の夜。きみを拾ったあとで電話したんだ」

なるほど。なぜマイクが連絡してこなかったのかという謎はそれで解けた。サムが報告を入れていると気づくべきだった――わたしの世話をするという点で、彼とマイクは二人三脚の関係なんだから。「うちへ送り届けてくれればよかったのに」

彼はふっと笑って車を発進させた。「でも、きみはそれに反対だったし、知ってのとおり、おれはいつだって酔っぱらいリリアンの指示に従うからね」

「酔っぱらいリリアンはしばらく現われてないでしょう」わたしは抗弁した。よく酔っぱらっていたころ――ちょっとしたつらい時期を経験した数年前――アルコールの影響で明らかに人格が荒れたことがある。ジェイコブが撮った動画を見るまでは信じられなかった。ある夜キッチンで、興奮した口調でえらそうに、ブラウニーにはエムアンドエムズ・ミニを入れなくちゃいけないと――そのあとずっと――主張し、それが人生の進路を変えるといわんばかりにその意見を押しつけようとしていた。「真剣に言ってるの！」とわめきつづけていた。「おざなりに同意するのはやめて！　だれか書き留めなさい！」そのビデオは屈辱的だった。三十秒ほど見ただけで自室に引き取り、二度とこの部屋から出ない、酒を断つ、と決めたのだった。

自主隔離はせいぜい数時間しか続かなかった。それに、二週間も経たないうちに、ワインとカクテルを飲む日常を再開していた。でも、泥酔するのは避けてきた。少なくとも、ゆうべまでは。しかも記憶を消失――やれやれ。こんなことは初めてだ。

サムのSUV車が道路を駆けるあいだに、フランから〝あはは！ 冗談よ〞というメールが来てることを期待してメールを更新しようとした。ところが、ログイン認証情報が正しくないというエラーメッセージが表示された。

早くも締め出しをくらっている。

サムがうちの車寄せに入り、車庫のチューダー様式の扉の前に車を停めた。合鍵を差し出したから、わたしはそれで錠を開け、すぐに合鍵を返した。ジェイコブが学校へ行って留守なので、洗濯室で服を脱いでカーペット敷きの階段を駆け上がり、主寝室横のバスルームへ直行した。リンゴの香りのする極上シャンプーで髪を洗ってコンディショナーをつけ、しっかり洗い流したあと余分な水気を取り、ふわふわの黄色いタオルを体に巻きつけてバスルームを出た。

体を拭きながら、失職したことをマイクに隠すことについて改めて考え、決心を固めた。すでにリモートワークをしているわたしが書斎へ向かっても彼はなんとも思わないだろうし、ふだん取材や記事作成に割いていた時間は別の方法でつぶせばいい。たとえば、残りの人生でなにをしたいかを考えるとか。

ハンガーに吊した服を繰りながら、基本的には結婚式とかたまにある教会行事用に取ってあるライラック色のパンツスーツを引っぱり出した。今回は正装に値する機会だと思った。ただ、謝罪すべきことがあるのかどうかがわかればいいのに。

真珠のイヤリングをつけ、まだ湿っている髪を低い位置でお団子にまとめた。小説を書くといいかもしれない。冷たくあしらわれてきた妻が夫の愛人を追いつめる話を。もちろんリサーチは必要だろうけれど。鏡に向かってにこやかにほほ笑んだものの、すぐに感情の波に襲われて笑みが砕けた。ああ、なにを仕事にする？ インターネットのブログが世界を席捲してるし、これまでの定期購読者がオンラインで無料のニュースを読むほうを選ぶため、新聞社も雑誌社も手当たりしだいに記者を解雇している。あるミレニアル世代の女が（紙コップでコーヒーを飲みながら）言ったとおり、紙の新聞は……この世でもっとも無駄な代物だ。五年以内に発行禁止になるだろうと彼女は予測したけれど、それがまちがっているとは言いきれない。

ハイヒールを履くことも考えたものの、自分の身長をやたら気にしているフランを見下ろしたくはなかった。金色と黄褐色の二色使いのフラットシューズを履いて階下へ向かった。わたしのフィアットのスペアキーはキッチンの引き出しに入っている。マイクとジェイコブそれぞれの車のスペアキーの横に。スペアキーをポケットに入れ、引き出しを物色してほかに拝借できるものを探した。役に立ちそうなものがないので引き出しを閉め、迎車を手配した。到着まで四分。

玄関ドアを出て、奥行きの浅い玄関ポーチに並んでいるロッキングチェアのひとつの埃を払った。そのロッキングチェアを日の当たる位置に引き出して座り、ツイッターを開いて@themysteryofdeathのアカウントを見つめた。

クイズの謎は未解決のままだ。静かな夜、自宅にいる母親、その息子と夫。そのなかのひとりが死んだ。いろいろありすぎた昨夜、ヒントを出すのを怠ったせいで、スレッドには推理や意見があふれ返っている。死んだのは母親だとにおわせる絶妙なヒントを出さなければならないけれど、解雇通知のメールがまだなまなましく頭にある身としては、母親は先ごろ仕事を馘になったばかりだという当初考えていたヒントは直球すぎる気がする。

とはいえ、創造エネルギーが低すぎて当初の考えから逸脱できないので、そのヒントを打ち込んで投稿した。

そろそろ@themysteryofdeathを終わらせる潮時かもしれない。アイデアをひらめかせてくれて、《ロサンゼルス・タイムズ》紙の訃報記事やニュースのデータベースにアクセスできる記者という職を失ったいま、続ける姿が想像できない。だいいち、これ以上続けるのは元のキャリアにしがみついているようなもの。それって、ちょっとみじめじゃない？

そうかもしれない。迎車が縁石のきわに停まるのが見えた。

わたしのその一部まで死なせる覚悟ができているのかどうか、自分でもよくわからない。

20
リリアン

いろんなものをじゃらじゃらつけたわたしの大きなキーリングは、きちんと整理されたフランのデスクの真ん中に鎮座していた。わたしは、ここへ来た理由をしばし忘れて、呆然とそれを見つめていた。

「なにか驚くことでも？」フランがそっけなくたずねた。ニューヨーク訛りが顔を出している。

「それはわたしのキーホルダーよ」取りつけてある思い出の品のひとつを指さした。幼稚園に通いはじめたころのジェイコブの古いプラスチック写真だ。

「あら、よかった」フランは熱のこもった口調で応じた。まるでカナリアを飲み込んだ猫のように満足げだ。「じゃあ認めるのね」

〝認める〟？　どうもわたしが言いたかったこととはちがうようだ。「認めるって、なにを？」

「昨夜わたしの車を傷つけたことよ」

口から出そうな抗議の声を抑え込んだ。その結果、あざけるような不明瞭な音が漏れた。両手をぎゅっと握りしめた。「そんなことはしてない」それは嘘？　わからない。「やってない」

「でも、車の近くの道路にあなたのキーホルダーが落ちていたし、そのナイフの刃が出ていて、そこに車の塗料がまだ付いていたんだけど」

わたしはキーリングを見つめた。じゃらじゃらつけているなかのひとつ、ピンク色のスイス・アーミーナイフを。「わたしは――」

「もういい」フランが遮った。「昨日、あなたはもっと腕を上げる必要があると言ったわよね。あなたは耳を貸そうとしなかった。だからわたしもあなたの言いわけに耳を貸す気はない。氷は……」彼女は劇的効果を狙って言葉を切り、デスクに指先を立てた。その手はまるで蜘蛛のようだ。「氷は割れたらもとには戻らない」

「お願い、フラン――」

「やめて」彼女は片手を上げて制した。「あなたと仕事ができて楽しかったわ、リリアン。

でも、もう終わり。昨夜、警察に通報しなかったし、保険会社には無作為の破壊行為として申請するつもり。それを好意だと受け取って、どこへでも行って。酷なようだけど、推薦状も紹介状も書かないから」

まいった。わたしは手を伸ばしてキーリングをつかみ、ゆっくりと手前に引いた。この窮地を脱する方法を見出そうとしながら立ち上がった。フランは人間工学《エルゴノミクス》に基づいて作られた椅子《チェア》に深くもたれかかり、腹の上で指を組み合わせて、昨日と同じ得意然とした笑みを浮かべた。どういうわけか、彼女はこの件を楽しんでいる。

だからわたしはやったのかもしれない。何杯か飲んだあと、この得意然とした笑みを思い出してよからぬ考えが頭に浮かび、タクシーを自宅ではなくラデラ・ハイツへ向かわせたのかもしれない。もっと悪いことをやっていた可能性もある。車に傷をつけるぐらいいしたことじゃない。キーリングを落としてなければ、彼女がわたしを疑うこともなかったはず。

「さようなら、リリアン」フランが冷然と言った。

わたしはそれには応えず、毅然と頭を上げて編集長室を出た。

21

リリアン

　失業一日目、オフショルダーの白いドレスを着て、足首に紐を結びつけて履くウェッジヒールのサンダルを新調し、マリナ・デル・レイのあのカフェへ向かった。テキストメッセージ機と化したデイヴィッド・ローレントが三日間の予定でロサンゼルスへ来ていて、〝死ぬほど会いたい〟とメッセージを送ってきたから。

　道中で内なるテイラーにチャンネルを合わせ、車の窓をすべて開け放ってグウェン・ステファニーの音楽を大音量で流した。〝テイティ〟の愛称を使う？　まだ決めかねている。

　いつになく乱れた髪で、自然だとすら感じるぐらい平然とした態度でカフェに入った。

「テイラー」デイヴィッドが窓ぎわのふたり席で片手を上げ、立ち上がった。

　帽子はかぶっておらず、日に焼けたウェーブヘアはくしゃくしゃで、それを頭に載せたサングラスで押さえている。今日ははっきりと目が見える。緑色の瞳。鼻のてっぺんは少し皮がめくれている。わたしは魅入られたように見つめていた。十三歳を過ぎれば、誇りあるカリフォルニア州民は皮がめくれるほど日に焼けたりしないから。

彼がためらうことなく近づいてきたので、キスするつもりかと思って一瞬だけ凍りつきそうになったけれど、すぐに、フランス流に両頰にキスをするつもりだとわかった。ありがたいことに、あえぎもあとずさりも、唇をすぼめて彼の唇をとらえることもせずにすんだ。

「とても……素敵だ」彼はわたしの肩をつかんで、目に入るものに圧倒されたかのように眺めまわした。

わたしは、このときに備えて鏡の前で二時間も過ごしたことなどおくびにも出さず、声をあげて笑った。「やだ、やめてよ」どうぞやめないで。永遠に褒めつづけて。

彼はわたしの肩から手を放してテーブル席を指し示した。「座ろうか？」

テーブルに近づくと彼が椅子を引いてくれた。マイクがもう十年以上もやってくれない礼儀正しいふるまいだ。腰を下ろし、彼が向かいの席に座るのをまじまじと見ないように努めた。彼は見栄えがいいけれど、わたしが惹かれる理由はちょっと変わっている。元サーファーのような荒削りな見た目には惹かれない。わたしの好みは……なにが好みだろう？　独身だったころのわたしの好みは、痩せっぽち、栄養不足かと思えるような腹、少年のような生意気な笑みだ。こうして改めて大人の男たちに目を向けてみて、いささか途方に暮れている。独身女たちの意見に耳を傾けると、ステロイド剤に対する賛否両論を聞かされているような気がする。

〝まあ、彼には髪があるし、十キロぐらい体重が多くても目をつぶってあげる〟。

〝確かに退屈な男だけど、デル・マーにある彼の豪邸を見たことある？〟。

〝セックスは下手だけど、少なくとも笑わせてくれるもの〟。

「仕事はどう？」

わたしはぎこちない笑い声をあげた。カレンダーバイヤーという偽りの仕事のことを訊いてるとわかっているのに、現実を答えていた。「実は昨日、馘になったの」その言葉が口をついて出るなり、サム以外のだれにも打ち明けていない事実を告白したことに自分でも驚いて唇を引き結んだ。

「正真正銘の解雇？」彼が興味をそそられた様子なので、テイラーを演じているんだから望むとおりに話を進めてかまわないと言い聞かせた。

「うん、そう」偽りの名前が書かれたコーヒーカップを手に取った。「ドラマチック。大スキャンダルよ」コーヒーをひと口飲み、気を持たせるようにほほ笑んだ。「なにがあったかくわしく話してあげたいところだけど、やっぱり……ね。わかるでしょう」

「話してくれないなら、おれを殺せ」彼は熱っぽく言い、眉根を寄せて関心のあるふりを見せた。

「それよ」わたしは肩をすくめた。「あなたを殺すのは骨が折れそう。善戦しそうだもの」

彼は、見飽きることはないとばかりにわたしに目を注いだまま大きな声で笑った。そんな気の利いた返しがどこから出てきたのかわからないけれど、テイラーの役はしっくりきた。この役を演じるために生まれたみたいに。

「とにかく、きみはまもなくパンの配給の列に並ぶことになりそうだから、おれがこの街にいるあいだは夕食を作ってやらないといけないな。それに、このプレゼントもあげないと。カレンダー業界ののけ者になったきみには不愉快かもしれないけど」彼は控えめな笑みを浮かべてテーブルと壁のあいだに手を伸ばし、包装されたプレゼントを取り出した。

リリアンは興奮のあまり椅子から転げ落ちそうになった。でも、幸いなことに、そんなことには慣れっこな女テイラーは、きれいに包装された箱を平然と見やったのだった。

受け取ってはだめ。マイクからのこの前の誕生日プレゼントがコストコの会員証だったことなんてどうでもいい。わたしは結婚してるんだし、デイヴィッドは夕食に誘ったけれど、ここで線引きをして、わたしが結婚指輪をしていることを彼に思い出させなければ。

「うーん……」考え込むように言った。「夫のいる女が縁もゆかりもないハンサムな男性からプレゼントを受け取っていいものか、よくわからないわ」〝ハンサム〟という一語をクッションにした論点をさらにやわらげるために笑みを浮かべた。

「世のご亭主が知る必要のないことだってあるだろう」彼は一笑に付し、箱をわたしのほうへ押してよこした。「他意のないプレゼントだ。えっと、なんて言ったかな？　〝スカウトの名誉にかけて本当だ〟か」

というしだい。境界線は引いた。わたしは自分を褒めてやってから身をのりだし、頬をゆるめないように努めつつ、箱の前面に入念に蝶結びされたベルベットの赤いリボンを引きほどいた。箱は、宝飾品にしては大きすぎるし、本が入るサイズでもない。〝世のご亭主が知る必要のないことだってあるだろう〟。

たしかに。包装を解いて箱のふたを開けた。

入っていたのは、日めくりタイプの卓上用〝今日の豆知識〟カレンダー。目を上げると、彼の口もとにからかうような笑みが浮かんでいた。「わたしにカレンダーを？」

「まあね。持ってないんじゃないかと思って」

わたしは声をあげて笑った。「おもしろい推測ね」

「好きなのは〝今日の豆知識〟カレンダーだと言ってただろう。花束でもよかったんだけど、これのほうが安全で、でしゃばりすぎないプレゼントだと思って」彼がにっと笑った。

「ためになるうえに、色恋とは完全に無縁だ」

「というより、色気もそっけもないわね」わたしは正直に言った。「実は、うちへ来る郵便配達人のためにこれとまったく同じカレンダーを仕入れてあげたの」

それは嘘。彼もそうと察し、頭をのけぞらせて、またしても伝染力のある笑い声をあげた。わたしは包装紙をくしゃくしゃに丸めることで、彼と目が合うたびに体じゅうに広がるぬくもりまで押しつぶそうとした。

そんなに高価なプレゼントじゃない。こんなものに感動するはずがない。でも、心を打たれていた。

テイクアウト用の紙コップを手に、わたしたちは栈橋を進んだ。ディンギーやヨット、ハウスボートの前を通りながら、ときおり歩みをゆるめて船の後部に記された船名を読んだ。栈橋は活気がある。人びとが行き交い、犬たちが駆けまわり、前方の大型ヨットではクルーが作業をしている。潮の香りのする空気、気さくな仲間意識。通りかかると何人かがデイヴィッドに声をかけるので、わたしは紙コップのプラスチックのふた越しに彼を見つめた。「よくここへ来るの？」

「必要があって。右手前方におれのセカンドハウスがあるんだ」彼が桟橋の先を指差した。

「ボートに寝泊まりしてるの？」驚いてたずねた。ここにボートを停めてると彼が言ったとき、てっきり釣りかジェットスキーか、スポーツ好きの連中がロサンゼルス沖でやるなんらかのアクティビティ用のボートのことだと思っていた。

「そうだよ」何人かのグループを通すために脇へ寄る際に彼がわたしの腰に添えた片手は、綱止め《クリート》をよけるように誘導したあともしばらくそこにとどまっていた。「月のうち二週間はここへ来るようにしてる。あのボートはおれのホテルのようなもの。衝動に駆られたらデートに連れ出すこともできるしね」

「じゃあ、あなたの仕事って――どこからでもできるわけ？」彼がくれた名刺には繊維会社の名前が記されていた。インターネットでクイック検索して、いくつかの州でスクリーン印刷の店舗をチェーン展開している会社だということはわかっていた。

「そう」彼が右手の白い二階建てボートを指差した。「あれだ」

〈ロスト・ブイ〉号。船の後部へと上がるための乗り込み用ステップ。彼が片手を差し出し、どうぞと身ぶりで示した。

わたしはためらった。「ちょっと待って。これに乗るの？」

「コーヒー・デッキは上だ。このマリーナでいちばんの眺望だよ」

「コーヒー・デッキ？」わたしは疑わしそうにたずねた。

「まあ、ふだんはテキーラ・デッキなんだけど――きみのために例外を認めるよ」彼がにっと笑うと、ブロンド色のひげの生えぎわに隠れていたえくぼが見えた。

彼は片手を差し出したまま待っている――まるで、姫ぎみが馬車に乗るのに手を貸そうと待っている馬の世話係のような礼儀正しいふるまいだ。わたしは彼の手につかまり、プラスチック製の三段のステップをのぼり、船べりとの隙間をまたいで、チーク材の張られたデッキに上がった。

たった三段のステップなのに、人生の重要な転機のように感じた。胸のなかでは、マイクに対する怒りの周囲にかさぶたができはじめていた。

22

リリアン

デイヴィッドが解決策を授けてくれたおかげで、四十八時間足らずで失業期間は終わった。誇りもやりがいも、役得のようなものもないけれど、すぐにできる仕事だし、現金でチップをもらえる。マリーナ・コンシェルジュ。もったいぶった呼びかただけれど、要はヨット・オーナーたちの使い走り。わたしは三人のスタッフ――ジェイコブと同い年ぐらいのにきび面のティーン（カイル）、年老いた飲んだくれ（ショーン）、いつも風船ガムを嚙んでるレズビアン（ジェン）――の仲間に入った。決められた勤務時間も時間給もない。港長から携帯無線機を受け取り、それを短パンに留めて勤務につく。

完璧だ。

マリーナは泊地《スリップ》の大きさによってクラス分けされている。沖側へ行くほどスリップは大きくなり、遠端はヨットやメガヨットだ。コンシェルジュ・サービスの対象となる全長十八メートル以上の船は約八十隻、そのうち実際に使われている船は半分ほど。わたしは船のことはさっぱりで、双胴船はどれかと訊かれてもわからないし、船首《バウ》と船尾《スターン》の区別すらつかない。でも、マリーナ・コンシェルジュの仕事に船の専門知識はいっさい必要ない。仕事は簡単——無線が入って、船のオーナーに用を言いつけられたら、わたしたちのひとりが飛んでいって要望に応える。

文字どおり〝飛んでいく〟。年老いたショーンですら、肝斑の浮いた腕を振り、息を切らせて桟橋を急ぐ。なんのために急ぐのとカイルに訊いたら、早く応じるほうがチップをたくさんもらえるんだと教えてくれた。彼の言ったとおりだった。袋入りの氷を二分以内に届けたり、五分以内に最寄りのコンビニエンスストアで箱入りのタンポンを買って届けたら、二十ドルのチップが五十ドルになった。唯一、長引いたほうが実入りがいいのは犬の散歩——この船着場には十二匹の子犬がいる——と、船のオーナーとのおしゃべりだ。

初日の夜、デイヴィッドは約束を守り、獲ったばかりのロブスターを上甲板で料理してくれた。わたしはソファに長々と寝そべってよく冷えたシャンパンを飲み、近くのホテルのプールで演奏されているスチールドラムのかすかな音色に聴き入っていた。わたしたちはキスも交わしていない——結婚の誓いに反するようなことはなにもしていない——けれど、わたしたちふたりのあいだには電線が通っていて、それが燃え上がるのをわたしの自制という細い糸が抑えている。その糸が切れるときが来る。その予感に胸が震えた。

うちへ帰ると、ジェイコブは自室に引き取り、マイクはリクライニングチェアに座って野球中継を観ていた。「おかえり」彼がテレビの音量を小さくした。一カ月前には見せてくれなかった気遣いだ。

「遅い時間の約束があったから、夕食はうちで食べると思ってたよ」

置き、階段を上がりはじめた。「シャワーを浴びて、そのままベッドに行くから」

体じゅうが痛い――なじみのないその感覚が気に入っていた。何年ぶりかで体を動かしたからだ。服を剝ぎ取ってシャワーの温かいしぶきの下に入り、熱い針に刺されたようにうめきをあげそうになった。

シャワーから出ると、マイクがシャツを脱いで期待に満ちた顔をしてベッドに入っていた。でも、デイヴィッドからワッツアップでテキストメッセージが届いた。わたしはブルーの格子柄のフランネル・パジャマをつかんでバスルームに戻り、ドアを閉めてからメッセージを開いた。

〝おやすみ、美人さん〟。

あらまあ。たったそれだけの言葉で胸のなかに歓喜の花が咲いた。まるまる一分もその文章を見つめたあとワッツアップを閉じ、口もとをほころばせたまま清潔な下着とパジャマのパンツを身につけた。

返信して、わたしが結婚していることをデイヴィッドに念押ししたほうがいい。友情という砂の上に、もっとはっきりと線を引いたほうが。仕事のことをマイクに話したほうが。できればもっとまともな仕事に就いて、結婚生活を修復したほうがいい。

そうしたほうがいい

そうしたほうがいい

そうしたほうが……

でも問題は、わたしがそうしたくないこと。

「仕事はどうだ?」マイクはマッシュルームピザのひと切れを持ち上げ、ひと口食べた。夕食を作らなかったのはこの一週間で三回目なのに、どうやらだれも気にしていないらしい。彼が浮気をしたのが何年か前ならよかったのに。その場合の利点が、心の痛みを上まわりはじめている。

「順調よ」トレンブル夫妻のプードルを一時間ほど散歩させて百ドルのチップをもらった。桟橋に座って素足をぶらぶらさせ、あとの三人がメガヨットからクレーンでジェットスキーを下ろすのを見ながら、午前中からアイスクリーム・サンドイッチを食べた。ボート生活者のひとりがメカジキをひと袋くれたので、デイヴィッドがそれで昼食にタコスを作ってくれた。わたしはそれを食べながらビールを二本飲み、彼と初めてキスを交わした。背中がキャビネットに当たるぐらい狭い彼のボートのキッチンで。彼がわたしの鎖骨に鼻をすり寄せたときに、ひげが頰をなでた。彼の唇はそのまま額、鼻のてっぺんへと移り、そしてようやく、わたしが抑えながらも心のなかで求めていたとおり、唇に着地したのだった。

潮とマンゴーの味がした。キスをした次の瞬間、彼が謝った。〝ごめんね、子猫ちゃん。いっしょにいると気持ちを抑えられなくて〟。わたしはまるで高校生のように顔を赤らめ、午後はずっとにこにこしていた。

明日はボートでサンタ・カタリナ島へ行き、ふたりきりで一日過ごす予定。テーブルの下で小刻みに揺する足が椅子の脚に当たり、わたしはピザをひと口食べただけで紙皿に置いた。マイクが続きを期待して見つめているので、嘘を重ねて切り抜けようとした。「年配の夫婦が自動車事故で亡くなったから、ふたり分の訃報記事を書くの。今日は一日、子どもさんたちやお孫さんたちと過ごしてた」

ずっと自分の仕事をクールだと思っていたなんて滑稽だ。いまとなっては陰気で退屈な仕事に思える。なんのためにやってたんだろう？　ジャーナリズムの最下層の給料を得るため？　デニムの短パンとビーチサンダルで走りまわってるいまのほうが、『ロサンゼルス・タイムズ』社に勤めていたころよりもお金を稼いでいる。しかも、フランに答える必要も交通渋滞と戦う必要もなければ、ひっきりなしに訪れて頭から離れない締切もない。

氷水のグラスを取ってひと口飲んだ。「そっちはどう？」

マイクは昔からスポットライトを浴びるのが好きなので、ためらうことなく主役に立ち、ビットコインやら考えうる金融ソリューションやらについて難解な話を長々と披露しはじめた。資金を調達して、なんとかかんとか――彼の話を頭から遮断し、目を向けるとジェイコブは三切れ目のピザを食べながら携帯電話をいじっている。この子のことが心配だ。両親の悶着を感じ取っているとしても、それらしい様子を見せない。この子の感情の麻痺は、好都合ではあるけれど、ときが経つにつれてますます顕著になってきている。

「でも、それが問題だ。そうだろう？　市場が転換すれば破産だ。だから、チャンスもリスクも高いいまのうちに買うか、価格が上がって安定するまで待つかの駆け引きになる」

マイクはくだらない話に興奮している。浮気相手の女はこんな話に興味を持ってたの？ 彼とことごとく対等に話ができて、夜遅くに酒を飲んで高価なステーキを食べながら海外企業の財務状況の話題に没頭していたの？ それがわたしに欠落していたから、女はそれを利用して彼の生活に入り込んだの？

「〝月間優秀社員〟に選ばれたって教えてくれなかった」そのことは言わないつもりだったのに、非難の言葉が口をついて出てくるのを抑えられなかった。

「ああ」自分の展開している話にわたしがまったく関心を持っていないとわかって、彼は少ししょげた。「そう。先月。それと、その前の月も」

つけ加えたひと言ににじんだ得意げな口調は、わたしの怒りをあおっただけだ。二カ月もボーナスをもらったって？ そのお金をなにに使ったの？ 二回分のボーナスは《ロサンゼルス・タイムズ》紙の六カ月分の解雇手当に相当する。「それで？」わたしは肘を左右に突き出してテーブルの上で両手をきちんと重ねた。「そのお金はどこ？」

「金って？」彼はジェイコブにちらりと目を向けた。明らかに〝その話はあとで〟と告げるサインだけれど、わたしは無視した。

「ボーナスのことよ、マイク。お金をなにに使ったの？」

彼の視線は塩入れ、ビールへと移って、わたしに戻った。「クレジットカード。その支払いに充てたんだ」

「ふーん」そのひと言に感情をたくさん込めた。

クレジットカードでなににお金を使ったかが問題なんだけど。

留意すべきは、十八年もの結婚生活でマイクがクレジットカード払いを利用したことなんて一度もないこと。

彼はそれを誇りとしていた。目に見えない得点表に刻まれた点数が、自分はほかの連中より上の人間だ、わたしたち夫婦はよその夫婦より上だ、と思わせてくれるし、融資相談やファイナンシャルプランニング相談の場で強調すべき点だと感じているから。ちなみに、わたしたちにクレジットカードの借金はない。彼は借金をしたことなど一度もなく、なにが最善かを夫が知っているおかげでわたしも借金をしたことは一度もない。

マイクはなにか言いたそうだった。わたしの受動攻撃的ないやみったらしい反応に対して自己弁護したそうだったけれど、なにも言わなかった。彼をそのままにして、わたしは自分の紙皿をキッチンへ運び、食べかけのピザをごみ箱に放り込んだ。手を洗い、冷蔵庫を開けてマイクのビールを一本取り、それを持って二階へ上がった。

バスルームのドアに錠をかけて浴槽に湯を入れ、いっぱいに溜まると足から入ってうめき声を漏らし、きんきんに冷えたビールをひと口飲んだ。もっとビールを飲もう。ワインはスニッフィングやらスワリングやら七面倒な手順があって仰々しい。きんきんに冷えたビール――ライム添え。ライムを買おう――のほうがテイラーのような生きかたに合っている。熱い湯に顎先がつかるぐらいまで体を沈め、浴槽の脇にビール瓶を置いて、疲れた筋肉を温めた。生まれてこのかた、ウォーキングもジョギングも一度もやったことがない。そのわたしが、マリーナで働きはじめてわずか一週間で、栈橋とボートの広い隙間を軽々とまたぎ、バッグ入りの氷を四キロ分ではなく倍の八キロ分も運んでいる。おまけに、船舶用品店からいちばん遠い栈橋まで、息を継ぐために足をゆるめることなくほぼ走りきることができる。

両手を湯に入れて固くなった乳首をなで、さらに下へと這い下ろした。指先との接触を求めて脚を開いた。目を閉じてマイクのことを、次に連続ドラマのセクシーなスターを頭に思い浮かべた。でも結局、不本意ながら降参し、デイヴィッドを思い浮かべた。

あの自信に満ちた笑み。
わたしに注ぐ視線。
わたしのむき出しの太ももを這い上がっていく指。
首筋をかすめるひげ。

やさしく押し当てられた唇。
あの唇でわたしの胸の曲線をなぞってほしい。
彼に股間に入ってきてほしい。

目を閉じたまま、想像のなかで降伏した。

死の一カ月前

23

リリアン

@themysteryofdeath：SNSを休止します。復帰するかもしれないし、しないかもしれません。しばし お別れを……

ディヴィッドのプレゼントのカレンダーは書斎のデスクの上、固定電話の横に置いてある。毎朝、メールチェックをしてニュースをいくつか読み、カレンダーの前日のページを破り取って新しい〝今日の豆知識〟のページに替える。ボタンを押せば今日の日付を教えてくれるスピーカーが前面についてるせいで、このプレゼントは少しかさばる。不必要な機能なので、わたしがカレンダーバイヤーだったらあきれて首を振っただろう。でも、批判的な感想はさておき、重さは気にならないし、書かれた豆知識を楽しんでいる。〝今日の豆知識〟は、ぞっとするとまでは言わないまでも、興味深いものだった。〝ウミウシは切断された頭だけになっても体を再生することができる〟。わたしはタンジェリンオレンジの薄皮をむきながらメールをスクロールした。ダイレクトメールばかり。ブラウザを閉じてエルゴノミクスチェアの背にもたれかかり、酸っぱいタンジェリンオレンジを口に放り込んだ。両脚を伸ばして、太もも上部の筋肉に見惚れた。解放されている。全身に感じ、見えはじめた変化。それに、スケジュールを自分で決める自由はまるで天国だ。

腰掛け仕事――これからの身の振りかたを考えるあいだ現金収入を得る仕事――のつもりだったのに、楽しんでいる。

桟橋での仕事は内容が毎日ちがう。犬――小型犬、中型犬、大型犬――や、ときにはアーチ・ビローの飼っているオウムを散歩させる。今週は、ディナーパーティの買いものをして、一ケースのカスタムワインを受け取るためにソノマまで車を走らせた。火曜日は駐車場でセミトレーラーを出迎えて、業者がオフホワイトのフェラーリをゆっくりバックさせて荷台のスロープを下ろし、貨物船に積み込むのを見届けた。先週は、だれかのティーンの娘に航空会社を装って電話をかけ、予約していたフライトがキャンセルになったと告げた。頼まれればどんなことでも文句を言わずにやったし、存分に楽しんでいた。ジェイコブを出産して以来蓄えていた余分な肉も、座りがちだった生活から活動的な生活へと変わったことによって落ちはじめている。手首には歩数と消費カロリーを計算してくれる新しい腕時計。毎日の平均が充分に高いおかげで、食べたいものをなんでも食べることができるので喜んでいる。

お金も充分に入ってくる。ボートのオーナーたちは多種多様な富裕層だ。〈グリーディ・ガール〉号のオーナーたちは二百人のゲストにザリガニのボイルを用意し、日没時にはフィドルを取り出してケイジャンの歌を歌った。〈サンタズ・ベイビー〉号のタトゥーを入れた紳士はわたしとチェスをして、五十ドルのチップといっしょにビーフジャーキーをくれた。四日間スーパーヨットに滞在したあるレズビアンのカップルが――有名な女優とハイテク企業の幹部だ――キューバ産の葉巻をひと箱くれたので、そっくりデイヴィッドにあげた。

後部甲板《アフターデッキ》とか昇降口《ハッチ》といった用語も覚えはじめてるし、丸一日ベネッティ・ヨットの船体表面にワックスをかけたこともある。そのあとはデイヴィッドのソファに倒れ込んだ。全身が痛んだけれど楽しかった。彼がわたしの水着の紐を引きほどいて覆いかぶさってきたとき……夫と息子のことなんて考えなかった。彼のキスを受けながら、自分がまったく別の女へと変わりつつある気がしていた。
マストからはずれて風のなかへと勢いよく飛び立つ帆になったような気分。
つなぎ止めるロープなし。
予測不能。
うきうきした気分。
わたしはタンジェリンオレンジをまた口に放り込んで笑みを浮かべた。

24

マイク

おれはたまに妻を尾行する。普通じゃないと言われたこともある。世の夫は妻の車にGPS追跡装置をつけたりしないし、駐車場に停めた車のなかで双眼鏡を手にして、地元のヨガスタジオで下向きの犬のポーズをする妻の姿を眺めたりしない、と。

だが、おれは世の夫ではない。世の夫どもはリスク分析を生業《なりわい》としていない。些細な行動やちょっとした決断が人生を一変させる惨憺たる結果へとつながるおそれがあることを理解していない。おれの人生のどの側面を分析しても、弱みはふたつしか見つからないはずだ。だが、リリアンの詮索のおかげで、そのうちのひとつは解消できた。

もうひとつは、当のリリアンだ。どのような理由で仕事を休んでいるにせよ、よそよそしくなる一方の彼女が一日をどう過ごしているのかに興味を覚えた。だから、一年以上ぶりにGPSアプリにログインして彼女の行動を追いはじめた。ヘザーに言いつけて予定を丸一日空けさせたおかげでリリアンを尾行できた。そうしてよかった。おれの連れ合いはどうやら下品な波止場ネズミに成り下がったらしい。裾を切りっぱなした短パンにTシャツという格好でボートのあいだを走りまわり、氷やら食料品やらの入った袋を見知らぬ連中に運んでいる。

わが子の母親が社会の最下層に転落してしまった。レストランで客の食器を下げるバスボーイかなにかのようにチップをもらい、それを短パンのうしろポケットに突っ込む。昼食時には通りの角のガソリンスタンドまで歩いていってホットドッグとソーダを買い、それを魚加工場の横のベンチに座って食べる。

彼女はなにをしているのかととまどった。なにを考えて、あんな好き勝手なことを。サムの心配が的中した。以前の彼女は——成功と評価を手にしていた女は——この数年で消え失せた。ここまで身を落として……これでは、人生をともにしようと約束した女とはまったくの別人だ。

ま、しばらくはこのまま楽しませてやろう。中年の危機を乗り越えさせてやろう。だが、自力で本来の道に戻れないようなら、あんなことはおれが終わらせてやる。

彼女は理解も感謝もしないだろう。なにしろ、決して理解も感謝もしない女なのだから。

25

リリアン

デイヴィッドはフレズノに戻り、一週間不在。彼のいない港は空っぽに思える。わたしは港へ行く回数を減らして家にいる日を増やし、やましさを抱えつつ、遅ればせながらジェイコブの行動を把握することに時間を費やした。失業中の身なので、息子の生活に関与しない理由はない。それなのに、港で働きはじめてからというもの、週末や夜はたいてい行方をくらましていた。

「母さん」

その声に驚いて向き直ると、ジェイコブがバックパックを肩にかけてドアロに立っていた。「なに？」

「ショーンの家へ行ってくる。夕食は向こうで食べるから」

「そう」息子を家にいさせる口実を考えようとした。オーブンを見下ろした。タイマーの残り時間は二十分。「ナスのパルメザン焼きを作ってるんだけど」

ジェイコブは顔をしかめた。「ああ、ピザかなんかですませると思う。帰りになにか買ってきてほしいものはある？」

なんと気が利くこと。甘やかしすぎだってマイクはいつも言うけれど、育てかたはまちがってなかった。思春期の子はホルモンのせいで怒り製造機と化すと言われてるのに、この子は決して言い返したり声を荒げたりしない。「いいえ、なにもないわ。ありがとう」

「わかった。じゃあ行くね」

行ってらっしゃい、と返した。出かけようと向き直ったジェイコブのバックパックが壁に当たり、フーバーダムで撮った家族三人の写真が少し傾いた。まっすぐに直そうかと考えはしたものの、そのまま放っておくことにした。

料理ができあがったときにはホワイト・ジンファンデルをグラスで二杯も飲んでいた。ワインの影響か、デイヴィッドが一週間も不在だという意識のせいか、マイクがキッチンに入ってきても嫌悪感で体がこわばることはなかった。彼は買い物袋ふたつをキッチンカウンターに置いてわたしの頰にキスをした。わたしはされるがままキスを受けたあと、買い物袋に目をやった。「それは？」

「きみがナスの料理を作ってるとジェイコブが知らせてくれたんだ。だから〈ヒューストンズ〉に寄って、きみの好きなチーズパンと、パイを何切れか買ってきた」

笑みを漏らすまいとしたけれど、マイクが以前はよく見せてくれた気の利く行為にじんとしていた。「ありがとう」

彼はバッグからもうひとつ取り出した。「それと……これをきみに」

本だった。新刊のハードカバーが三冊。うち一冊はすでに読み終えた小説で、車のトランクに、ボートシューズの横に押し込んであるけれど、彼がそれを知る由もない。

「読書量が増えてることに気づいてたから」彼はいちばん上の本を指先で軽く叩いた。

「これはテレビドラマになると書店員が言ってた」彼と目が合った。自信たっぷりで悠々としている。それが癪にさわる反面、魅力的でもあった。マイクに最初に惹かれたのがこの自信家ぶり。デイヴィッドに惹かれたのも。それがわたしの好みのタイプなのかもしれない。もっとも、デイヴィッドはマイクよりも千倍もリラックスしていて、少なくとも二倍は楽しい人だけれど。

「ありがとう」彼の行為に感謝し、一時休戦を申し入れようと、しかたなく笑みを送った。

「ワインを飲む？」

わたしたちは無言で食事をした。でも、その沈黙は心地のいいもので、いらだっていたわたしの神経も、ワインと、マイクが生来持っている楽観性のおかげでやわらいだ。マイクは体重が落ち、疲れて見える。それが彼がみずから招いたことじゃなければ同情していたはず。

「『ロサンゼルス・タイムズ』でリストラがあったそうだね」彼はチーズパンを半分に割った。「仲間のだれか職を失ったのか？」

思いやりある発言だけれど、あの職場に仲間はいなかったし、彼だってそれを知っている。この性格では人間関係を築くことはできない。まして、ふだんから、すべてがネットワーク化される以前から、在宅で仕事をしてたんだから。「ううん、親しい人はだれも」ワインをひと口飲んだ。わたし自身の解雇へと話を運ぶのにいい機会だ。チャンスは目の前にある——あとはそのチャンスをつかむだけ。でも、打ち明ければ、職探しや面接、選択肢にまで話は及ぶだろう。

そのすべてに嘘をつく気にはなれないし、マリーナのことを話す覚悟はまだできてない——ひょっとすると永遠にできないかもしれない。

「モーリス・グレップを担当する可能性はあるのか？」

わたしはマイクをぽかんと見つめ、ビバリーヒルズの大物についてなにを訊こうとしているのか理解しようとした。「どういう意味？」

「訃報記事に詳細情報が必要なら、彼はうちの会社のクライアントだ。ただし、彼が著名人だと見なされてるなら話は別だ」彼は咳払いをした。「聖域とされてるなら」

モーリス・グレップが死んだにちがいない。驚いた。いつのことだろう。今日？　昨日？　すっかり世事に疎くなっている。記者時代への郷愁の波に襲われたのは、ワインのせいにちがいない。

「ああ」わたしはグラスのワインをまわした。「わたしは担当しないと思う。でも、申し出をありがとう」

彼と目が合い、予兆を感じた次の瞬間、嵐に襲われた。「リル、きみはおそらく知らないだろうが――いや、きみが知らないことはわかってるんだが――おれは毎朝、会社のすぐ近くの軽食店でベーグルとコーヒーを取っている。その店があるのはできたばかりのショッピングセンター、ほら、おれのウールのズボンをなくしたドライクリーニング店のある……」

彼はとりとめもなく話している。ひょっとすると、これは打ち明け話なのかもしれない。浮気相手について洗いざらい話す瞬間なのかもしれない。女がその軽食店で働いてるとか？　そんな話、聞きたくない。知りたくない。まずいコーヒーを飲み、油っぽいベーコンを食べながら親密になっていくふたりの姿を想像したくない。「マイク」消え入りそうな声で制した。

「そうだな。そんなことはどうでもいい。おれがその軽食店へ行くのは《ロサンゼルス・タイムズ》紙を置いてるからだ。毎日、朝食を取りながら、きみの書いた訃報記事を読むんだ。馬鹿だよな」彼は肩をすくめた。「でも、そうすることできみとつながっていると感じる。きみの仕事がまったく理解できないわけではないという気になる」

やめて。何ヵ月か前なら感動したにちがいない彼の行為が、いまは罪悪感をもたらしている。

「きみは本当に才能がある。署名を見なくてもきみの記事はわかる。気に入った記事は切り抜いてデスクの引き出しにしまってるんだ」彼の口の端が上がり、誇らしげな笑みを浮かべた。「ラクロス選手の記事――あれがいちばん気に入ってる。ジェイコブを連想させたからね」

ラクロス選手の記事はわたしも気に入っている。スーパースター選手ではなかった――刺殺される前のわずか一年しかプレーしていなかった――けれど、精いっぱい輝かせてあげた。あの訃報記事が出たあと、母親が訪ねてきた。涙でいっぱいの目をして、熱く長い抱擁をしてくれた。

「あの件を知ってからなにも書いてないな」彼が唾を飲み込んだので、彼の顔に浮かんでいる緊張の正体がわかった――怒りでも疑念でもない。うしろめたさだ。

彼は時期を勘ちがいしている。わたしが解雇されたのは彼の浮気発覚から一、二週間後だ。でも彼がどう考えているかはわかった。すべての原因が自分にあると思い込む男の典型例。精神が壊れたせいでわたしがペンを取って記事を書くことができなくなったと考えている。ほんの一瞬のうちに、このまま彼にやましく思わせておこう、偽りの道をさらに突き進もう、と決めた。「実はサバティカル休職中でね。いまだって書いてるわ、訃報記事じゃないけど。小説を書いてるの」

彼が興味を示したので、もっとつまらないものにすればよかったと後悔した。「本当に？　きみにぴったりだと思うよ、リル。まさにうってつけだ」

青くさくて愚かな意見。わたしが小説の創作が得意かどうかなんてマイクにわかるはずがない。不得意である可能性が高い。小説は場面や人物、プロットを複雑に組み合わせた創作なんだから。一カ月ほど前、小説の執筆に挑戦しようと考えた。でもいまは、ただ酔っぱらってデイヴィッドとセックスしたいだけ。

そんなことを考えるべきじゃない。それも、わが家のダイニングルーム――ジェイコブの乳歯が初めて抜けた場所、フィッシュ・スティックとフライド・ポテトを食べながらわたしが三度目の流産を打ち明けた場所——で。でも、考えていた。デイヴィッドとの体験のひとつひとつがわたしの新たな一面を解き放ってくれるようだ、と考えていた。それに、わたしがまだマイクに対して感じているつながりをセックスが断ち切ってくれるかもしれない。彼の浮気のことを絶えず思い出してもなお振り払うことのできそうにない気持ちを。わたしの感情は絶えず浮き沈みしている。デイヴィッドの〝会いたくてたまらない〟というテキストメッセージで浮き上がる。ちょうどいまみたいに、マイクが見せる子犬のような表情で沈む。

わたしはグラスを傾けてワインを飲み干した。これが地獄へ続く道だとしたら、わたしは着々と歩を進めている。「お皿をシンクへ運ばないと。サムと一杯やる約束なの」

「ほう。あいつとよく会ってるのか？　このごろうちへ来ないようだが」

わたしは皿とナイフとスプーンをまとめだした手を止めて、もっともらしく聞こえる鋭い笑い声をあげた。「もちろん、よく会ってる」だって、ほかのだれと毎日を埋めるのよ。

マイクはそれが本当かどうかを疑わない。退屈な日常を送る妻の言葉を。ある年の夏、スパイスラックのスパイスをすべてアルファベット順に並び替え、割引価格で買ったラベルメーカーで作ったラベルに貼り替えるような女だ。

見ていると、愛する浮気夫は使ったスプーンの横にきれいなナイフをまっすぐにそろえている。「彼によろしく言ってくれ」

そうするというようにうなずいたものの、〝サムと一杯やる約束〟はその場の思いつきだ。本当はサムとは何週間も会ってない。向こうは毎日、電話やテキストメッセージをくれるけれど、会いたいと誘われるたびに口実を作って断わっていた。

「皿洗いはおれがやろう」マイクが自分の使った皿をキッチンへ運んだ。わたしも自分の皿を持っていき、キッチンですれちがう瞬間、彼があの目をした。ロマンチックな意図を秘めた目を。彼がキスしようとしたので、わたしは片側へよけた。

彼がいらだちのため息をついた。「もう一カ月以上だぞ、リル」

「そのとおり」わたしはそのままドアロへ向かった。「あなたが急に妻に目を向けることにしたのはわたしのせいじゃないでしょう」

彼が黙っているので、わたしはバッグをつかみ、フックから車のキーを取った。背中はこわばり、口調は決然としているけれど、内心は……いまにも彼にキスしそうだ。彼に身をゆだねて、昔に戻ったように唇を重ねたい。彼に、わたしを抱きしめ、求め、愛してほしい。

なのに、わたしにはその心の準備ができていない。いまはまだ。

26

リリアン

家から逃げだして車を北へ向け、ダウンタウンを抜けてパシフィック・コースト・ハイウェイに入り、ヴェニスそしてサンタモニカを過ぎた。ゲッティ・ヴィラに近づき、自分のついた嘘を事実にしようと決めて電話をかけると、サムはパラダイス・コーブで会うことに同意した。フローズンヨーグルトの売店を見つけてブルーベリー味をコーンで買っているときに、サムのレンジローバーが駐車場に入ってきた。

サムはわたしを抱きしめてキスをしたあと、一歩下がって全身を見まわした。「ワオ、すごいな」

わたしは自分のトレーニングショーツとTシャツに目を落とした。「ほんと、すごい格好」

「いや、褒めてるんだ。似合ってる。痩せた？」

「日焼けのせいだと思うけど」でも本当は痩せた。四キロ近く。バスルームの鏡に映った姿は、自分でもきれいだと思って眺めている。

「とにかく」サムが愛想よく言った。「格好よく見えるよ」

「ありがとう」フローズンヨーグルトの売店の窓口を指差した。「どれか食べる？」

「もちろん」


ボウルに入れてもらったホワイトチョコレートチップ・トッピングのピニャ・コラーダ味のフローズンヨーグルトを食べているサムに、わたしはデイヴィッドとのあいだに起きたことをすべて打ち明けた。サムは注意深く話を聞き、眉間に皺を寄せて情報を吸収した。彼は昔からマイクの熱烈なファンだから、尻軽な行為に説教をくらうと覚悟していた。でも、彼はプラスチックの赤いスプーンをフローズンヨーグルトに突き刺し、口の前に両手で三角を作って考え込んだ。

「リリアン」ようやく口を開いた。

「なに？」わたしは両手を両膝のあいだに差し込み、罰が下されるのを待った。

「おれが思うに……」彼はゆっくりと切りだした。「きみは慎重にならなければいけない。

それと、この機会に、この先の人生をどうするのかを決める必要がある」

彼がわたしの肩に手を置いたので、なんだかナイトに叙されているような気分になった。彼はわたしの目の奥をのぞき込んだ。わたしは目をくるりとまわしたい衝動を抑えた。サムはどんなことも計画を立て、徹底的に考え抜く男だ。運転中にポッドキャストを大量に聴いて、人間関係や自己啓発、ビジネスに関する意見を毎日何時間分も取り入れている。結果、『GQ』に載ってるような服装をした歩く百科事典の完成——ま、その知識の大半は完全にごみだけれど。

わたしはこの先の人生をどうするのかなんて決めたくない。一度ぐらい身勝手になって、自分のためになにかしたい。ひょっとすると、マイクの浮気による心の痛みを克服し、彼を許すかもしれない。彼を許さず、離婚するかもしれない。

蝿が耳のそばをかすめたのではたき落とした。「いま考え中」

サムがいらだった顔をした。

「なに？」わたしはフローズンヨーグルトのてっぺんからホワイトチョコレートチップを取った。「いま考え中。あなたは、ただ部屋に座ってマイクのもとに残るか別れるかを決めてほしいんだろうけど、それって重大な決断よ、サム。マイクは夫なんだし。十八年も連れ添ってるんだし」

「でも彼は浮気をした。きみは彼を憎んでいる」

「いまはね。それがいつまで続くかはわからない」

サムはため息を漏らし、フローズンヨーグルトをわたしのほうへ押してよこした。「余計なお世話か？　そんな気がする」片脚を振り上げてコンクリート製のピクニックベンチをまたいだ。「だとしたら、保護本能が働いてるからだ。それに、ほかのだれよりものごとを知ってるしな。これだけ優秀な頭脳を隠しておくのはむずかしい」

わたしはうなずいて、彼が優秀だと同意した。「あなたの自制心は賞賛に値する」

「職を失ったことはマイクに話したのか？」

わたしは顔をしかめた。「なんとなくはね。わたしがいま仕事をしてないことは彼も知ってる」

「じゃあ、これまで以上にきみが幸せで健康そうに見えたってこと以外、おれからはなにも言わない。相手の男が何者であれ、そいつにチャンスを与えてやるんだな。きみだってそうだ。きみ自身、そしてきみの幸せにチャンスを与えてやれ」彼は立ち上がり、片手を差し出してわたしが立つのに手を貸した。わたしを引き寄せて頭のてっぺんにキスをするので、わたしは彼のシルクのシャツに向かってほほ笑んだ。

わたし自身とわたしの幸せにチャンスを与える。その考えが気に入った。サムの山ほどのたわ言のなかには金言が交じっているのかもしれない。

27

リリアン

カレンダーをもらってから二週間――〝シロクマの皮膚は黒く、体毛は白ではなく透明だ！〟――デスクの前に座って〝今日の豆知識〟を読もうと伸ばしかけた手を止めた。驚いたことに、あのかさばるカレンダーがなくなっている！　固定電話と、マイクのお母さんからクリスマスプレゼントにもらったマンゴー・パイナップルの香りのアロマキャンドルとのあいだ、なにもない空間を見つめた。

だれかがあやまって落としたかもしれないので床も見たけれど、スペインタイルの上にはなにもなく、デスクのほかのものの位置はずれてもいない。立ち上がり、デスクの奥へまわってよく調べた。やはり、ない。引き出しのなかも確かめてから廊下へ出た。「マイク？」

リビングルームにもダイニングルームにも姿がない。キッチンの窓の外に動くものが見えた。シンクに近づいて窓のガラス越しに外をのぞくと、マイクが裏庭の物置の錠をいじっている。わたしは裏口へ向かう途中でキッチンカウンターのボウルから赤ブドウをつかみ取り、ごみ箱の横で足を止めた。コーヒーの出し殻とつぶしたペプシ缶の上にカレンダーが無造作に放り込まれている。わけがわからず、そろりと取り出した。それをキッチンカウンターに置き、裏口のドアを開けてマイクを呼んだ。

彼が戻ってくるまでの何分かのあいだに、カレンダーがもう使いものにならないことがわかった。裏面にも開いている電池ボックスにも、コーヒーのどろりとした黒い出し殻がついている。ページの端には食用油がしみ込んでいる。わたしがすっかり腹を立てたところへ、彼がマットで靴をぬぐってドアを開けた。「なんだ？」

「あれを捨てた？」わたしは身ぶりでカレンダーを指した。

「きみのだったのか？」

「そう、わたしのよ。ほかのだれのものだというのよ」

「どこで買った？」

思いもよらない質問だったので、返事に詰まった。「プレゼントだったの」

「プレゼント？」彼が一歩近づいてきた。怒りをたたえた目。彼がなにをぴりぴりしているのか理解しようとした。わたしが両手で頬づえをついて、くりくりした目でカレンダーを見つめていたことがあるとか？　うっかり縁にハートをいくつか描いていたとか？　それとも、彼が浮気をしていると第六感でわかったのと同じように、彼の直感なんだろうか？「だれにもらった？」

「カフェのバリスタよ」わたしがたどり着いた最初の嘘。願わくは、もっともらしく聞こえて、嘘だと彼にばれませんように。

「バリスタがカレンダーをくれるなんて妙だと思わなかったのか？」

「たしか、本日百人目の客かなんかの景品だったから」と弁解した。説得力があって、なかなかいい。そんな自画自賛を遮って、彼が次の質問を放った。

「どこのカフェ？」

「なに？」わたしは喉の詰まったような笑いを漏らした。「どうして気にするの？　たかがカレンダーでしょう。いつからわたしのカフェ習慣に興味を持つようになったの？」

「どこの・カフェ・だ？」彼がさらに体を近づけたので、彼の息からオレンジジュースの酸っぱいにおいがした。

スターバックスでは信用してもらえそうにないので、最初に思いついた地元のカフェにした。「ショッピングモールの向こう、靴の修理店の近くのカフェよ」

なんとまあ。悪くすると、彼はあのカフェへ行って景品のことを問いただすだろう。愚かな嘘だ。そもそも、彼はどうしてこんなことを訊くんだろう? わたしも、買ったって答えればよかった。いまさら話を変えるのは手遅れよね?

胸の前で腕を組み、彼がカレンダーを捨てたことに話を戻そうとした。「どうしてごみ箱に放り込んだりしたの?」

彼はなにか言いかけてやめた。わたしの車を使ってジェイコブにマニュアル車の運転を教えようとしたときに、エンジンがかかっては止まったのを思い出す。懸命に返事を絞り出そうとしているマイクを興味深く見つめた。きっと嫉妬のせいだ。彼がデイヴィッドとのことを知っている、あるいは疑っている可能性はある?

毛布にくるまれたようなぬくぬくとした心地よさに包まれた。彼が気にしている。わたしが一歩踏み出すことが、いまあるいはこの先、夫になんらかの影響を与えるってこと?

実はここ何年か、その点に疑問を持ちはじめていた。たとえ〝今日の豆知識〟カレンダーを破壊するという形だったにしろ、それを確認できたことは……せめてもの慰めだ。笑みが漏れないように頬の内側を噛んで、向き直って裏口のドアノブをまわすマイクを見つめた。

「どうなの?」わたしは返事を迫った。

「カフェでもらったんだな。いつ？　どれぐらい前に？」

「さあ」わたしはうなるように答えた――本当はわかっている。過ぎた日のページは引きちぎり、デイヴィッドにもらった日から使いはじめたんだから。十月三日。ちょうど二週間前から。「二週間か三週間？　ひょっとすると一カ月前かも」実際よりも長めに答えた。彼がカフェへ行って訊きまわるといけないから。本来ならそんなことはしないはずだけれど、生まれ変わったマイクは――思いやりがあって、いつもそばにいるマイクなら――本当にやりかねないから。

「一カ月前？」彼は愕然としているようだった。「そのカレンダーを一カ月前から置いてたのか？」

わたしはぎこちない笑い声をあげた。「もしかすると、だけどね。どうしてそんなにびくついてるの？」

彼はいらだたしげなため息を漏らし、裏口のドアを開けた。「今度から、どんなこともおれに確認してくれ、リル。まったくもう」彼が足音荒く外へ出て、叩きつけるようにドアを閉めたので、その音の振動でわたしの素足の下でタイルまで震えた。わたしは頭を巡らせて、物置へと戻る彼をキッチンの窓越しに見つめた。

やれやれ。惨憺たるカレンダーを見て、ごみ箱にそっと戻した。

デイヴィッドのプレゼントを家に持ち込んだことをうしろめたく思うのが当然だろう。彼との友情が明白かつ正式に情事の領域へと進展したんだからなおさら。でも、うしろめたさは感じなかった。無謀で大胆な気分だった。欲しいものを追い求め、その影響なんて知ったこっちゃない、と言ってのける女のように。

テイラーのような気分だった。

28

リリアン

「ふたりで旅行しようよ」デイヴィッドは隣のサーフボードで波に浮かんでいる。あおむけに寝そべり、わたしと指をゆるく絡ませて。「世界で好きな場所は？」

「好きな場所？」わたしは目を閉じた。「うーん。わからない。あまりいろんなところへ行ってないから」

「家族でよく行く場所は？」

わたしは声をあげて笑った。「しけた場所ばかり。夫が旅行代理業者だったら最悪でしょうね。しかも飛行機恐怖症だから、結局いつも車で何日も移動するはめになるの」

マイクの飛行機恐怖症は長らく笑い話になっているけれど、実は大迷惑している。とくに、サウスダコタ州のコーンパレスやニューメキシコ州のシエラ・ブランカ・ピークへ行きたがったときには。大型RV車をレンタルしたり、日程を二週間に拡張して途中で小さな町に暮らす大学時代の友人を訪ねたりと、最大限の手を尽くした。それでも、飛行機に飛び乗ってその日の午後には(ジャジャーン!)フロリダにいるSNS上の友人たちがとてもうらやましい。

「しけた場所?」デイヴィッドがたずねた。「たとえば?」

「知らないほうがいいわ」わたしは片脚を海中に垂らし、通りすぎるサメに噛みちぎられるかな、なんて考えた。デイヴィッドのボートで、五キロ以上沖へ、ヤシの木が点々と並んでいる砂浜へ来ていた。わたしは脚をサーフボードに引き上げた。「恥ずかしいほどベーシックな場所」〝ベーシック〟を〝いけてない〟という意味で使うのが——ジェイコブの友だちのひとりが使っているのを聞いたことがある——どうやらかっこいいらしいし、テイラーっぽい。

「知りたいな」彼がわたしの手をぎゅっと握り、顔を向けてモスグリーンの目でわたしを見つめた。

それは本当だ。「きみに関することはすべて知りたい」彼は気を散らすことも、話を自分の話題へ変えることもなく、耳を傾けてくれる。そして、聞いたことをすべて頭に入れる。毎年マイクに結婚記念日を思い出させることができないのに、デイヴィッドは、わたしがサラダにヒマワリの種をかけるのが好きなことや、火曜日の三時に歯医者の予約があることを覚えている。

だから話した。毎年ネバダ州ウィネマッカへ行くことを。車が壊れてアメリカ先住民族の居留地に泊めてもらったことや、一泊でメキシカンハット・ロックへのハイキング旅行をしたときにジェイコブが食中毒になったこと、運転中にマイクがフォークソングを歌うことまで。デイヴィッドは声をあげて笑い、あれこれ適切な質問をした。彼がわたしの結婚生活を尊重し、マイクの存在とわたしの過去を受け入れていることがうれしい。

本当の話の合間にテイラーらしいエピソードを挟むけれど、意外にもデイヴィッドは、わたしの結婚生活や人生のごく普通の部分のほうに興味を示すし、反応も早い。ひょっとすると、わたし——リリアンとしてのわたし——は、自分で思う以上に興味深い女なのかもしれない。

本当の話をすることによって、情事の薄汚さが減少したように思えるけれど、それはよくなかったかもしれない。わたしは目を閉じ、波間に浮かんで若く健康な女にわたしのことを話しているマイクを想像しようとした。サンルーカス岬へ行ったときに下痢になった話や、酔っぱらってカラオケでシャキーラの《ヒップス・ドント・ライ》を歌ってマイクとジェイコブに恥ずかしい思いをさせた話を。

くそ。本当は、マイクが浮気相手にわたしのことを話すなんて我慢できない。相手の女がなにも知らないほうがいい。マイクに妻子がいることを知らないほうが。唇をきゅっと結び、二度とデイヴィッドにマイクの話をしないと誓った。

やましさに胸が詰まったので、温かいグラスファイバーのサーフボードに腹這いになった。「島までパドリングで競争しない？」一本のヤシの木を顎先で指した。デイヴィッドが素手で登れると豪語した木を。

「やろう」彼が頭を振るとしぶきが飛び散った。彼はわたしのサーフボードを引き寄せ、身をのりだしてわたしの肩にキスをしてから砂浜へ向かいはじめた。わたしも両手を水に入れてパドリングを始めた。デイヴィッドを愛してはいないけれど、この新しい人生を愛していないと言えば嘘になる。

死の二週間前

29

マイク

妻が嘘をついているか、ほかのだれかが嘘をついている。

カフェの件で三日も無駄にした。さまざまな時間帯にカフェへ行き、休憩中や勤務中の経営スタッフとバリスタの全員から話を聞いた。全員が景品なんて知らないと答え、カレンダーのことを言うと怪訝な目で見られた。現物を持参することも考えたが、ただでさえ耄碌してるみたいに思われている。ビニール袋に放り込んだ壊れかけの卓上用カレンダーを持ち込んだところで、なんの役にも立たなかっただろう。

探しているバリスタがもうその店に勤務していない可能性はある。だが、それ以上に考えられるのは――カレンダーの出所がまったく別だという可能性だ。リリアンをさらに尾行し、だれか新しい〝友だち〟ができたのかどうかを探り出す必要があるが、いまは仕事を怠けるわけにいかない――主要人物たちがこの街に集まり、危険な責任を負わされているいまは。

そこで、別の措置を講じることにした。まずは彼女の車とデスク、それに夫婦の主寝室に盗聴器を取りつけた。毎朝、出勤途中に前日の録音を聴く。毎晩、彼女の携帯電話の通話記録を調べる。これまでのところ、重い足音とつまらない会話ばかりだ。

どんな事情も、どんな相手も、かならず突きとめてやる。いつもそうしてきた。

30

リリアン

デイヴィッドが小さな金魚のペンダントトップのついたネックレスをくれた。わたしはそれを首につけ、絶対にはずさないと心に誓った。日に焼けた肌は黄金色になり、白髪は染めるのをやめて、髪全体が日焼けにより退色するにまかせた。

カレンダーとちがって、ネックレスはマイクの目に留まらなかった。彼の悔悟のふるまいは続いてるものの、わたしが新たに得た自立心に対する不快感が増していくのも感じ取れた。

いい気味。彼がいらいらしているとわかって満足。この一年、わたしは〝出張〟と称してこっそりほかの女と過ごしていた彼にしがみついていた。ばれて終わりにしたとか言ってるけれど、だからといって、かならずしも即座に許す必要はない。

彼がまたわたしを求め、求愛してくれるのがうれしい。そうさせておいてはだめ？　サムはだめだって考えてる。わたしはサムの意見に従うときもあれば、耳を貸さないときもある。わたしにもやましさはあるけれど、それがなに？　マイクとはちがって、わたしはデイヴィッドとひと晩過ごしたことは一度もないし、お金を注ぎ込んでもないし、何ヵ月も嘘をつきとおしてもいない。デイヴィッドと知り合ってたったの六週間。その六週間にセックスをしたのは二回だけ。

そのセックスで満足感は得られなかった。それがこの方程式に唯一足りないところ。新しい相手に裸体をさらすのは気恥ずかしい。マイクはわたしの体を知り尽くしていて、どこを愛撫されるのが好きかを承知している。それは長年のあいだに数えきれない体験を経てふたりで学んできたこと。デイヴィッドは、声をあげ、汗をかき、彼なりの情熱を注いだ荒々しく原始的な攻めかたをする――マイクとはまったくちがう。デイヴィッドに金魚のネックレスをもらった夜、ベッドでマイクを引き寄せると、マイクはためらうことなく覆いかぶさってきて、わたしの下着を引き下ろした。わたしたちは無言のうちに調和を奏でて体を交えた。わたしの頭の両側に両手をついて彼が突き上げた。すぐにうつぶせになったわたしに体をぴたりと重ねるので、荒い息が耳にかかる。そのあともさらに一分ほど何度も突き上げたあと、彼は果てた。

会話はなし。

わたしは寝返りを打ってベッドの自分の側へ戻り、彼も自分の側に戻った。まさにわたしの望んだとおり。オリンピック競技のような華々しさもなく、せいぜい六、七分で終わる。完璧。

いま、わたしはレニーと並んで芝生に座っている。墓地の北部、九十度はあろうかと感じるほど険しい斜度の丘に。上空では太陽が並んだ雲のかげに隠れているため、墓地には涼しくも不気味な影が落ちている。

右の脇腹をそっとつつかれたので目をやると、レニーがフラスク瓶を差し出していた。

「ひと口どうだ?」

「いらない」わたしは満ち足りたため息をついた。「悪くすれば、帰りに警察に車を停められちゃう」

「ぐいと飲まなきゃいい。ひと口舐めるだけ。ピーナッツバターウイスキーだ。実際のところ、結構うまい」

「ふーん。じゃあ断わって正解ね。ピーナッツアレルギーなの」目を閉じて頬に当たるそよ風を楽しんだ。「刈ったあとの芝生のにおいが好き」

「皺になったんなら、一日じゅうなにをやるつもりだ?」彼がわたしを見つめた。酔ってはいても、これ以上なくはっきりとわたしを見ているような気がした。

「さあ。いまはマリナ・デル・レイの港で働いてる。ボートのオーナーたちの走りづかい」

レニーが横目でじろりと見た。「あんたらしくないな」

「まあね」足を振って、脛に止まった蠅を追い払った。「〝自分〟が何者かを理解しようとしてるところ」

「記者の仕事に未練は？」

「人を逮捕することに未練は？」やり返した瞬間、いやみを言ったことを後悔した。わたしと同じく、彼にも選択の余地がなかった。警察官が酔っぱらって出勤しようものならたちまち職を失うんだから。

「そうだな」彼は穏やかに答えた。「未練はある。逮捕することじゃなく、捜査に。犯人を追うこと。手がかりを追うこと」彼は背筋をぴんと伸ばした。「おれは腕のいい刑事だったんだ、リル。あんたは腕のいい記者だ。これまで会ったなかでもピカイチだ」

「まあね」わたしは芝生の葉を引っぱった。「でも、いまのところ未練はない」

レニーは墓地管理人の作業衣の襟を引っぱり、話題を変えた。「マーセラの墓にはもう行ったか？」

「ううん。反対側に車を停めたから、まだあそこまで行ってない」

彼は立ち上がって――その際に膝が鳴った――わたしが立つのに手を貸そうと片手を差し出した。「いっしょに行くよ。あの子の墓の横にミゾホオズキを植えてやったばかりなんだ」

わたしは彼の手をつかんだ。彼に引っぱられて足が地面から浮きそうになった。足を踏んばって立ったあと、デニムの短パンとシャツのお尻を払った。「ありがとう」

お礼の言葉は気づかれなかった。彼はすでにマーセラの墓へと向かって丘をくだりはじめていた。

死の一週間前

31

リリアン

いつも五時半には港を出るようにしてたけれど、だんだんずさんになっていた。デイヴィッドがこの街にいるあいだはぐずぐずと長居した。彼の目がわたしに釘づけになってるのがうれしかった。かがんでなにかを拾うと、感心したように見つめている。彼の情欲の重さが、それが空中に漂っているのが、うれしい。たとえセックスはたいしたことがなくても。

火曜日、マイクは〝仕事〟でサンフランシスコへ行っているので、わたしはデイヴィッドの夕食の誘いを受けた。彼が膝丈の金色のドレスを買ってくれた。体の線に合って胸にも腰にも張りつくようにぴったりで、わたしがくるりとまわると裾もまわる。薄葉紙《うすようし》に包まれ、ビバリーヒルズにある高級店の箱に、レースのブラジャーとパンティのセットといっしょに入っていた。

彼のボートの狭いバスルームでシャワーを浴び、髪を乾かすとき、肘が壁に当たった。明かりは乏しいけれど、車のグローブボックスに入れてある予備の化粧品でなんとかメイクアップした。ドレスを頭からかぶって着て姿見の前に立ち、リリアン・スミスとは似ても似つかないセクシーで生き生きした女を見つめた。

「すごい」デイヴィッドが背後から近づいてきて両手をわたしの肩に置き、頭を下げてなだらかな首筋にキスをした。わたしはほほ笑んだ。今夜はセックスすることになるだろう。心の準備をした。むしろ求めていた。悦びを得るためではなく、わたしを欲する男の渇望、関心、視線の的となり、触れてもらいたいから。「レストランじゅうの男性客のハートを打ち砕くだろうな」

歯の浮くようなお世辞でも、そう考えるだけで誇らしい気分だった。桟橋を歩いていて歩道脇に停まっているリムジンが見えると、急いで舞踏会へ向かうシンデレラになったような気がした。

タキシードを着たウェイターとソムリエのいるレストランで、わたしは値段を気にせずに料理を注文し、マイクのズボンのポケットに入っていた皺くちゃのレシートのことをほんの一瞬だけ思い出した。グレープフルーツ・マティーニをひと口飲み、ロブスター添えフィレミニヨンにナイフを入れ、デイヴィッドのシンシナティ行き深夜便の話に声をあげて笑い、テイラーになりきって、女同士のラスベガス旅行の作り話を披露した。

ボートに戻ると上甲板へ行き、デイヴィッドが葉巻を吸い、ふたりでシャンパンのボトルを開けた。桟橋の向かい側から、〈グリーディ・ガール〉号のオーナーたちが取り出したフィドルの奏でる音楽がすがすがしい潮風に漂ってきた。二杯目を飲み干すとデイヴィッドが立ち上がり、リズムに合わせて体を動かしはじめた。腰をまわし、両腕を波のようにうねらせている。わたしは笑いだした。「やめて。おたがい、ダンスをするような年じゃないでしょう」

彼は笑顔で手招きした。

わたしは首を振った。

彼はわたしのシャンパングラスを取り上げ、空いた手を引っぱって立たせた。わたしはしぶしぶ腰を揺らした。自意識が働いて頬が燃えるように熱い。

「いいぞ、美しいおてんば娘」彼は素足で音も立てずに回転し、わたしは歌が耳なじみのあるリズムに変わっていくにつれて大胆になっていった。

ダンスなんて十年ぶりだし、ふたりの距離が近づくとわたしは大声で笑っていた。彼の手がわたしのむき出しの腕や露出した背中を這い、ドレスのスカートに達する。わたしは彼がドレスのファスナーを下ろすのを受け入れた。座面に詰めものを施した寝椅子へと引き寄せられたときも受け入れた。彼は葉巻とシャンパンの味がした。深くキスをすると、全身に巣食っていた悩みも雲のかなたへと飛び去った。

何隻か離れたボートの人影に気づかなかった。暗視カメラも見えなかったし、監視の目も感じなかった。

デイヴィッドとわたし自身の快楽に百パーセント集中していた。その身勝手な集中が、このあとのできごとすべての引き金になった。

32

リリアン

〝いますぐ家に帰ってこい〟。

マイクからのテキストメッセージと三回の不在着信。わたしはそのどれにも気づくことなく、マリーナの雑貨店で知り合ったプール従業員のおかげで入れてもらえたリッツ・カールトンのプールで泳いでいた。二十往復目を終え、水の深い場所でウォーキングをしたあと、水中で息を止める練習をした。三十秒、四十秒。四十二、四十三……。肺が痛くなった瞬間、水面を割って空気を求めてあえいだ。また一分ばかり水中ウォーキングをしてから、ふたたび潜った。

泳ぐには格好の日。マリーナに隣接するこのホテルは、チェックアウトから次のチェックインまでは人気《ひとけ》も少なく、わたしのほかにプールにいるのは浮き輪をつけて浮かんでいるティーンの黒人少女だけ。眠っているらしく、浮き輪に頭を乗せていて口もともゆるんでいる。

四十六秒に達してから水面に出てプールサイドまで泳ぎ、体を引き上げるようにしてプールから出た。折りたたまれた黄色いタオルを取って耳を拭きながら、ダブルパラソルの下のデッキチェアへと戻った。ピニャ・コラーダは暑さで氷が溶けて薄まっている。タオルで押さえるように顔を拭いてからサングラスをかけ、デッキチェアの背にもたれかかって、スチールドラム・バンドの奏でている聞き覚えのあるレゲエの歌に合わせてハミングした。

これぞ人生。これまで平日は交通渋滞のなかで訃報記事を口述しながら、ほかのドライバーたちに悪態をついていた。読みかけの本もあと何章か残すだけだし、今日はこのあとやることもないし、もらったチップで財布は膨らんでいる。新たな人生に知的刺激がないとしても、こういう休みは最高。創作欲求は別の方法で満たすことができる。案外メンサ・クラブに入会できるかもしれないし、クロスワードパズルをやってもいい。それに、言ってた小説だっていつでも書ける、と自分に言い聞かせた。

携帯電話の通知音が鳴ったけれど無視を決め込んだ。マイクは仕事中、ジェイコブは学校、サムと彼の批判的な意見にはうんざり。デッキチェアの背もたれを倒して目を閉じた。

また通知音。

くそ。サイドテーブルを手探りして——おっと、これは飲みものだ——携帯電話をつかみ、目の前に持ってきた。画面に日差しが当たらないようにして表示に目をやり、マイクからの不在着信履歴とテキストメッセージ——すでに三件になっている——を見て身を起こした。

〝いますぐ家に帰ってこい〟。

〝ジェイコブも帰ってきてる〟。

〝きみはこのことを知っていたのか？〟。

電話の呼び出し音が鳴り、出るのが怖くて躊躇した。わたしが知ってたって、なにを？ジェイコブがなにに巻き込まれたの？なにが起きたの？

深呼吸をひとつして、うしろで流れている《三羽の小鳥》が聞こえるはずだと気づいて顔をしかめながら電話に出た。「もしもし」

「リリアン」

名前を呼ばれただけなのに、マイクの声の調子とその後の沈黙から、まずいことになると察した。

33

リリアン

選ばれたプラットフォームはＴｉｋＴｏｋだった。動画自体は充分にいかがわしいけれど、ファミリー向けのプラットフォームでブロックされるほど成人向けの内容でもなかった。

わたしはわが家のダイニングテーブルでマイクの携帯電話を前に腰を下ろし、その動画を見て慄然としていた。無限ループになっているので、音楽と動画が終わるとまたすぐに最初から再生される。まるで逃れることのできない悪夢のように。

「ハートマークの下の数字は〝いいね〟の数だ」マイクが穏やかな口調で説明した。「もうひとつの数字はコメントの数」

〝いいね〟の数は七十二、コメントの数は百四。クリックしてコメントを見てみると状況はたちまち悪化した。一本の動画が千もの言葉に値するんだとしたら、この動画がまさにそう。

「ジェイコブは見たの？」わたしは消え入るような声でたずねた。

「あいつに見せられたからな」

「投稿者は？　だれのアカウント？」どこをクリックすればこの拷問のような無限ループから逃れられるのか突きとめようとした。

「新規アカウントだ。投稿されてるのもこの動画だけ。だが、いちばん下に……」

「なるほど」説明欄の最後に〝次回の投稿をお楽しみに〟と書かれている。「これって合法なの？」わたしはたずねた。「リベンジポルノかなにかに相当するんじゃないの？」

「さあな。なんなら弁護士か警察に相談してもいいが」

「くそ」携帯電話を目の前から押しやり、吐き気をこらえた。警察に届け出ると考えると――警察には笑い飛ばされるだけだろう。追い払われるだけ。警察が時間を注ぐべきは本物の犯罪の捜査だ。デイヴィッドのボートの船首側でブラとパンティだけの姿で――ああ、もっと体重を落とさないと――踊っているわたしを映したわずか六十秒の動画なんかよりももっと重要な犯罪の捜査だ。わたしたちはキスを交わし、わたしはズボンの上からデイヴィッドの股間をつかんでいる。彼がわたしの膝のあいだにひざまずいて胸の谷間に口を近づけると、頭をのけぞらせて笑い声をあげている。動画を通してずっと《MILF《ミルフ》》というタイトルの歌が流れている。歌い手が友だちの母親とどんなにセックスしたいかを下品なまでにくわしく描写した歌詞。この動画の作成者は、〝ジェイコブのママの両脚を押し開けたい〟など、なにかにつけてジェイコブの名前を出している。実に巧みで完璧な原子爆弾級の恥辱――最悪なのは、赤っ恥をかくのがわたしだけじゃないこと。ひげを剃るときに頬を切ったというだけの理由で三日も登校を拒否したことがあるジェイコブまでが恥ずかしい思いをする。コメント欄を読んだだれもがジェイコブを痛ましく思うだろう。

「削除してもらわないと」すがる思いで言った。「方法はわからないけど、こんなもの……アップされてからどれぐらい？」

「四時間だ。投稿されたのはランチタイムの直前。どうやら学校の食堂でみんなが見てたらしい。ジェイコブはこれを見てすぐに早引きしたそうだ」

くそ。あの子は決してわたしを許さないだろう。絶対に。「いまどこに？」

「出ていった。ドライブしてくると言ってた」

わたしは両手に顔をうずめた。「もうすぐラッシュアワーよ。あの子がどんなかは知ってるでしょう」ジェイコブはまだ忍耐を身につけていない。一度、無謀な運転により接触事故を起こしたことがある。そのうえ感情がたかぶってるせいでアクセルを踏み込んだりしたら、結果は大惨事になりかねない。危険だ。十代の子たちがしょっちゅう自動車事故で命を落としている。ほかにも自殺や、ドラッグの過剰摂取で。生きて卒業を迎える子がいるのがすごいことだ。

「この男の情報が必要だ。いつからつきあってる？」

落ち着き払った事務的な口調。これがクイズ番組なら、わたしはこの反応を予想して正解を獲得していただろう。

「数週間」とごまかした。「モーリス・グレップが亡くなった週末に出会ったから」嘘だけど、偽りの情報をそれだけにとどめれば真実味のある嘘になる。欺くことに精通してるのはマイクだけじゃない。

「名前は？」彼は促すようにメモの上でペンを構えて待っている。名前については嘘をつくわけにいかない。嘘を答えてもたちまち見破られる。

「デイヴィッド・ローレント」言葉が喉につかえるので、しかたなく咳払いをした。「なんでもない男よ、マイク。わたしは——彼のことなんてなんとも思ってない。ただの情事」くそ、マイクと同じような言いわけをしてる。

返事はなかった。思い切って目を向けると、彼は体を押し上げるようにして立ち上がり、部屋を出ていった。

34

リリアン

主寝室で湿った水着とカバーアップを脱ぎ、スウェットパンツとTシャツに着替えるあいだ、やましさが全身に広がっていった。ドレッサーに置いた携帯電話がバイブ音を発した。

デイヴィッドだ。あの動画に彼の顔も映っていたと思い至り、不安が深まった。次回の投稿で彼がタグ付けされたり、彼の大切な人があの動画を見たりしたらどうなるだろう？ これが波紋のはじまりだとしたら？

髪をポニーテールにまとめ、階下で待ち受けるものに——マイクが作成してダイニングテーブルに広げた、すでに何ページ分にも及ぶリスク査定と解決策評価に——向き合う覚悟を決めた。

この一件は、泥沼には至らないまでも厳しい結果をもたらすだろう。マイクは感情的な人間じゃないけれど、冷淡で復讐心もある。うちのごみ箱が歩道に長く置きっぱなしになっていると近所の人が通報したときには、衛星写真のアーカイブからその人の家の過去十年分の画像を調べ、それまでに無許可で行なった改修工事の詳細と現在の違反状況のリストを添えた厚さ五センチもの書類を条例執行機関に送りつけた。その人の加入しているホームオーナーズ保険にも手紙を送り、ソファから下りるのがやっとだと言ってるスナッグルズと呼ばれるピットブルが暇なときに蝶々と遊んでいると知らせた。

わたしの情事がマイクの心を引き裂くとは思わないけれど、自尊心は傷つくだろうから、事態をそつなく収拾し終えたらすぐに罰が下されるはずだ。

酒に酔って逆上してディヴィッドに近づき、愛する女を守るために拳を振るうだろうか？

まさかね。そんなことを考えるなんて、切ないを通り越して滑稽ですらある。

ジョイコブから返信が来てないかとテキストメッセージを確認した。二十分前に送ったわたしのメッセージにはまだ〝既読〟がついていない。

待ち受けるものをおそれつつ階段を下りた。「ジェイコブはわたしのメッセージを読もうとしないの」

「たぶん電源を切ってるんだろう」ダイニングテーブルに戻っていたマイクが目の前のメモ帳から目を上げた。「頭を冷やす時間をやれ。人の気持ちを大切にするやつだ。いまは怒りを抑えきれないんだろう」

ジェイコブはティーンにしては確固たる道徳規範を持っている。椅子に座らせて、お母さんは浮気をしているのと打ち明けたら、あの子は取り乱しただろう。友人たちの前で恥ずかしい思いをしようものなら、屈辱と心痛から殻に閉じこもってしまう。今回の件は屈辱も心痛も伴うものだ。わたしは、気の咎めと、あんな動画を撮って投稿した人間に対する激しい憤りとが入り混じって、胃がむかむかした。

「よし。問題点がいくつかある。まず、きみとおれ、デイヴィッド・ローレントという男の評判を考えなければならない。その男について知ってることは？」マイクはペンを構えてわたしを見上げた。

「あの」わたしは彼の向かい側の椅子に腰を下ろした。「そのことなんだけど。ごめんなさい。あのことで心が傷ついてたから――」

「いまはこの問題に集中しろ」マイクはぴしりと言った。「男について、なにを知ってる？　既婚者なのか？」

「いいえ」わたしは胸の前で腕を組んだ。「独身よ。彼は、うーん。スクリーン印刷Tシャツのチェーン店を展開してる」

「この件は伝えたのか?」

わたしは首を振った。

「まあ、いずれ向こうも知ると仮定するしかないか。そいつの仕事や客、評判に影響を与えるかもしれない。いまは、きみの話をしよう。新聞社はこの件を気にするか?」

新聞社。マイクはいまも、わたしが一時休職中だと思っている。あの動画を口実に利用することも頭に浮かんだけれど、そんな考えは捨てた。ただでさえ、ふたりのあいだに嘘が多すぎる。「こんなことが起きる前に馘になった。再雇用はなし」

彼は平静に受け止め、影響の欄に書かれた〝リリアンの仕事〟という文字を細い線を引いて消した。そして次の項目へ移った。今回ばかりは、彼に人間らしい感情が欠けていることをありがたく思った。「おれのほうは、個人的にはばつが悪いが、客も同僚も気にしないと思う。男らしいという認識が薄れるのは別として、金銭上の影響はないはずだ。あの動画が急速に拡散してフォロー者数が急増しないかぎり――」

「マイク、もうやめない?」わたしは片手を上げて制した。「息子がいまどこにいるかもわからないのよ。やるべきことリストを検討する気になれないわ」

マイクの好きにやらせるべき、彼が知る最善の方法で感情を抑えていることを理解する

べきだ――でも、そうできなかった。自分の行動が家族に与えることになる影響について
さまざまな角度から吟味し分析するなんてできなかった。まだ現われてもない副次的影響
について耳を貸すことなんてできなかった。
わたしは返事を待たなかった。さっき彼がそうしたように、席を立って部屋を出た。

35

マイク

目の前に問題がふたつ。最大の懸念材料は、妻がふしだらなまねをしている動画がインターネット上にさらされたことではない。あれは削除される。ジェイコブもいつまでもよくよせずに立ち直るはずだ。リリアンもこれに懲りておとなしくなるだろう。

だが、デイヴィッド・ローレントには対処する必要がある。リリアンに気づかれることもいかなる危険を招くこともなく、慎重に対処する必要が。

死んでもらうか？　それがリストの最初の検討事項だが、答えはまだ空白のままだ。できればそんなことはしたくない。人の死はとんでもない面倒ばかりをもたらすと決まっている。

36

リリアン

破滅の予感とともに目が覚めた。掛け布団を蹴りのけて客用ベッドルームのシーリングファンを見上げた。取り替えが必要だ。羽根の一枚に、かつてこの部屋を使っていた少女の置き土産のハート型のシールが貼ってある。

客用ベッドルームで寝たのは、何年も前にインフルエンザにかかって家族にうつらないようにと自主隔離したとき以来だ。いまは軽蔑からの自己隔離。マイクもジェイコブも口に出さないだろうけれど、わたしはふたりの軽蔑の念を感じる。空気を濁らせ、胸を詰まらせて息もできなくなりそうなぐらいの軽蔑の念を。

マイクとふたりで、インターネット上の誹謗中傷を専門に扱っている弁護士エイミー・クラックマンと午後二時に会う約束をしている。法的代理人への相談はマイクの作成したリストの項目のひとつで、わたしは弁護士に会うことにも弁護士から受ける質問にもおそれを抱いている。

なにはともあれ、ジェイコブはうちに帰ってきた。午前一時近くにフォルクスワーゲンが私道に入ってきて停まり、車を降りたジェイコブがこそこそと家に入ってきた。スウェットのフードをかぶって両手をポケットに突っ込んでいるのは、口もききたくないという明らかなサイン。息子の姿をリビングルームの窓から見つめ、通用口から入ってきても部屋の隅にとどまって、全速力と言ってもいいぐらいの速さで階段を駆け上がって自室へ向かうのを見届けた。

べつに夫婦の主寝室で寝てもよかった。マイクはわたしが浮気を問いつめたあとも主寝室で寝つづけた。わたしに背中を向け、ふたりのあいだに枕を並べて壁を作って。だから、わたしもいつもの寝場所で、木部の角が欠け、置き時計の光を遮るためにティッシュボックスを置いてあるベッドサイドテーブルを見つめていればいい。そう考えたものの、主寝室のドアの前でドアノブに手をかけたところで迷った。同じベッドに寝てマイクの審判の重みを感じるなんてまっぴらだと思い直してその場を離れた。

ひと晩じゅう、眠れなくて悶々とした。時間が遅々として進まないなか、やましさが複雑に織りなす層をかき分けて、だれがなぜ、どうやってこんなまねをしたのかという謎について考えようとした。

これを乗り越えて前へ進む方法を考えるたびに行きづまってしまう。マイクもわたしも結婚における罪を犯した。最初に裏切ったのはマイクかもしれないけれど、わたしも同じあやまちを犯し、その罰をジェイコブが受けている。

枕に顔を押しつけて叫び声をあげた。自分の罪をジェイコブに告白して詫びることはできても、父親の浮気について話すことはできない――話すわけにいかない――というやり場のない怒りの叫びだった。ジェイコブの嫌悪が両親ふたりともに向けられればわたしの気は楽になるかもしれないけれど、大事なのはわたしの気持ちでも、あんなことをした弁解をすることでもない。大事なのはジェイコブと、あの子の気を軽くしてやること。そのための自己犠牲……口のなかで腐ったチーズのような味がした。

うめき声をあげて枕を一方へ放った。充電器から携帯電話を取って、ゆうべマイクがテキストメッセージで送ってくれたTikTokのリンクを開いた。

あの動画はまだアップされたままで、〝いいね〟の数は二百三十九、コメントの数は三百近くになっていた。画面を見つめ、差し込むような胃の痛みも忘れるぐらい心が深く沈み込んだ。と、サムが階下から大声で呼んだ。

ベッドを飛び出して階段へ向かった。急いで階段を下り、最後の段をまわるようにして彼の腕に飛び込んだ。彼にしがみついて泣きだした。

「ほら、ほら」サムはなだめ、わたしを運ぶようにしてリビングルームへ連れていき、ふたり掛けのソファに座らせた。わたしは革張りのソファに身を沈めて彼に寄りすがった。

「マイクが連絡したの？」わたしは洟をすすった。

「友だちがリンクを送ってくれたんだ」彼は顔をしかめた。「リル――」

「わかってる。最悪だわ」

サムはわたしからそろりと身をほどいた。「待て《ステイ》」犬に命じるみたいに言った。「薬を取ってきてやるから」

わたしは異を唱えず、医薬関係にコネのある友人をありがたく思った。キッチンから、製氷器の氷を取り出す音、つづいてボトルの水を注ぐ音が聞こえた。サムはグラスと小さな黄色い錠剤を持って戻ってきた。「ほら。これを服んで深呼吸して。震えてるじゃないか」

水なんかより強い飲みものが欲しい。ウォッカか、できればテキーラが。サムがグラスを突きつけるので受け取った。「ジェイコブは絶対に許してくれないわ」錠剤を舌に載せ、水を半分ほど飲んだ。

サムはその場に立ったままだ。批判するような顔を見て、感謝の気持ちがほんの少し薄れた。「ここは、そんなことないよ、あの子なら一週間もしないうちに乗り越えるさって言うところでしょう」

「あの子はまだティーンだ。大人の関係なんてわからない——わかろうとしない——まだ当分は。あの子は腹を立てるよ、リル。それが当然だ。怒り、とまどう。それがしばらく続く」

そのとおりなので、わたしはますます気落ちした。カウチへ移動して、暗色の革の上に崩れ落ちるように座った。

「なにか賢明なアドバイスは？」とたずねて、抗不安薬が効きはじめるのを待った。ゆうべのうちにサムに電話をして、薬も服めばよかった。それなのに、ただ客用ベッドルームの天井を見つめていた。頭のなかでは、この件でどれぐらいの打撃をこうむるだろうかという考えが駆け巡っていた。

要は、わたしの結婚生活に巨大な爆弾が投下されたってわけ。しかも、その副次的影響がわたしの秘密の生活にも及んだ。そっちはもう続かない。こんなことがあったあと、あの港に、デイヴィッドのもとに戻るなんてありえない。この家にとどまって結婚生活と息子に心を注ぐのではなくデイヴィッドのもとへ戻ることを選んだりしたら、彼に会うたびに家族に唾を吐きかけるようなもの。

なによりつらいのは、デイヴィッドを、テイラーとしての人生を失うこと――ジェイコブを苦しめてるというやましさと同じぐらい心が痛んだ。わたしの身勝手さ、自己中心的な性格には反吐が出る。自己嫌悪を覚えながらも、テイラーとしての人生を失ったことを嘆きつづけている。

「マイクはどう対処するつもりなんだ？　家を出ていくと言われたか？」

その考えを、手を振ってしりぞけた。「あなただってマイクのことはわかってるでしょう。あの人はリストを作ってる。問題に立ち向かおうとしてる」

薬が効きはじめ、わたしは満足の小さな吐息を漏らした。

サムが心配そうにわたしを見つめてティッシュを差し出した。「薬はずっと服んでるのか？」

「服んでるわ」ぴしゃりと言い返した――でも、抗鬱剤も気分安定剤も今朝はまだ服んでない。昨日も。ここ数週間、服む回数が減っていた。デイヴィッドと過ごす時間が、もう何年も味わってなかった幸せな高揚感をもたらしてくれたから。新たな関係による興奮自体が薬だった。それを、おそらくはビタミンDと新しい仕事の幸せホルモンが手助けしていたんだろう。

いま必要なのはお酒。こんなことから気をまぎらわせてくれるもの。ティッシュを使ってから床に落とした。サムの目がそれを追う。彼は座ったままじっとしてようとしたけれど、潔癖症の習慣に抗えなかった——上体をかがめてティッシュを拾った。マイクとそっくり。わたしはどうして昔は几帳面な男たちに惹かれたんだろう。だから、その反動でデイヴィッドに好意を持ったのかな？　あの親しみやすい気さくさとだらしなさに？

それについてはなにか格言がある。混沌のなかの美について。これまでわたしの人生には混沌など存在しなかった。ひょっとすると、フランの車を傷つけたり、情事に走ったりして、わたしは意図的に混沌を生み出したのかもしれない。

〝情事〟。なんて薄汚い言葉。でも、情事という感覚はなかった。テイラーはわたしの演じている役、実在しなくていずれ終える役だとは感じていたけれど、現実的な影響も持続効果もないと思っていた。

どうやらそれはわたしの希望的観測だったみたい。「あの動画がアップされてからほぼ一日よ。あれを削除できる人を知ってる？」

「ＴｉｋＴｏｋの人間を知ってるかって？」サムは拾ったティッシュをキッチンのごみ箱へ持っていき、愚かな質問だといわんばかりにわたしの質問をゆっくりと繰り返した。

「知らないよ」

「たしか、住宅の広告かなにかを載せてると思ってたけど」

「載せてるよ。だからって個人的なつながりがあるわけじゃない。広告はセルフサービスだからね」

どういう意味かわからない。

「あの動画を通報したのか？」彼がシンクで水を流しはじめたので、そっちを見なくても、手の甲から手のひら、爪、爪のあいだまで石鹸で徹底的に洗っているんだとわかる。車を運転するときには、手のひらにもステアリングホイールにも無用の傷をつけないというだけの理由でドライビンググローブをはめるような男だ。まだ水を流していることに突如として怒りが込み上げた――わたしの使ったティッシュがそんなに細菌だらけだというわけ？

ドアロに戻ってきた彼は赤いハンドタオルで指を一本ずつ拭いている。「で？ 通報したのか？」

「知らない。マイクかジェイコブがしたんじゃない」まだ寝るときに着ていた服のままだ。こっそりシャツのにおいを嗅いだ。シャワーを浴びなければ。その前に煙草を吸おうかな。煙草とお酒。その考えを受け入れて、ソファに座り直した。

「まあ、おれはヌード動画として通報したけど、効果があるかどうかはわからない。あの動画を編集した人間は頭がいい。性的なほのめかしはいっぱいだけどPG指定以上の内容は含まれてない」サムはハンドタオルを三つ折りにし、さらに半分にたたんだ。

わたしは背筋を伸ばし、サムを追い返そうとして立ち上がった。「説明欄にジェイコブのフルネームが出てるでしょう。それって違法なんじゃない？　あの子はまだ未成年なのよ」彼の手からハンドタオルを取ってキッチンへ持っていき、フックに戻した。

「ジェイコブ・スミスなんてよくある名前だ。あの子の友だちならきみに気づくだろうし、コメント欄では名前にハッシュタグがつけられてるけど……動画自体は、大人同士がキスを交わし、酒に酔って下手なダンスをしてるものだ。きみか相手の男と個人的なつながりのある人間以外、だれも気にも留めないだろう」

〝きみか相手の男と個人的なつながりのある人間〟か。

「彼の名前はデイヴィッドよ」力なく言った。動画を投稿した人間をなんとしても突きとめなければ。これもマイクのリストの項目に上がってたっけ？　きっとあったはず。

「そうだな――デイヴィッドだ」サムは絶縁キャップをはずされたむき出しの電線でも見るような目でわたしを見た。わたしが睨むと目をそらした。「弁護士に相談するべきだ」

「そう、二時に会う予定なの」

「マイクといっしょに？」サムが首を振った。「きみが浮気をしてたことに彼が腹を立てないなんて信じられない」

〝浮気〟という言葉にいらだたないようにした。「さっきも言ったけど、彼には考えがあるの。マイクのことはわかってるでしょう。〝いっしょに乗り越えよう〟だって」マイクの言葉には指で引用符の形を作った。

苦い口調にはなったけれど、マイクの提案する解決策には従うつもり。計画を立て、リスクをコントロールすることにかけては、マイクはつねに合理的で冷静だから。それに……いまのわたしは、だらだらして正気を失わないようにしてるだけ。定期的に動画を更新する――まだアップされたままだ――以外、この厄災を乗り切るのに役立つようなことはなにもしてないし、その自覚もある。わたしの問題を平気でマイクに丸投げして、整理して仕切りつきの箱に仕分けてもらってる。ひょっとすると、引っ越すほうがいいのかもしれない。ジェイコブを新たな学校に転校させる。わたしは髪を切って染める。

「なるほど……」サムは腕時計をちらりと見てからわたしの額にキスをした。「万事抜かりなく運んでるようだな」

ありがたいことにね。サムが帰ろうとしている。わたしは精いっぱい感謝の笑みを浮かべて手を振った。「また電話する」と約束した。

彼が外へ出て玄関ドアを閉めると、わたしは電子レンジの横の戸棚へ行き、薬の入っている薄茶色の瓶を引っぱり出した。冷蔵庫を開けて、なにを飲むか考えた。ボトル入りのスプリングウォーター。ミルク。ソーダ。ビール。無理やり水のボトルをつかんだ。キャップを開けながら薬を見た。どこか不安な気分だけれど、薬がもたらしてくれるであろう感情の向上よりも、煙草とお酒を求める衝動のほうが強くなっていた。

二階で携帯電話が鳴っている。ワッツアップの着信音は小さいから聞き逃すところだった。水をキッチンカウンターに置いて階段を駆け上がったものの、ひと足遅く、デイヴィッドからの電話に出られなかった。

携帯電話を見つめただけで、折り返しはしなかった。

ひょっとすると、デイヴィッドがあの動画を撮らせたのかもしれない。ひょっとすると、このおとぎ話のなかで、彼は羊の皮をかぶったオオカミで、わたしは……

あくびをしたあと、すばやく瞬きをして、目を覚ますためにその場で軽くジャンプした。気がゆるみすぎ。なんとかしなければ。

37

リリアン

まず煙草の誘惑に負けた——探しまわって、洗濯室で柔軟剤シートの箱のうしろに隠してあったバージニア・スリムのパックを見つけた。裏庭へ出て、いちばん太い枝にブランコのロープがぶら下がったままの木のかげで、二本引き出して吸った。ブランコに座ったジェイコブを押してやったっけ。スピンのしかたや、脚を曲げてスピードを上げる方法を教えてやった。あれはまだ、あの子と緊密だったころ。あの子がティーンになって母親に対して無愛想になる前、わたしの知らないことや理解できないことに興味を持つようになる前のこと。

煙草の吸い殻を木の朽ちた節に隠し、パックは洗濯室に戻した。ガムを嚙みながら手を洗っていると、裏口から入ってきたジェイコブがわたしを見て驚き、足を止めた。「えっ、いたんだ」

「いたわよ」

「表に車がないから」咎めるような口調だ。

「ああ、たぶんお父さんが乗っていったのよ。ゆうべ帰ってきたとき、お父さんの車の進路をふさぐように停めちゃったから」あわてていたせいで、マイクがボルボを車庫から出すことができない角度に車を停めたんだった。車庫へ通じるドアの脇のフックに目をやり、わたしの車のキーがなくなっているのを確認した。

ジェイコブはゆっくりと階段へ向かった。「とにかく、ものを取りに来ただけだ。今夜はディジョンの家に泊めてもらうから」

「待って」わたしは息子の手首をつかんだ。たとえこの子がわたしを引きずって階段を上がることになるとしても、ちゃんと話し合おう。「話があるの」

「正直、口もききたくない」

「でも、ちゃんと話して」手首の柔らかい皮膚にわたしの爪が食い込み、ジェイコブは顔をしかめた。

「いたっ」ジェイコブが声を尖らせた。「痛いだろ」

「ねえ、お母さんは大失敗した。わかる？　ごめんね。いま、お父さんといっしょに、あの動画を削除させるために動いてる。どんなことをしても、ふたりでこの問題を解決するから」

ジェイコブはわたしの指をつかみ、自分の手首から引き剝がしてそのまうしろへ反らした。彼の手を放さなければ指の骨が折れる危険を冒すことになる。「ふーん、どうやって？　ＳＮＳのことなんてろくにわからないくせに。学校に乗り込んで、おれのためにくそったれどもと喧嘩でもする？　この問題は解決なんてできないし、だれも忘れてなんかくれない。絶対に」

ジェイコブは階段を何段か上がって足を止め、わたしを見下ろした。「それと、母さん？」この世でもっとも卑しいものでも呼ぶように吐き捨てた。

「なに？」わたしは力なくたずねた。

「父さんを裏切るなんて最低だ」

ジェイコブは足音荒く階段を上がっていき、わたしはその場に立ち尽くすだけだった。手荒く扱われた指がずきずき痛んだ。言葉は山ほど知っているのに、言い返せる言葉はひとつもなかった。

38

リリアン

　錠剤をテーブルの上で回転させてから舌に載せはしたものの、前かがみになって吐き出した。悪化しそうな気配。マイクに家にいてほしい。わたしをこの場につなぎとめてほしい。薬を服め、自己憐憫に浸るのはやめろ、とどなりつけてほしい。

　彼の携帯電話にかけたけれど、留守番電話につながったので切った。シャワーを浴び、動画を確認して――まだアップされたままだ――から、食品庫に隠してある湿温度管理のできるリカーキャビネットにマイクが錠をかけて保管している高級酒を取りに行った。鍵は、ジェイコブが無人島にいるとしてもさわらないであろう偽のかぼちゃペースト缶に隠してある。わたしはジェイコブの車がいなくなったことを確認してから缶の二重底を開けて鍵を取り出し、ボトル入りの水のケースに乗ってリカーキャビネットを開けた。テキーラの瓶に手を伸ばした瞬間、並べたウイスキーの奥に押し込まれた木箱が目に入った。〝二十周年記念ボトル〟。週末にサンフランシスコへ旅行したときにマイクが購入した特別なバーボンだ。結婚二十周年まで待って開けることにしている。それまであと二年。わたしは木箱をつかんで引っぱり出し、ラベルを見つめて、あの旅行のあいだずっとマイクに恋焦がれていたことを思い出した。流産した三週間後だったので、彼はことさらやさしく慈《いつく》しんでくれた。ベッドであやしながら、どんなことからもきみを守る、永遠にきみを愛する、と言ってくれた。わたしはいじらしくも、愛情を求めてそのふたつの約束にしがみついていた。木箱の封に爪の縁を走らせてからふたを開けた。

ほら、これでもう箱は開いてる。ボトルを引っぱり出してひと口飲んでも同じこと。マイクは気を悪くするだろう。激怒するだろう。そう考えると、わたしたちの結婚生活に中指を突き立てることになる行為が気に入った。彼に浮気を問いつめた夜に一気飲みすればよかった——そのほうがもっと強烈だっただろう——けれど、いまさら手遅れ。だからボトルを引っぱり出してふたを開け、復讐の印にひと口飲んだ。こんな状況に陥ったのはマイクのせいだと自分に言い聞かせた。彼のせい。デイヴィッドとわたしの関係は、まちがってはいるけれど、彼の浮気の副次的な産物。彼がわたしをないがしろにしたことの。数えきれないほどたくさんの夜、わたしを無視して女と——あるいは複数いたのかもしれない浮気相手と――過ごしていたことの。

もうひと口飲んで、それで錠剤を服んでからボトルを木箱に戻してバッグに入れ、リカーキャビネットに錠をかけて鍵を隠し場所に戻した。五ブロック先に、大きな木々と木製ベンチのある墓地がある。結婚生活の終焉に乾杯するには格好の場所。

〝父さんを裏切るなんて最低だ〟。ちがう、ジェイコブ。お父さんがわたしたちを裏切ってた最低野郎なの。

墓地へ向かう途中で喉が渇いて口がからからになった。なにも食べずに薬を服んだことによる副作用。横断歩道で待つあいだにグラノーラ・バーの袋を開け、かじりながら歩いた。墓地のアーチ型の門が見えると足が速まった。ここは古い墓地で、墓石の大半が苔に覆われている。家族に見捨てられたり多くの人に忘れられた区画にも。レニーの勤める墓地とはちがって、この墓地には常勤の管理人はいない。でもときどき、市の職員が芝刈り機を持って敷地内をまわっているのを見かける。わたしは慰めを求めてよくここへ来る。小さな丘をのぼってお気に入りのベンチに腰を下ろす。お酒の木箱を引っぱり出し、ワッツアップでデイヴィッドに電話をかけた。

「ハイ」ほほ笑んでいるような声。片手をポケットに入れ、まぶしい日差しを避けるためにサングラスをかけ、いつもの穏やかな笑みを浮かべて栈橋を歩く彼の姿を思い浮かべた。

「だれかがわたしたちの動画を撮ってSNSに上げたの」わたしは木箱を開けてボトルを取り出した。木箱を地面に置き、ボトルのふたを開けてひと口飲んだ。〝あなたのしわざ？〟と問いつめたいけれど、デイヴィッドを責めるなんて愚かだ。デイヴィッドがそんなまねをするはずがない……わたしの結婚を破綻させたいのでもないかぎり。考えられなくはない可能性なので、わたしは目を固く閉じて彼の声の調子を科学的に分析しようとした。

「どういうたぐいの動画？」警戒。関心。やましさ？ 可能性はある。

わたしは咳払いをしてから答えた。「いっしょにディナーに出かけた夜のもの。ボートの甲板で踊ってる。キスして愛撫を交わして。投稿者はそれに音楽をつけて、コメント欄に息子の名前を出してる。息子の友人たちは大騒ぎだったって」

「きみかおれの名前がタグ付けされてるのか？」彼がジェイコブのことを気にかけてくれると期待していたとしたら――現に期待してたけれど――見込みちがいだった。デイヴィッドの心配の焦点はジェイコブの気持ちや学校での立場ではなく自分自身だ。自身と、おそらくはわたし。あの動画の説明欄にジェイコブのフルネームが出ていることに思い至った。デイヴィッドがわたしの姓をたずねたことは一度もないし、わたしも、確信はないもののジェイコブのことを〝息子〟としか言ったことがないと思う。

「きみかおれの名前がタグ付けされてるのか？」デイヴィッドが質問を繰り返した。

「いいえ」鼻の上でサングラスを押し上げた。「だからマイクとわたしが、えっと……事後処理をする。このあと弁護士と会って選択肢を検討する。通報済みだから、うまくいけば動画はすぐにも削除されるでしょう」説明欄に〝次回の投稿をお楽しみに〟と書かれていることまで伝える必要はない。

「撮影して投稿したのがだれかわかるか？」

この邪気のない――そう、これ以上なく無邪気な――口調に、デイヴィッドが関与してるんじゃないかという疑いは薄れた。わたしはボトルを傾け、ぐいと飲んでから答えた。

「いいえ、わからない」

「でも、おれはなにもしなくていいのか？　リンクを送ってくれるか？」

わたしと同じく彼にとってもばつの悪い動画だ。「わかった」わたしは顔をしかめた。

「恥ずかしい動画。少なくとも、わたしにとってはね。あなたは気にしないかもしれないけど」案外、楽しむかもしれない。遊び人として生きてる証になるから。

「ご主人はおれについてなにを訊いた？　きみはおれが何者か話したのか？」電話を通して聞き慣れた船舶用フォークリフトのビープ音が聞こえてくると、不意になつかしさが胸を突いた。早くもさびしさを感じている。早くも失ってしまった。

感傷はひとまず置いた。「基本的なことだけ。彼の関心はジェイコブと、動画を削除させることに向いてるから。でも、わたしは当分マリーナへは行かない。今後の展開を見届ける必要があるし」

「もちろん」安堵したような声。それがもたらす感情から目をそらすためにまたバーボンを飲んだ。それが投薬治療の問題点。なんの前ぶれもなく、感傷的になったり感情の空白に陥ってしまう。「当然だよ」弾んでいるとも言える口調。瞬間移動でもして彼の舌を切り落としてやりたくなった。

「じゃあね」彼に返事をする間を与えずに電話を切った。なんの反応も示さないんじゃないか——彼は黙って〝切〟ボタンを押すだけだ、〝切〟がこの情事の終わりかただ、と考えるのが怖かったから。

六週間つきあったのに、一夜かぎりの関係だったように捨てられた気がした。またバーボンを飲み、ボトルをベンチの脇に置いた。携帯電話で彼の連絡先を開き、画面をスクロールして〝ブロック〟を押した。

自分の意思で彼をブロックしておけばよかった。電話をかけてこないんじゃないか、メッセージをくれないんじゃないかという不安からではなく。でも、動機はともかく、彼をブロックしたことによって、この先無視されることはないとわかって安心できた——それに、彼からの電話に出たいという誘惑に駆られることもない。

ボトルを手に取り、だれもいない墓地に向かって差し出して乾杯した。「くそったれどもに」低い声で言ったあと、ボトルを両手で持って口へ運び、息が続くかぎり長々と飲んだ。

バーボンで喉が熱くなり、首をまわした。首に焼き印を押された罪人のような気がした。

〝地獄へようこそ。お待ちしておりました〟。

〝こんにちは〟。わたしは夢見心地で、ゆったりとベンチの背もたれに寄りかかった。

〝おかまいなく。勝手にくつろぎますから〟。

現在

39

マイク

今回の件は問題だ。痛みを伴う斬新な解決策が必要かもしれない。おれの行動は彼女の行動に直接作用する。独創的な発想はリリアンの得意分野ではないからだ。おれが嘘をついたから彼女も嘘をついた。おれが浮気をしたから彼女も浮気をした。だからこそ彼女には秘密を打ち明けない。彼女は簡単に道をはずれるし、悪行の影響を受けやすいし、蝿が死を招く黄色い蝿取り紙に引き寄せられるように、感情に任せて問題へと引き寄せられるからだ。

そもそもおれが嘘をついたのは彼女のためだった。この家を失う寸前だと知ろうものならパニックに陥っただろう。おれが夫婦の性生活に不満を持っていると知ろうものなら思いつめただろう。

もしも彼女が知ったら、もしも知ったら……きっといまごろ自殺している。

だから嘘をつく。良き夫ならだれもがそうするように。嘘をついて彼女を、ジェイコブを守る。この不測の事態への対応策を考えて、ささやかながら申し分のない生活が万事順調に進みつづけるようにする。それがおれの務めだから。おれの使命は、なんとしても家族を養い守ること。

おれはその任務に秀でている。

弁護士との約束の四十五分前にうちへ戻れば、弁護士事務所まで三キロ余りの道を車で行くのにたっぷり時間がある。ブリーフケースには、あの動画についてわかっていることをすべて——と言っても、たいしてなにもわかってないことは認めざるをえないが——記したプリントアウトが入っている。デイヴィッド・ローレントに訴えられるおそれがある場合を考え、先手を打って賠償責任保険のリストも作ってある。わが家の資産まで危険にさらされた場合に備えて、資産リストも。とりあえずリリアンが知っている資産だけ。

まだ不明なことも——マリーナのセキュリティプロトコルと責任負担リスク、彼女がわが家の生活についてデイヴィッド・ローレントになにを話したのかも——突きとめてみせる。録音を聞き直し、日時の調査をきちんと行ない、車に取りつけたGPSの記録と携帯電話の録音から彼女のこの一ヵ月の行動を分析する。彼女に疑いを抱かせないように時間をかけて少しずつ質問をする。今日の予定がもうひとつ。彼女がこのところ薬を服んでないのはまずまちがいないので、担当医に電話をかけること。

キッチンから妻の名前を呼んだ。おれの声は小さな家じゅうにやすやすと届いた。それが家の狭いことの利点であり、欠点でもある。ここの十倍も広い家を買ってもよかったのだが、それでは、もしも連邦野郎が嗅ぎまわりに来た場合あれこれ疑問を持たれただろう。加えて、リリアンの知性が都合の悪いタイミングで発揮されるという問題もあった。彼女はもろい人間だが、ひじょうに頭が切れるときがある。それが彼女に惚れた理由のひとつ。もうひとつは育児能力。それは高く評価している。彼女はすばらしい母親だ。ただし、ジェイコブを巻き込んだ今回の失敗はいただけない。

今回の情事が彼女の汚点になるのは確かだが、まったくの予想外だったわけではない。この事態を予測して影響分析を行ない、こうなる可能性を封じておくべきだった——だが、知性と育児能力に加えて、これまでリリアンはきわめて忠実な妻だった。その揺るぎない忠誠心ゆえにおれは愚かにも平穏に浸って、あっちの関係を絶ったことによる影響に気を取られていた。安穏として整理されていたはずの状況が、ひどく感情的でどろどろした状況に変わっていた。解決にはほど遠いこの状態は、もっぱらリリアンのせいだ。

返事がないので、階段を一段飛ばしで上がりながら腕時計で時刻を確かめた。身支度をして待っているはずだ。借りを返してもらう形で直前に予約を取りつけたのだから遅刻は許されない。

主寝室にはだれもいない。客用ベッドルームにも。ジェイコブの私室をのぞいた——だれもいない——あと、バスルームの窓ぎわに立って裏庭を見下ろした。痩せ細る一方のリリアンの姿はない。苦い顔になった。

階段を下りながらまた腕時計に目をやる。また一分経つうちにいらいらが込み上げた。車庫へ通じるドアを開け、所定の場所に停まっている車を見た。キーもフックにかかったままだ。昨夜リリアンが停めた車が進路をふさいでいたから、おれは彼女の車で出かけた。だから、どこかへ行くのであれば、彼女はおれの車を使ったはずだ。

彼女の携帯電話にかけたが留守番電話につながった。

どこにいる？

40

マイク

彼女の車を車庫に入れてキーをフックのキーと取り替え、自分の車で二時二十分前に家を出た。リリアンなしで。弁護士事務所の住所をテキストメッセージで送ったが、彼女が来るとはあまり期待していない。あの男といっしょにいるのか？　だれかといっしょにいるはずだ。走りに行ったのでもないかぎり——まあ、十二年近く前に拒食症の発作を起こして以来、走っていないが。散歩もまずありえない。酒を買いに酒店かガソリンスタンドへ向かったなら話は別だが。ただ、弁護士事務所へ向かう途中でそのどちらも通りかかったが彼女の姿はなかった。

よく思い返してみると、キッチンにもリビングルームにもバッグがなかった。たぶん持って出たんだろう。だから、現在位置と移動速度を探知できるたぐいの家族限定アプリを入れておけばよかったんだ。だがあいにく、うちの家族にそれを求めるのはむずかしい。当のおれがそんなアプリを入れる気がないんだから。自分から進んで居所を探知されるなんて断じてごめんだ。

弁護士事務所の駐車場に入って奥のほうの区画に車を停めた。通行中の車にぶつけられるほど通り寄りでも、ドアをぶつける危険があるほど建物寄りでもない位置に。両側は空いているし、急いで車を出す必要が生じた場合に備えてバックで駐車した——急いで車を出す必要が生じたことなどこれまで一度もないが、日々いついかなるときもあらゆる状況に備えておく必要がある。

リリアンなら、建物の玄関ドアにいちばん近い位置にななめに停めてドアをロックするのも忘れるだろう。用意周到なたちではない。ひょっとすると、彼女のそんなところに惚れたのかもしれない。美女と野獣。秩序と混沌。光と闇。

約束の時刻の三分前に受付で到着を告げ、ぎりぎりになったことを気に病むまいと努めた。それよりもリリアンがいないことのほうが気がかりなので、また携帯電話にかけたが、留守番電話につながるだけだった。

弁護士は胸が平らで、頬にも顎にもクレーター状のにきび痕がある。人生の残酷な仕打ちを生き抜くために意地が悪くなったような女だ。動画を二度見てから携帯電話をおれに返した。「奥さんはいまどちらに、ミスタ・スミス?」

「わかりません。ここで落ち合う約束だったが、遅れているんでしょう」リルの非礼を切り抜けようと笑みを浮かべた。「しかし、彼女抜きで始めましょう。われわれからの質問リストを作ってきたので」

本当はおれの質問リストだ。リリアンはこの問題を解決するために必要な措置について聞きたがらない。基本的に両手で耳をふさぎ、口から出まかせをまくしたてて自分の置かれた状況の現実をかき消すほうを好む。彼女が大失敗を犯したのは今回が初めてではない。これまで、痛手や経済的危機から救い出すためにおれがどこまで関与してきたかを本人は知らない。風向きが変わって人生が簡単に展開すると思っている。魔法のように問題が消え去り、人びとが言い争うことをあきらめ、渋面がやがて笑顔に変わる、と。

「そちらの質問の前に、こちらからいくつか質問させてください」弁護士は椅子を左へ、次に右へ回転させ、へこんだ腹の上で指を組み合わせた。「動画の女性はあなたの奥さんですか?」

「そうです」

「男性は何者ですか?」

「デイヴィッド・ローレント。スクリーン印刷Tシャツのチェーン店を展開している。妻の話では、彼はネバダ州に住んでいるが定期的にロサンゼルスを訪れているそうです」デイヴィッド・チャールズ・ローレントについて探り出したその他の情報を述べる必要はない。文書に残る彼の足跡は明白なので、すぐにたどることができた。フレズノの事業拠点でも個人住所でも、税金滞納による抵当権の記録も破産の記録もない。独身。子どもなし。SNSもやっておらず、その点は気に入らない。妻が自撮り写真を投稿するような阿呆とセックスをしていたなら嫌悪を覚えるのは確かだが、SNSは追跡・分析できる足跡なのだ。

「彼は動画のことを知っているのですか？」

「さあ」

「これは進行中の情事ですか、それとも行きずりの関係ですか？」彼女は矢継ぎ早に質問を繰り出した。配慮などなく、それがありがたかった。

「進行中の情事です。一カ月ほど」

「動画とその説明欄で言及されているジェイコブ・スミスというのは息子さんですか？」

「そうです」

「ご夫婦の生物学上のお子さん？」

「そうです」

「あなたのお子さんではない可能性は？」

「ありません」

彼女が赤みがかったオレンジ色の口紅を塗った唇を引き結んでうなずくので、納得していないのだとわかった。べつにかまわない。ジェイコブが生まれてすぐにDNA検査をした——リリアンの浮気を心配したからではなく、予期せぬできごとは問題を生むからだ。そして、実際に問題が起きる前に、どのような問題が生じうるかを知っておくべきだからだ。

おれは質問リストをテーブルに広げて置いた。「こっちの質問を始めていいですか？」

41

マイク

家へ帰る途中でサムから電話がかかってきた。いらっとしたので留守番電話に切り替えた。リリアンはきっと家にいて、うつろな顔で夕食を作っている。弁護士との約束をすっぽかしたことに見えすいた言いわけをするだろう。かまうものか——知るべきことは知った。おれたちに賠償責任はないが、あんなまねをした阿呆を捕まえられる可能性もない。弁護士費用として高額小切手を切ったので、エイミーが今日じゅうに、あの動画の削除及び投稿者に関する情報を法執行機関に提出するように要請する申し立てを行なってくれる。投稿者に関する情報が得られるとはあまり期待していない。そいつのIPアドレスはわかるかもしれないが、そんなものは操作も隠蔽も可能だ。弁護士事務所では、個人情報保護のばかばかしさについて文句を並べ立てたが、本当のところ個人情報保護をありがたく思っている。今回のような特殊な状況下では不都合だが、おれの日常生活においては大いに役立っているからだ。

いまは、目の前の課題が多いので、それらについて分割して考える必要がある。考えうる副次的影響を連ねたリストはリリアンに見せたが、彼女に見せてない第二のリストがある。そっちには、この件がおれのビジネスに与えかねない影響についてまとめてある。

ジェイコブに電話をかけると、怒りはおれにまで及んでいないらしく、二回目の呼び出し音で出た。「もしもし」

「母さんと話したか？」

「ああ、今朝」

「何時ごろ？」

「さあ」自動小銃の音が背後に聞こえる。「十時半とか？」

「わかった。うちにいるのか？」

「いや、ディジョンの家。《コールオブデューティ》をやってる」

「夕食は彼とすませてくればいい。じゃあ、うちで待ってるから」

「うん、わかった」

電話を切った。ふたりは今朝、話をした。正しい方向への第一歩だ。会話の温度についてはリリアンから聞けばいい。彼女にかけたが、やはり留守番電話につながるのでいらだちのうなり声が漏れた。大丈夫。問題ない。すぐにつかまる。気に病むことはない。なにしろ、あのリリアンだ。当てにならないのはいつものこと。

サムからボイスメールが来たので聞いてみた。

「おれだ。ずっとリルに連絡がつかない。今朝、話をしたとき少しばかり……不安定な様子だった。薬を服んでないんだと思う。彼女と話したら、大丈夫だったら、知らせてほしい」

ステアリングホイールを握る手に力が入る。こんなことでおれに電話をかけてくるなんて、サムは馬鹿だ。リリアンのことはおれが責任を持つとふたりで決めたのに、いつも出しゃばってきやがる。

それが人間の厄介なところ。殺されでもしないかぎり身のほどをわきまえない。

ダッシュボードの時計をちらりと見たあと、車を降りて書斎へ向かった。夕食前にちょっとした仕事をかたづける時間がある。

42

リリアン

墓地のベンチで目が覚めると、あたりは暗くなっている。くそ。どうしてこんな場所で眠ってしまったんだろう。記念日用のバーボンを飲んでて、そのあと……ぎゅっと目を閉じて、そのあとのことを思い出そうとする。体をきしませて座り直し、バッグを探す。ベンチにも地面にも付近にもないとわかって不安が増す。ロサンゼルスなんだからそんなこともある。服を着たまま、命があるだけでも運がいい。

バッグの中身を思い出してうめく。バーボン――だれも気にしない。薬――まあいい、持っていって。財布――どうでもいい。キーリング……今日はマイクがわたしの車に乗っていったからキーは彼が持ってると思い出してほっとする。ありがたい。携帯電話は痛い損失だけれど、撮った写真はクラウドにバックアップしてるし、マイクがスマホ保険に入ってる。ちゃんとした保険に入ってるのが救いだ。

バッグを盗んだ人間がさらになにか奪おうとしてまだ近くにいるんじゃないかと急に不安になって、あたりを見まわす。月明かりの下、木立のまわりには闇ができ、墓石が落とす影はまるで何本もの指のようだ。肌寒いので、だれもいない墓地に――ひさしぶりに――ぞくっとする。

立ち上がってパンツをはたき、すぐさま家へと歩きだす。マーティン夫妻の二階建ての家の前を通りかかったときに、弁護士との約束をすっぽかしたことに気づく。自分をののしりながら腕時計に目をやったけれど、文字盤の数字が泳ぐだけ。まだ六時か七時でありますように。マイクはわたし抜きで弁護士事務所へ行ったにちがいなく、怒られるだろう。彼のあの顔を見ることになる。わたしがどうしちゃったのか理解できないときに見せるいらだった顔を。そして、あとで分析するためにわたしのあやまちをリストにまとめるときの冷ややかな態度を。

彼も昔はあんなに……堅苦しくなかった。出会ったころの彼は柔和だった。書店でわたしを見つめる、口数の少ないおたく。初デートのとき花束をくれた。初キスのあと顔が真っ赤だった。彼の車から降りるときにつまずいて膝をすりむくと、軍人並みの正確さでそうっとバンドエイドを貼ってくれた。

卒業後は急に人が変わり、その後は安定してたけれど、大きなできごとをいくつか経てまた急変した。ジェイコブの誕生。マイホーム購入。職場での昇進。わたしの鬱病発症。飲酒。投薬治療。

ひょっとすると、わたしたちを正常な状態に保つために、彼はああならざるをえなかったのかもしれない。保護者のように、高圧的に。そう、彼にはそういうところがある。感情の空白が大きくなる一方でも、彼は結婚生活の――家族の――よりどころとなる頼れる存在で、揺らぎはじめるといつだって正しい位置に収めてくれる。

うちに着くとマイクは書斎で電話中だ。ドアロで会話が途絶えるのを待って話しかける。

「弁護士との約束をすっぽかしてごめんなさい。時間がわからなくなっちゃって」

彼はわたしの背後を見つめる。顎を引き、無表情な目で。わたしはおそるおそるたずねる。「夕食はすませた？」

「ああ」彼が吐き捨てるように言う。「もちろんだ」

わたしに言ってるのか、電話の相手に言ってるのかわからないけれど、気にしないことにする。キッチンへ向かいかけたところでめまいに襲われたので、少しだけ床に座り込むことにする。

意識が戻ったときにはどの部屋の明かりも消えていて、マイクの姿はなかった。

43

フレンチー

太陽がゆっくりと水平線上に昇ってきて、黒い海原に光が広がっていく。雲に半分隠れていても、日の光は砂山を淡いピンク色に染めていく。この砂浜は個人住宅の知られざる飛び地のようなもので、公共駐車場から遠いおかげで歩いてやってくる人はいないし、平坦な砂浜が広がっているおかげで波も荒くない。だからフレンチーはこの地を選んだ。観光客に踏み荒らされることも、サーファーたちの叫び声やののしり言葉が風に乗って漂ってくることもない砂浜で寝そべりたかったから。

サーファーなんてくずだ。文字どおりのくず。そこらじゅうに海水をしたたらせるし、ワックスの小瓶やらジッパー付き袋やらエナジードリンクの空き缶やらリーシュコードやらを忘れていく。ものを引きずった跡を砂に残したり、大型ラジカセを置いて静寂を破ったり、たき火をしたり、マリファナを吸ったり、かわい子ちゃんとセックスしたり。

最初は、女もそんなサーファーのひとりだとフレンチーは思っていた。ゆうべこの海岸でパーティでもして、こんなところまでぶらぶら歩いてきて意識を失って砂の上に倒れたんだろう、と。横向きに寝ている女の体の曲線、薄茶色のロングヘア、海草の絡みついている体が見えた。

フレンチーは、早くも砂がこびりついたテニスシューズの足を止めて、女を起こして立ち去るよう求めようかと考えた。女は文句を言わないはずだ。私有地に入り込んでいると指摘してやったらなおのこと。厳密にはそれは嘘だけれど、たまに現われるサーファーにしろ観光客にしろ、そう言ってやって反論されたことはこれまで一度もない。

警察に通報する手もあるけれど、たいていは相手にしてもらえない。要は、この砂浜は公有地だから、フレンチーの一日を台なしにしようと、だれがここで寝てもかまわないってわけ。運がよければ警察官をよこしてくれることもあるけれど。それに、いつもフレンチーの胸をじろじろ見て、頼めばなんでも聞いてくれるビーチパトロールの制服を着たあの男だって、長らく姿を見かけないし。

フレンチーは歩きつづけて、寝ている女の横を通りすぎた。自分から立ち去ってくれるかもしれない。なにしろ、もうすぐ七時だ。すぐにも暑くなる。日かげへ移動したくなるか、お腹が空くか、用を足したくなるか。そのどれかの理由で行動せざるをえなくなる。だいいち、今日は六キロ以上歩くとトレーナーと約束している。そのためには歩くことに集中して打ち込む必要がある。それなのに、気が散って時間を無駄にしている。

腕をしっかり振りながら決然と北へ向かい、三十メートルほど進んだところで緑色のトートバッグが目に入った。高価なものに見えたので、もっとよく見ようと歩をゆるめた。思ったとおり高級品。ただ、ひと晩じゅうここにあったようだ。しゃがんで、湿って砂まみれの状態に舌打ちした。実はこれと同じバッグを持っている。ブルーのだけれど。なかはほぼ空で、あたりを見まわすと、砂に埋もれかけたものがいくつか——リップクリーム、ポケットティッシュ、チューブタイプの日焼け止めが——あった。見つけたものを拾い集めてバッグに入れ、立ち上がる。あの女の持ちものだとしたら、返してあげないと。女を起こす申し分のない口実。そのあとフレンチーはリハビリ運動を続けることができるし、この砂浜も人気《ひとけ》のない静かな場所に戻る。

そう決めるとフレンチーは、片足を引きずりながらもできるかぎりの早足で砂浜を歩いて戻った。「もしもーし」大声で呼びかけた。「失礼ですが」驚かせるのは最悪。それに、この手の連中はなにをするかわからない。ドラッグ常習者かもしれないし精神的に不安定な人間かもしれない。身をかがめてもいいけれど、女がぱっと立ち上がってナイフを突きつけ、だれもいない砂浜をフレンチーの家まで案内させるかもしれない。そしてうちに押し入り、金品を奪った上にフレンチーを殺すかもしれない。

そんなことが現実にある。去年、通りの三キロほど向こうでそんな事件が起きた。

「ねえ！」フレンチーは安全な距離を保って両腕を振った。左手に持っているバッグが揺れた。「ねえってば！　あなたのバッグを拾ったんだけど」この女のバッグにまちがいないわよね。昨日の夜、この砂浜に女がふたりも来てた可能性はどれぐらいある？

危険を冒して一歩、また一歩と近づいた。女は微動だにしない。「聞こえますか？」フレンチーは叫んでいた。女に聞こえないはずがない。白いテニスシューズを砂にめり込ませて、女の顔が見える位置まで砂山をのぼった。

あっ。フレンチーは滑り落ちる砂に足を取られ、三年前に手術を受けたほうの膝をついた。無理やり上半身を起こして目を凝らした。女の締まりのない表情を見て、暗色の口紅をつけた口がぽかんと開いた。生気のない虹彩に早くも砂ダニがたかっている。

女にはフレンチーの声は聞こえてなかったし、バッグのことも気にしないだろう。女はフレンチーの家の裏口から百メートル足らずのところで死んでいた。

44

マイク

目が覚めたときも、やはりうちのなかに人の気配はなく、客用ベッドルームのベッドも使った形跡がないし、リリアンの携帯電話は留守番電話に切り替わる。シャワーを浴びたあと、いつもどおりの行動を開始した。まず、彼女の通話履歴の確認。件数は少ない。一件はサム。数件はおれだ。監視を始めてから数週間、知らない番号と何度もやりとりした履歴がないとわかり、通話履歴と浮気のタイムラインを同期できる見込みは泡と消えた。

やはり妻は抜かりがない。だが、インターネットベースのアプリを使って電話をかけるという予防策を講じるほどだとは——意外だった。ひょっとすると、やりとりはテキストメッセージだけで行なっていたのかもしれない。メッセージウィンドウを開いて履歴に目を通すが、やはり、あやしい履歴はまったくない。

考えうる選択肢は山ほどある。SNSでやりとりしていたのかもしれない。リリアンのツイッター・アカウントは――最近は休止しているが――開放されたコミュニケーションポータルで、おれはずっとそれが気に入らなかった。ありがたいことに、リリアンはフェイスブックやインスタグラムに家族や生活をさらすまねはしなかった。だが……案外、していたのかもしれない。妻に対する関心の欠如が驚くほど明らかになってきた。

改めて通話記録を見る。彼女が昨日かけた最後の数件はどれもおれの知らない番号だ。ウェブブラウザを開いて、その番号を検索した。

最初の番号はタクシー会社。だが、なにか引っかかる。彼女の携帯電話には配車アプリが入っていて、使えばおれに通知が来ることになっている。仮に運転できないほど酔っぱらっていたとしても、タクシーを呼ぶ必要はまずない。

次の番号を入力し、まちがいないか確認してから検索する。渋い顔になる。DVシェルターのホットラインだ。意味がわからない。DV被害女性と知り合い、助けることにしたのか？　それなら、タクシー会社とこの番号に電話をかけたことの説明がつく。だが、そういう状況だったのであれば、まずおれに連絡してくるはずだ。自力で窮地を抜け出す力もないリリアンが他人を救えるはずがないんだから。

次の番号を見ようと画面をスクロールした瞬間、頭の片隅でなにかが声をあげた。直感が、なにかまずいことが起きそうだと強く激しく訴えている。

妻に関する調査を中断し、自分の携帯電話とメールを確認した。弁護士からの新着メールがあり、例の動画は削除され、投稿者のユーザーアカウントはブロックされたので今後はなにも投稿できない、との報告が記されていた。ジェイコブにテキストメッセージで進捗状況を送ったあと、ダークウェブにアクセスして自分のもうひとつのアカウントをチェックする。金はすべて、あるべきところにある。メッセージポータルは空だ。警告を発するような兆候はなにもないが、どこかでなにかを忘れているという気がする――まだ縫い合わせてないほころび、ふさいでない穴、嗅ぎつけてあばいてない嘘があるような気が。

座ったまま、しばし虚空を見つめてこの二十四時間の自分の足どりをじっくり思い返してみたが、なにひとつ失策は犯していない。ほぼいつもどおり、おれの遂行力は完璧だ。念のため頭のなかで再確認しても結果は同じ。不安を頭から無理やり追い出して、三つ目の電話番号をインターネット検索した。

『ロサンゼルス・タイムズ』社の番号だ。その情報をゆっくり消化し、椅子を小さく左右に揺らしながら、リリアンが馘になった会社のだれになぜ電話をかけようと思ったのかを突きとめようとする。理由は山ほど考えられる。給与明細にあやまりがあったとか。福利厚生の確認とか。元同僚への連絡とか。予約購読の更新とか。警告を発する理由はなにもない。

それなのに、頭の奥のどこかで疑心の声が大きくなっていく。

45

リリアン

わあ、いい天気。輪郭はぼやけているけれど、あらゆるものが明るく楽しげに見えるので、薬を再開した自分を褒めてやる。どうして薬をやめたりしたんだか。書斎からマイクの声が聞こえてくるので、裏庭の木からゆったりと弧を描いてゆっくり舞い落ちはじめた木の葉を愛でるのをやめる。わたしが家に入っていっても気づいてないようだから声をかけようとしたものの、マイクの口調が低く差し迫っているため、だれと話しているのか気になって、足音を忍ばせて書斎のドアロへ近づく。心配そうな声を聞いて、不安で胃がねじれるように痛む。まるで太陽の光をおそれる吸血鬼だ。

浮気相手にちがいない。わたしが一日留守にしたらマイクは真っ先に女に電話する。群れから離れて遠くまで走り去った羊がいないか確認する牧羊犬じゃあるまいに。

わたしは一年前にキッチンが水浸しになったときからきしむ床板をまたいで越える。キッチンの床を改装した際にそこの床板も張り替えるはずだったけれど、その工事は次にまとまったお金が入ってくるまで延期している。マイクのボーナス（〝月間優秀社員〟二回分のボーナス！）をそれに充てることができたはずなのに、彼はお金を別のことに使ってしまった。わたしは拳を握りしめ、彼が次につく嘘を見抜くまでは怒りを忘れることにする。

〝通話記録〟とか〝組織〟とかいう言葉が聞こえて、わけがわからず眉をひそめる。相手は女じゃないのかも。よく知らない相手と話すときの堅苦しく他人行儀な口調。怒りが少しだけしぼむ。でも正直なところ、道徳的に優位な立場を取り戻すために彼の弱みを握ることができなくて少しがっかりする。

だれかが玄関ドアを激しく叩く。有無を言わせぬノックの音は、郵便受けに入っていたIRS（アメリカ合衆国内国歳入庁）からの手紙の感触にも匹敵する。マイクは椅子を床にする音を立てて立ち上がり、わたしは立ち聞きしていたことに気づかれないように、あわてて何歩か後退する。彼が応対するために急いで書斎から出てきたときには、わたしはキッチンに戻っていた。

「あ、おはよう」陽気に声をかけたのに聞こえなかったらしく、マイクはまっすぐ玄関へ行く。わたしはあとについて行き、家の正面側の窓から通りをちらりと見て、彼の五、六歩うしろで凍りついたように足を止める。「マイク」消え入りそうな声で言う。「警察よ」

言うだけ無駄で、マイクはすでにドアを開けかけている。警察官ふたりの厳しい顔を見て、わたしの不安は高まる。

「ミスタ・スミスですか？」

どうしよう。ジェイコブのことだ。美しく申し分のない息子。病院に運ばれただけなら警察は来ない。来るとしたら、もっと悪い事態のときだけ。だからマイクに言ったのに。危険だって言ったのに。

マイクの腕をつかもうとしたけれどつかめない。ドアをもっと大きく開けよう、話がよく聞こえるようにマイクを押しのけようとしたけれど、できない。

「申し上げにくいのですが、あなたの奥さんリリアン・スミスさんが今朝マリブ北部で発見……」

「えっ？」なんの話か理解しようとする。しだいに飲み込めてきて、次の瞬間、すべてに違和感を覚える理由が腑に落ちる。

わたしは死んでいる。

46

マイク

　妻の死を嘆くタイミングはあるだろうが、それはいまではない。悲報にそっけなくうなずいて玄関ドアを閉め、書斎へ戻った。新たなリストの作成に取りかかり、必要な準備について考えた。リストの第一項目はジェイコブへの対応だ。居場所を突きとめて家へ戻らせ、母親の死がもたらす影響に対処する必要がある。いかんせん、昔からこの手のことに長《た》けていたのはリリアンだ。おれは悲しみをどうやって乗り越えるかわからないし、あの動画を見てうろたえているジェイコブをどう扱ったものかわからない時点で親としての限界を迎えていた。

　リリアンの母親にお願いすることを考えたが、彼女にも娘の死を知らせる必要があると気づいて頭を抱えた。おれの両親や、彼女の数少ない友人たちにも知らせなければならない。

サムなら万事うまくやってくれそうだ。それがいい。その考えが大きく育っていく。悲嘆に暮れた夫にそういう手配ができるとはだれも思わない。サムなら、リリアンの死にひとしきり泣いたあとは、たぶんその役目を喜んで引き受けるだろう。つねづね、人間の行動について洞察し操作できる自分の能力を誇りにしているんだから。

次にやるべきは葬儀と埋葬の手配だ。いちばん上の引き出しを開けてアルファベット順のインデックスをD──Deathまで繰った。リリアンのファイルとおれのファイルが入っている。リリアンがおれのファイルを見たことは一度もなく、そういう細かいことはすべておれ任せだった。おれのファイルを手にすることがあれば、その薄さに驚いたはずだ。中身はおれの法定代理人フランクの名刺が一枚きり。フランクがリリアンから電話を受けるのはおれが死んだ場合だけ。そのとき初めて、おれの最愛の妻はすべての真実を知ることになる。

彼女に対処できただろうか？　いまとなっては知る由もない。

リリアンの死のフォルダーには、購入済みの墓地区画と棺の資料が入っていた。実を言うと、彼女の墓地区画はふたつある。ひとつは十年以上前におれが購入したもので、管理費が安く維持・保証がついたまずまずの墓地にある。その墓地区画について話したことはないので、六年前に彼女が突然、死んだらアンジュラス・ローズデイル墓地に埋葬してほしい、高台側に二区画分の——彼女とおれの分だ——手付金を支払ってある、と言いだしたときには腹が立った。

寛大で理解ある態度を見せた——〝いいねえ、きみはよくわかってる〟——が、彼女の小切手の支払いを四半期ごとに確認するようにリマインダーをセットして、購入に対する興味を失うのを待った。けしからんことに、彼女は興味を失うことはなく、三年以内にその区画の支払いを終えた。

次に保険証券。三件あり、うち二件は終身生命保険、一件は定期保険で、保険金は総額六百万ドル。一件は自殺の場合は支払われないためその保険証券は脇へ置き、想定される受取金額から二百万ドルを頭のなかで消した。

四百万ドルもあればありがたい。文書化可能な課税対象所得になるので、出所や関係書類についてうるさく訊かれることなく、ジェイコブとふたりで大きな家へ引っ越すことができる。

保険証券をきれいにきちんと並べてから椅子の背にゆったりと体を預けて頭のうしろで両手を組み、背中を伸ばした。

その一瞬、喪失の痛みを感じて、二度と彼女を抱きしめることも笑顔を見ることも笑い声を聞くこともないのだと理解しはじめた。
だが、そんな感傷は押しのけた。

47

レニー

造園小屋に置かれた窮屈なデスクについていると無線機が音を立て、アビゲイルの声が聞こえてきた。眠ってはいなかったものの目を閉じていたし、考えに耽っていたせいで現実に戻るのに時間がかかり、彼女の最初の言葉を聞き逃した。

「もう一度言ってくれ」目をこすって、腕時計の文字盤に焦点を合わせようと努めた。衰えつつある視力ではぼやけて見えるので、腕をぐんと伸ばす必要があった。

「区画の準備を。一〇二号地よ」

「了解」ゆっくりと立ち上がって、葬儀社の連中の目印にするために名前を記入して杭に張りつける札を手に取った。「名前は？」

「ペンの用意はいい？」アビゲイルは、ときにうっとうしくなるほど気がまわる。元は幼稚園教諭なので、一人前の大人はなんでも自分でできるということが理解できないのだ。

「ああ。で、名前は？」

「リリアン・スミス。Lから始まるリリアン。リリアン。スミス」

ペンを持つ手が止まり、目を上げて、殺虫剤の棚の上方の壁にピン留めされた墓地の地図を見た。この距離だとちょうど目のピントが合うので、直感の告げたことが事実だと確認できた――一〇二号地はマーセラの墓地がある区域だ。あまり望ましい区域ではなく、だからこそリリアンもすぐに二区画分を購入できたのだ。

「本当にこんなところでいいのか？」おれはカリフォルニアの厳しい日差しに目を細めてリリアンを見た。「反対の区域、ヤシの木の下にもっといい区画がふたつあるぞ」

彼女は芝生に寝転んで両手両脚を大きく広げ、満足げにため息をついた。「そう。ここがいいの」

おれたちは三十区画分向こうに眠るマーセラの話は――隣の空いた区画はおれを待っている――しなかった。おれはあっさりうなずいた。「管理事務所に書類を作らせよう」

うれしい申し出だった。実現するのをこの目で見ることになろうとは思ってもみなかった。現実になるのを目にしてはならない申し出だった。なにしろ、おれは自分が死ぬ機会を待ってるだけだ。肝機能が停止するのを期待してるのに、どの医者に診てもらっても残念な結果を聞かされる——健康ですよ。いちばん最近診てもらった医者なんか、めでたいことのように〝健康そのものです！〟と言って笑った。

「わかった、レニー？　リリアン・スミス、一〇二号地よ」

「わかった」ペンを置いた。彼女の名前を書くことなどできないからだ。強い酒でも飲まないことには。デスクのいちばん下の引き出しを開けて、まだ酒店の袋に入ったままのヘンドリックスのジンを引っぱり出した。キャップを開け、通常の努力を放棄してボトルを直接口もとへ運ぶと、必要な酒をたっぷり飲んだ。

48

リリアン

限界がわかってきた。ものを動かすことはできない。声はだれにも届かない。どこかに出入りしたり、頭に思い浮かべるだけでその場所へ行き来することができる。あの墓地から帰ったとき、マイクにはわたしの姿も見えず声も聞こえなかったんだと理解する。

どうやって死んだのかという記憶もなく、現実世界という終わりのない番組を観る以外になにもできないまま、この世に足止めされているらしい。さっきよりも、ものの色はくすみ、音は小さくなっている。なにもかもが弱まりはじめているので、わたしはすぐにも完全に消え去るんだと思い知らされる。

そんなことを考えていると、ジェイコブが入ってきてバックパックをテーブルに置いた。ズボンを引き上げて、ヘッドホンで聴いている音楽に合わせて頭を上下に振りながら階段を上がりかけた。

あらまあ。ついていくと、ジェイコブは携帯電話でなにかを確認している。この子はまだ知らない。わたしは、こんなことから身を隠すために消えてしまいたくなる。

マイクが呼び止めるとジェイコブは階段の最上段で不満のうめきを漏らした。「なに？」と大声で返した。

「こっちへ来い」

やめて、マイク。この子の部屋へ行ったほうがいい。この知らせはダイニングルーム以外の場所で伝えるほうがいい。とはいえ、母親が死んだと息子に伝えるのにうってつけの場所なんてある？

ジェイコブは時間をかけた。まずシャツを着替え、靴を片方ずつ脱いだ。携帯電話を充電器につなぐので、わたしは不安になってきた。生意気な顔をして、階下へ行くのを意図的に遅らせている。わざとマイクを怒らせているけれど、いまはタイミングが悪い。こんなことがいつまでできるのかわからないまま、わたしは息子にべったりとくっついてにおいを嗅ぐ。

ジェイコブが一歩ずつ足音を立てながらゆっくりと階段を下りはじめたころには、わたしは声をあげて泣いていた。この子のためでもあり、わたし自身のためでもあった。最後の会話が喧嘩だったなんて。あの動画……あれが、この子の心に最後に焼きつけられるわたしの姿？

この子の結婚式に出席することもない。

孫をこの手で抱くこともない。

人生や愛、大学、なんであれ、この子に助言をしてやることは二度とできない。

知らなかった。あれが最後の会話になるなんてわからなかった。わかってれば、この子に出て行かせたりしなかった。許しを乞うたはず。無理やりにでも話を聞かせて、そのあとで持てるかぎりの知恵を授けたはず。

いま、マイクがゆっくりと、慎重に言葉を選んでわたしの死を伝えている。ジェイコブが帰ってくる前に、異なる組み合わせでちがう言葉を強調し、どう伝わるかを確認しながら、書斎で練習したにちがいない。勝ち残った言葉ですら、わたしの耳には不快に聞こえる。〝お母さんがビーチで見つかった〟。〝ドラッグの過剰摂取だったらしい〟。〝いまは、さらなる情報を待っているところだ〟。

わたしは首を振っていた。ドラッグの過剰摂取のはずがないから。でも、それについてはあとで対処するしかない。いまは、ダイニングテーブルのジェイコブに集中。いつもわたしが使う椅子に座って両手を膝に置いている。マイクを見ずにテーブルを見つめている。

嵐に備えて板を打ちつけたビーチハウスのように、自分のまわりに殻を築いて閉じこもっている。

「母さんにまちがいないの？」ジェイコブは泣いていない。マイクに似ている。感情を完全に抑えて、エネルギーを分析結果と次の手に注ぐ。「母さんに似た人なんてたくさんいる。よく、あの女優に似てるって言われてるし。《ウィーズ》シリーズに出てた女優。死んだのはその人かもしれない」

ジェイコブの肩に手を置こうとするけれど、できない。

「警察へ行って、この目で身元確認はする――だが、警察はまちがいないと言っている。お母さんが最後に目撃された服を着ているそうだし」

最後に目撃された服。わたしは目を閉じて最後に着ていた服を思い出そうとしたけれど、昨日なにをしたかすら覚えていない。

と、ジェイコブがこわばったあえぎ声を漏らした。なすすべもなく見守っていると、無表情だった顔がくしゃっとなって崩れ、どんなことがあっても絶対に泣かない冷静な子が、大きな声をあげて泣きだした。それを目の当たりにしたのは、わたしの人生で最悪の瞬間だった。

49

マイク

秘書が突き出た尻を部屋のほうへ向け、デスクにかがむようにして鉛筆を削っている。おれは黙って受付エリアを通り抜けてオフィスに入り、そっとドアを閉めた。ウォルナット材の大きなデスクの奥の椅子に腰掛けた瞬間、秘書から内線電話がかかってきた。

「はい？」

「そこにいるのを確認しただけです。通るのを見てなかったから」シマリスの鳴き声のような陽気で軽快な調子に、ペンで喉を切り裂いてやりたくなるが、クライアントたちはその声を好んでいるらしい。それが、正当な理由がいくつもあるにもかかわらず彼女をまだ馘にしていない理由のひとつだ。

「ああ、いるよ」

「わかりました。ミスタ・トンプソンから二度、ことづけを預かっています」

おれは鼻筋をつまんだ。「彼から電話があればおれの携帯電話にかけてくるようにと言ってあるだろう」

「あら、かけましたよ。留守番電話にメッセージを残しました」

携帯電話を取り出して彼女の言い分を確認すると、確かにメッセージを残していた。なぜ彼女の電話を受けそこねたのかはわからないが、妻が死体で発見されたと弁明してもネッドには通用しない。「今度からは、おれが出るまでかけつづけろ。わかったか？」

「わかりました」彼女が嚙みつくように答えた。ことづけを受け取りそこねたのを彼女のせいにすれば、ネッドが明日の朝までに彼女を殺させるはずだ。内線電話を切り、デスクに保管している携帯電話でネッドにかけた。

「三時間だ」ネッドが挨拶代わりに言った。

「申し訳ありません。大変な一日だったので」

「奥さんの件は聞いている」

おれは唇を引き結び、なにも言わなかった。彼の言葉はどんな意味にも解釈できる。あの動画のことを言っているとも、殺害を認めているとも取れる。

「その件がこっちのビジネスに悪影響を与えないようにしてもらいたい」

「影響しませんよ」

「こっちは、きみの人生に関する捜査になど興味はない。だから、なんとしてもビジネスに悪影響を及ぼさないように、必要な手を打て」

警察の捜査を回避したからといって疑惑を招くことはない。「もちろんです」

「念のため、コロラドをこっちの管理下に戻したい」

おれは息を漏らした。「しかし、コロラドはずっと私が管理を――」

「長期間にわたってな。この問題がかたづくまで、しばらくこっちで預かりたいだけだ」

コロラドを手もとに置いておくほうがいい理由はいくつもあるが、ネッドにはだれも逆らわない。明日も生きていたければ。短期間にせよコロラドを移すということは、かなりの損失をこうむることを意味する。少なくとも一年分の評価額を失うことになる。移動がだれかの注意を引く危険をつねに伴うことは言うまでもない。

とはいえ、ネッドに逆らうわけにはいかない。はいと言えば命は続く。公正な取引だ。

「わかりました。今夜から取りかかって、二日で移動させます」

「それでいい。移動が完了したら連絡をくれ」

通話を終えると、コンピュータを立ち上げてコロラドの残高を確認した。

四億三千二百万ドルあまり。ロス・コリマ・カルテルのメイン銀行口座。

おれは移動の準備を始めた。

50

レニー

　ジンのボトルにキャップをして引き出しに戻し入れたあと、トイレに行ってシンク上方の鏡に長らく見入った。顔に水を跳ねかけ、便器にかがみ込んで喉の奥まで指を突っ込んだ。酒と、ここへ来る途中で食べたストロベリー・ポップ・タルトを吐き出した。あと味に顔をしかめ、蛇口をひねって片手で水を受けて口をゆすいだ。ドア脇のフックからドジャーズの野球帽を取り、マーキングスプレーの缶とカートのキーをつかんだ。

　この時間なのでリリアンの墓地区画は日差しを浴びている。少し離れた位置にカートを停めてゆっくりと歩いて近づき、マーキングスプレーで区画の外枠を描きながら気持ちを落ち着けた。昔は涙を流さない男だったが、マーセラが死んでから涙もろくなった。いまでは、捨てられた子猫を見たり、道路を渡る老人にティーンが手を貸してやっているのを見たりするだけで涙ぐむありさまだ。リリアンの墓の緑色の芝生にオレンジ色の太い線を引くうちに涙が浮かんできた。

「泣くのは自然なことよ」黒いスウェットシャツにジーンズといういでたちの新聞記者がホスピスの玄関前の階段に立っていた。ツインテールの髪は彼女には若すぎる。「泣きたくなったらトイレへ行って思いっきり泣くのね」

「おれなら大丈夫だ」おれはぴしゃりと言った。「心配無用だ」ひょっとして、まちがいだったんじゃないか。見ず知らずの人間をマーセラに会わせるのか？　だいたい、訃報記事なんてどれほどのものなんだ？

マーセラがベッドで悲鳴をあげた。甲高く長い悲鳴に、おれはため息をついた。忍耐はとうに失せていた。「声のするほうへ」

リリアン・スミスはドアを入った。頭がおれの胸にかろうじて届く。最初に気づいたのがそれ。背がとても低いということだった。次に気づいたのは甲高い叫び声。病室に駆け込むと、彼女はマーセラのベッドの足もとに立って腹立たしげな長い叫び声でマーセラの悲鳴に応じていた。

おれは面食らって彼女を見つめた。

マーセラも。

リリアンがようやく叫ぶのをやめると――すごく丈夫な肺を持ってやがる――マーセラは咳払いをして、ファッションの選択のまずさとばい菌のために取ってある厳粛な態度で話しだした。「ねえ、なんのために叫んだの？」

「気分が良くなるから。あなたは？」

マーセラはきょとんとした顔で彼女を見つめた。「注目してほしいから、かな。知らないかもしれないけど、あたしはもうすぐ死ぬの」

「じゃあ、書き留めさせて」リリアンは大げさなしぐさでペンを取り出してキャップをはずすと、メモ帳を繰って真っ白なページを開いた。「ミシェラ・トンプソン――」

「マーセラよ」娘は口をはさみ、どこのディスカウント店でこんな女を見つけてきたのといわんばかりの目をおれに向けた。「M・A・R――」

「はいはい、わかった」リリアンは穏やかな声で言った。「マーセラ・トンプソン（x年y月z日没）は叫ぶ子だった。甲高い叫び声は瀕死のチンパンジーの声に似ていた」彼女は目を上げ、承認を求めるように眉を上げた。「どう？」

「チンパンジーみたいな声だなんて思わないけど」マーセラが憤然と言うので、おれはこの一週間近くで初めて笑みを浮かべた。

「そう、正確さは大事ね」リリアンはバッグから携帯電話を取り出した。「いろんな動物の鳴き声を調べて、ぴったりのものを探しましょう」

通路へ下がって見ていると、リリアンはベッドの端に腰掛けてマーセラに携帯電話を見せた。画面をタップして、なにかのもの悲しい鳴き声が聞こえるとマーセラが笑い声をあげた。「これじゃないよ」

リリアンは初めて訪ねてきた日に二時間もいてくれた。帰るときには、明日の朝また来るとマーセラに約束させられていた。彼女は約束を守り、それから十三日間、毎朝来てくれた。

十四日目の朝、マーセラが死んだ。

この区域は比較的平坦なので、力仕事はバックホー掘削機でできるのだが、おれは造園小屋からショベルを取ってきて、手作業でリリアンの墓穴を掘るという時間と労力を要する作業に取りかかった。まだ早い——この作業は葬儀の日の朝に行なうのが普通だ——が、必要とあらば掘り直すことになってもかまわない。彼女が亡くなったことを理解するために、きつい肉体労働と時間が必要だった。

墓穴が深くなるにつれ、腰についた脂肪の上に汗がたまり、腕の内側を流れ落ちた。何度か手を休めて腰を伸ばし、息を整えた。筋肉の痛みや張りを感じて気分がいい。彼女に罪ほろぼしをしているような気がしたからだ。

死の原因を知らないままでは受け入れがたい。くわしく知りたい。論理的な説明がつかないことには納得できない。造園小屋に戻ったら、古めかしいコンピュータの電源を入れてインターネットで彼女の名前を検索しよう。

　また手を止めて額の汗をぬぐい、野球帽を深く引き下げた。夕暮れまで待つことだってできた。そのほうが涼しかったにちがいないが、作業をしたかったし、体から毒素を抜く必要もあった。造園小屋に戻れば一ガロンもの水が待っている。もう何年も機能してなかった脳細胞が早くも火を噴きはじめ、いつも感情を覆い隠している霧が晴れはじめた。それは良くもあり、悪くもあった。ショベルを地面に突き立て、斜面をのぼってヤシの木のかげに入った。荒い息をしながらポケットから携帯電話を取り出し、画面をスクロールしてもう何年もご無沙汰していた番号にかけた。

「レニー、このくそ野郎」ランシンが出た。なつかしい刑事部屋の音が背景に聞こえる。

「よう、ランシン」

「このあいだ、あんたの話をしてたんだ。カフェポッド式のコーヒーメーカー（一杯分のコーヒーの粉を詰めたフィルターペーパーをセットするだけのコーヒーマシン）がなくなったのはあんたのせいだってラプセットが言いだしてな」

　おれはつい笑みを浮かべていた。「あれは、あの総入れ歯のストリッパーのせいだ」

「そうか、そうだったな。じゃあ、あんたのせいみたいなもんだ」

「おれのせいってことにするから、最近の死亡案件について情報をくれ」そばをうろついていたリスが動きを止めておれを見たあと、軽やかな動きで木を駆け上がった。リリアンはよくパンの耳をちぎってやっていたが、おれのポケットには小銭とペパーミントキャンディしか入っていない。

「名前は？」

「リリアン・スミス」おれはカートのところまで行き、小さなメモ帳を取り出した。前ポケットからペンを出し、メモ帳の表紙を開いて真っ白なページを見つめた。前職で十七年もメモ帳を持ち歩いていたというのに、いまは違和感を覚える。ペンの芯を出してかまえた。

「担当を調べてみよう」キーを打つ音がした。最初からおれの弱点だったパソコンがいまでは主流になっているのだろう。「ああ、どうやらガーシュ刑事らしい。見たところ……ドラッグの過剰摂取のようだが……疑わしい」さらにマウスの操作やキーを打つ音。「ファイルを開くことはできないが、ガーシュから電話させるよ。彼は、まあ、わかるだろう。若造だ」

つまり、古いやりかたを理解も尊重もしないってわけか。〝同僚が酔っ払ってたら車のキーを預かって家まで送り届ける〟というようなことを。〝ときと場所しだいで拳や暴力を振るう。とくに女や子どもが巻き込まれてる場合は〟ということも。もっとも適切なたとえを挙げるなら――〝ひとたび警察官バッジをつけたら一生警察官だ〟ということも。おそらくガーシュはなにひとつ情報をくれないだろう。

「じゃあ、手に入る情報だけでも教えてくれ。ドラッグの過剰摂取と言ったな」

「そう書いてある。検死解剖はまだだ――おそろしく立て込んでるからな。故人は浮気をしてたとかで、夫と愛人が調べられてる」

浮気か。妙だな。〝浮気〟と書き留めて疑問符をつけた。リリアンが浮気をしているなんて気づかなかった。

「わかった、ありがとう。ローズと子どもたちは元気か？」

「ローズは再婚したよ。この仕事がいやになる」

そう、警察官の仕事。その仕事のせいでマーセラのそばにいてやれなかった夜は数えきれない。おとぎ話を読んで寝かしつけたり、アイスクリームを用意してやったり、遊んでるのを見守ったり、この先ずっと記憶に残るさまざまな思い出を作ることができなかった。

「でも、子どもたちは元気だ。ティーンがどんなかは知ってるだろう。親のことより携帯電話のことを気にするのさ」

いや、ティーンのことなどわからない。マーセラは十二歳になるはずだったが、なれなかった。ランシンの不用意な言葉を聞き流した。「情報をくれてありがとう。ほかになにかわかれば連絡をくれ」

「ああ、かならず知らせる。ちょっとばかり嗅ぎまわってみるよ」

「助かるよ」電話を切り、掘りかけでまだ主のいない墓穴に目を注いで考えた。

51

リリアン

わたしは、漂白剤と化学薬品のにおいがする――その化学薬品がなにかはわからないけれど、そのにおいのせいで頭がくらくらする――白い部屋にいる。スキンヘッドで白衣を着た肌の浅黒い男が死体の脇に立ってマイクと話をしている。

白いシーツがかけられているけれど――そのシーツをめくらなくても――その死体がわたしだとわかる。移動してマイクの横に立つと、こんなところにいるのも検死医の説明を聞くのもいやなんだってわかる。検死医はマイクに覚悟はいいですかと訊いてからシーツをめくってわたしの顔を見せた。

わたしも身をのりだし、その顔を見て愕然とした。目を閉じた自分の顔なんて一度も見たことがない。初めて見るのに、それが自分の死に顔だとわかるのも妙な話だけれど。目を閉じ、口をわずかに開けた、たるんだ顔。わたしのいちばんいい顔じゃないってことだけは言わせてほしい。

「妻です」

マイクは解剖台の頭側の位置で身じろぎもせず、いつもどおり、完全に抑制された冷静な口調で答えた。わたしはちらりと目をやって、せめて体面のためだけでも涙を流すことはできないの、と腹が立った。

自分の死体に目を戻した。髪にも皮膚のいたるところにも砂のかたまりがついている。まるで、ここへ運び込まれる前に砂のなかを転がされたみたい。

わたしの批判的な意見を察したのか、検死医が言った。「ご遺体は解剖前には洗浄します。いまはご遺体から証拠を採取しているところなので」

証拠。それは興味深い。わたしは自分の横顔を見たくなって、解剖台の反対側へまわってかがんだ。

「犯罪の疑いが？」マイクもわたしと同じことを考えたみたい。

「その質問への回答は警察に任せましょう。話をするんでしょう？」

「ええ、あとで」電話の呼び出し音が鳴ったので、マイクはシャツの胸ポケットから携帯電話を引っぱり出して確認した。「ほかになにか？　この電話に出なければならないので」

「いえ、話は以上です」口調は穏やかだけど、検死医がマイクに批判的な判断を下したのがわかる。わたしも同感。妻が死んだっていうのに、死体との対面をさしおいて電話に出る必要がある？

ワンストライクよ、マイク。

新たに得た能力と自由にどこにでも出入りできる力を使って、ドアから出ていくマイクのあとについていった。どうしても出たい電話の相手がだれなのか知りたかったから。浮気相手の女？　わたしの夫を奪おうと、早くも触手を伸ばしてきたの？

52

マイク

サムからだ。だれに聞かれるかわからないので検死局の通路を早足で歩いた。「はい？」

「友人の別荘についてのメッセージを聞いた」おれたちの使う暗号はきわめて簡単だ――〝コロラド〟は〝別荘〟だ――が、サムはあまり正しく使えない。「向こうが売りたがってるのは確かなのか？　市場は不調なのに」

「向こうは気にしてない」

「わかった」サムは一瞬、黙り込んだあとで続けた。「このあと家にいるか？　ちょっと寄りたいんだけど」

「だめだ」おれはすげなく断わった。いまうちへ来るのはまずいとわからないとしたら、サムは馬鹿だ。

「葬儀のときにリリアンに着せる服をだれかが選んであげないと。おれは彼女の好みをだれよりも知ってる」

「いまはだれも家に入れたくない。ジェイコブが動揺してるし」

「そりゃあ母親が死んだんだから」サムが指摘した。「動揺するに決まってるだろう」

ジェイコブが嘆き悲しむのが問題だとは言ってない。サムはおれの気持ちを勘ちがいしている。ま、いつものことだが。聞き流すことにした。サムと議論しても堂々巡りだからだ。たとえ勝ったとしても堂々巡りからは抜け出せない。

話を変えることにした。「警察から連絡は？」

「ない」

「たぶん連絡が行くと思う」と警告した。

「そう願うよ」

脅すつもりがないのはわかっているが、サムの言葉に悪意がこもっている気がした。ガーシュ刑事がすたすたとこちらへ向かってくるのが見えたのでサムとの通話を切った。

53

マイク

おれからもリリアンの死からも疑惑をすっかり取りのぞくために、刑事たちの質問に答えるのはひじょうに重要だ。そう認識するや、自分が大失敗を犯しかけていることに気づいた。

刑事たちはアレックとエミリーと名乗った。アレック・ガーシュのほうは一年前、ブレクスリー・アックスの件で接近禁止令が出された際にリリアンを尋問した刑事だ。ふたりがリリアンの死体発見を知らせに来た警察官じゃなくて、たぶんよかったと思う。あのとき自分が悲嘆の反応をしたとは言いきれないからだ。

今回はもっとうまい反応を返すように努めた。ときどきかすれた声を出したり、ひんぱんに顔を崩した。感情が込み上げて話を続けることができないというように、ときおり間を取った。わざと長々としゃべりつづけた。やりすぎない程度に妻を褒めそやした。

どれも適切な反応ばかりだが、それでもなお疑惑が漂っているのを感じる。その重みに肺を押しつぶされて窒息しそうだ。警察署にいるのもよくない。大人になってからずっと避けようとしている場所なのに。

言うまでもなくリリアンのせいだ。死んでもなお、彼女はおれの鎧の弱点だ。

「亡くなった日のリリアンの通話履歴とクレジットカードの使用履歴を入手しました」女の刑事が何枚かの書類をこちらへ押してよこすので、おれは身をのりだし、初めて見るふりを装った。

「まず通話履歴についてうかがいます。この番号のどれかに心当たりは？」男の刑事がプリントアウトの左の欄を指先で打った。

ふたりは、あなたを疑っているわけではない、と言っておれを安心させた。そもそも他殺かどうかもわかっていない、おそらく事故死だろうが死亡案件なので漏れや手落ちがないように面倒な書類仕事をすませなければならないので、と説明した。だが、おれは故人の夫であり、夫には嫌疑がかかると決まっている。とくに妻が不貞を働いていた場合は。警察はおれの情事もすでにつかんでいるのだろうか？　まさか。そんなはずはないが、警察はどんなこともかならず嗅ぎつける。

並んだ番号を念入りに見た。妻を亡くした生真面目な夫なら、ひょっとすると——願わくは——殺人犯の情報がここに、目の前にあるかもしれないと考えてそうするはずだから。

「あ、これはサムの番号じゃないかな。妻の親友だ。不動産仲介業者でね。たぶんそうだと思う。携帯電話を見てもよければ確認できるんだが」

ふたりはうなずいた——もちろん結構です、ほかの番号も打ち込んでみてあなたの連絡先に登録されている番号と合致するかどうか確認してください。ふたりは促すような顔を向け、男の刑事は椅子の背にもたれかかって伸びをしたあと、太鼓でも叩くように制服の腹を指先で打った。まるで、だれの番号かまだ突きとめてないようでもあり、おれの通話記録をまだ入手していないかのようでもあった。

お義理に番号を打ち込んで確認し、やっぱり——まちがいない！——といった感じでうなずいた。思ったとおり、最初の番号は妻の親友サムのものだ。ほかの番号はおれの携帯電話に登録しているものとは合致しない。おれはリストをふたりのほうへ押しやった。

「そっちで調べることはできないのか？　電話してみるとか。相手がなにか知ってるかもしれない」哀れで愚かな夫。だが、なんと——それが功を奏することもある。

「調べましたよ」女の刑事が慰めるように言った。おれはその口調を聞き流した。彼女の思っているとおりの愚か者だと信じてほしいからだ。

「最初の番号はタクシー会社です。連絡して、リリアンが自宅まで迎車を頼み、この住所へ向かおうとしていたことがわかりました」男の刑事が一枚の紙をこちらへ押し出した。マリーナの住所を示したウェブ地図のプリントアウトだ。

見ればわかると思われているのかどうかが不明なので無表情を保った。「そこになにが？」

ふたりは言葉を濁す際にお決まりの肩をすくめたり頭を掻いたりという動作をした。おれはそれにはかまわず、第三者がこの男はマリーナのことなど知らないと注釈をつけてくれることを願った。

「引っかかるのは、タクシーがお宅に着いたときにリリアンの姿がなかったことです」男の刑事は安っぽい椅子にもたれかかって胸の前で腕を組んだ。

「別の車で送ってもらったのでは？」

「その可能性はありますが、送ってくれる車が見つかったのであれば、わたしならタクシー会社に電話して迎車をキャンセルしますけど」女の刑事が男の刑事をちらりと見た。

「そうしませんか？」

「そうするな」男の刑事は求められるがままにうなずいた。「あなたはどうですか、マイク？」

警察は彼女が自宅で殺害されたと見ているのか？　おれは書斎や裏庭の物置、錠をかけたリカーキャビネット、客用ベッドルームのクロゼットのことを考えた。なにか納得させるような返事をして、ふたりの目をうちからそらそうとした。

「そう、おれならキャンセルするが、リリアンは……」ため息をついて天井を見上げ、どう言葉にするか決めようとした。「彼女は注意散漫でね」それだ。うまい言いかた。「グランドキャニオンへ旅行したときなんてスーツケースを忘れてきた。ホテルに着いて荷ほどきをしようとしたときに、荷づくりもしなかったことに気づく始末だ。たんに……忘れてたんだよ」あれ以降おれは、彼女に隠れて、ちゃんと準備を終えたか確認するようになった。ジェイコブの修学旅行や家族旅行、家の改修工事。「だから、そう。彼女が迎車のキャンセルを忘れたからって、なんら心配しないし気にもしないな」

「わかりました」ガージュ刑事は、その見解の風味を舌の上で試すかのようにゆっくりとうなずいた。「では次の電話番号に移りましょう。これはDV相談ホットラインです」

練習したとおり、わずかばかり眉を吊り上げ、目を見開いた。ふたりはできるだけ細かくおれを観察しており、ここから事情聴取が悪化しはじめる。おれは唾を飲み込んだ。

「なぜリリアンがDV相談ホットラインに電話を？」

「そう、それです！」女の刑事が言い、金でも掘り当てたかのようにテーブルの天板をぴしゃりと叩いた。「われわれも同じ疑問を持ったので、電話をかけてみました。リリアンはカウンセラーと話したかったようです。その会話の録音テープがあれば提出するように要請しました」

高い知能がなくても、警察がどんな結論を導き出したかはわかる。虐待を受けつづけ、逃げる計画を立てたリリアンをおれが殺した。おれは咳払いをした。「リリアンを虐待していない。十八年もの結婚生活で、彼女に手をあげたことは一度もない」十八年のあいだには危うく手をあげそうになったこともあるにはあるが。「彼女を愛していた」そう言うと声が詰まった。本心が母音に張りついて喉につかえた。本当にリリアンを愛していた。おれは欠点も多いかもしれない——嘘つきだし浮気もした——が、妻を愛していた。彼女の壊れたところもぶっ飛んだところもすべて。

「検死解剖で損傷を確認してくれるでしょう」女の刑事が言い、怒気を含んだ笑みを浮かべた。まるで、おれが何者でなにをやったかを正確に知っているかのように。

上等だ、と言い返したくなった。確認してもらいたい。損傷など見つからないからだ。あざひとつ引っかき傷ひとつ見つかるはずがない。

「では、最後の番号に移りましょう」ガーシュ刑事が頬を掻いた。「断わっておきますが、この電話は妙なんです」

「どういう意味だ?」

「それが、彼女は『ロサンゼルス・タイムズ』社にかけているんです。ご存知のとおり、つい先ごろ彼女を解雇した会社です。先方が解雇手当のコピーといっしょに解雇手続き書類もファクスで送ってくれました」彼はファイルを開いてページを繰り、数枚を抜き取ってこちらへ放ってよこした。「彼女がその件で電話をしたのだろうとわれわれは考えていたのですが、どうも妙な具合で」

話についていこうとしたが、解雇手続き書類に気を取られた。「解雇理由が破壊行為となっているが?」おれは目を上げた。「妻はなにをした?」

「どうやら、否定的な勤務評価を下した上司の車に傷をつけたようです」ガーシュ刑事がまじまじと見つめるので、どう反応したものか苦慮した。

その件を知らされてなかったことが信じられない。それが、リリアンの犯した無謀な行為と同じぐらい腹立たしい。個人の財産に対する破壊行為は軽犯罪だが、被害額が四百ドルを超えれば重罪になる。リリアンはそれを知らないほど愚かではないはずだ。

いらだちが募るが、無理やり冷静かつ心を痛めているような表情を保った。リリアンが打ち明けてくれていれば、修理費を用意することもできたし、どんな保険金の請求にも対処することができた。それに、おれに見せて代理で交渉させることもなく、解雇手続き書類にサインなどするべきではなかった。勤続二十二年──その事実には重みも力もある。会社はまとまった報酬も与えずに追い払うことなどできないはずだ。

両手が震えだしたので、テーブルから下ろして膝に置いた。そこなら見られることはない。

「妙な具合だと言ったな？　妻はなぜ『ロサンゼルス・タイムズ』社に電話を？　再雇用を求めたのか？」まったく筋が通らない。タクシーを呼びながら、迎車が来たとき家にいない。DVシェルターで人と会う約束をしておきながら、自分が死んで反故にした。さらには馘になった会社に電話をかけている。

「ああ、それよりはるかに気になることがあるんです」ガーシュ刑事が劇的効果を狙って間を開けるので、さっさと言わなければ舌を引き抜いてやると誓った。「リリアンは訃報記事を依頼していました」

これには驚いたふりをする必要がなかった。それが本当か確かめようと、ガーシュを、次に女の刑事をまじまじと見つめた。女の刑事はうなずいた。

「訃報記事？」おれは眉根を寄せて、リリアンの思考経路をたどろうとした。「だれの？」

「彼女自身の」ガーシュ刑事はチェシャ猫のような笑みを浮かべた。「それについてどう思いますか？」

54

マイク

コロラドを移すために十九の口座を準備した。すべて、取引年数を稼いで合法性を持たせるために、活動量を変えながら以前から使っていた口座だ。どれも単独口座で、おれとも組織とも一切つながりはなく、非合法のにおいすらしない。

二日以内に移す約束なので期限が押し迫っている。さっさと移動する必要がある。準備はすべて整っている――移動を開始すると考えて緊張しているだけだ。移動の際に捕まることが多いからだ。めざとい銀行員か連邦野郎、あるいは予想もしてなかった既成のトリガー・パラメーターひとつで――ドカーン。ゲームオーバー。

むろん、すぐさまそんなことにはならない。そう、向こうだって頭がいい。ハイエナどもがうろついて、においを嗅ぎ、糸を一本ずつそっと引くあいだは預入資金を放置する。

おれの秘書や隣人たちに近づいて賄賂や脅し文句を使い、電話を盗聴し、おれがこれまでに行なった金融取引をすべて調べ上げて、差し押さえ資産の確保に着手する。おれの車。家。おれの企業年金。タイムシェアマンション。ジェイコブの大学進学資金。リリアンの生命保険金。

目を閉じて椅子の背にもたれ、深々と息を吸い込んで三秒ばかり息を止めてから吐き出し、心拍を鎮めようとした。馬銜《はみ》を嚙んで力んで駆けている競走馬さながら心臓が激しく打っていたからだ。

リリアンの死んだのがあと一年先だったら。せめて、あと一年。あるいは、ありふれた手術の最中か自動車事故に遭って死んでいれば。それなのに、わけのわからない電話を何本かかけたあと、おれとおれたちの結婚を愚弄したあと、マリブのビーチで死ぬはめになった。彼女が死んだことで、組織はびってコロラドの移動を指示してしてきた。彼女の死ですべてが沈下するかもしれない。

携帯電話の通知音が鳴ったので、おれは不満のうめきをあげてからテキストメッセージを開いた。文面を読んだ瞬間、携帯電話をごみ箱に放り込みたくなった。

〝移動はもう始めたか、TikTok野郎？〟。

移動を引き延ばしすぎた。臆せずやるしかない。デスクから立ち上がって食品庫へ行った。手前に置いてある偽のかぼちゃペースト缶を開ければ、すぐにリカーキャビネットの鍵を手にできる。

リカーキャビネットを施錠するのはジェイコブが開けないようにするためだとリリアンは思っていたが、ジェイコブがこっそり酒を飲もうがおれは気にしない。高価な酒はさほど置いてないし、価値のあるのは一本だけだ。背伸びをして鍵を差し、耐火性のリカーキャビネットを開けた。〝二十周年記念ボトル〟の木箱を取り出そうとしたが、そこになかった。リカーキャビネットの内側を手探りして木箱を探すうちに不安が募った。いつもここに入っていた。九年ものあいだ、ずっとここにあった。ベルベットの内張りの下に、ビットコインの暗号化キーの六十四文字の英数字を書いた紙片を隠してある箱が。コロラドにアクセスするためにはその暗号化キーが必要なのに。

木箱がない。

55

レニー

ガーシュ刑事は会うことに同意し、裕福な連中の行くハリウッドの朝食店を指定した。五ブロック以内に駐車場がないので、四人のヒップスターどもを肩で押しのけながら店の混み合った正面通路を入っていくころには汗をかき、腹が立っていた。店内のインテリアはクールだ。目を凝らして、なかほどのブース席のひとつに座っている制服の男を見つけた。前にミモザの入ったグラスが置かれている。彼の横に立ち、席を代われと顎で示した。

「なんだ？」彼はおれを見上げた。

「その席を譲れ」

「うるさいな。あっちに座れ」

「ドアに背中を向けたくないんだ」脇へ寄って、彼が出る場所を空けた。

「ああ、おれもだ」彼は座ったまま言った。身長百九十センチものおれの体格と巨大なビール腹におそれをなしているとしても、それを表に出さない。

「わかった。じゃあ、詰めろ」おれはテーブルの端をつかみ、彼の隣に座ろうと、大きな尻で彼を壁ぎわへと押した。

ガーシュはおれがなんとか座れるだけの場所を空けてから、漆喰を剝がせそうな目でおれを見た。「強情な男だな」

「よく言われる」墓掘りをして汚れたままの指でミモザを彼のほうへ押しやった。

「ああ、ちくしょう」彼がおれの腕を押しのけた。「向かいに移るよ。バイソンみたいな肩だな」

おれはそれに応じ、一分と経たないうちにすべてがあるべき状態に落ち着くと、満足のため息をついてメニューを見た。チョコチップクッキー・フレンチトースト——うまそうなので、それとブラックコーヒーを注文した。

彼のシャンパングラスを顎で指した。「勤務中に酒か？」

「夜勤明けだ。アイリッシュコーヒーでもよかったんだが、ここを終えたらすぐにベッドに倒れ込もうと思って」

アイリッシュコーヒーか。塩入れと胡椒入れのあいだに挟んであるドリンクメニューを見つめないように努めた。いますぐジェムソン・アイリッシュ・ウイスキーを一杯やるためなら、なんだってやる。いっそのこと、ウォッカ増しのブラッディ・マリーにするか。そう考えただけで腹を襲う痛みに顔をしかめた。「ま、手間は取らせないさ」

尻の山が半分ほど見えるショートパンツをはいた、耳まで届きそうなぐらい脚の長い女が通りかかった。見るまいとしたが見ていた。ガーシュがにやにやしているので、おれは睨みつけた。これが新世代の刑事か。シャンパンカクテルを飲む富裕層。いまいましいことに爪もきれいだ。おそらく書類仕事を楽しんでいるんだろう。

「なんだ？」ガーシュが身をのりだした。「なにを考えてる？」

「警察学校の同期におまえみたいな男がいた。名前はロレスナー」

「ロレスナー……」ガーシュは首をかしげ、その名前を思い出そうとしている。

「もう警察にはいない。職務中に初めて発砲したあと精神的に参ってしまってな。いまは〈シアーズ〉で芝刈り機を売ってる」おれはウェイトレスの手からマグカップをつかみ取って口もとへ運んだ。

「そりゃ結構だ」若造はベルトの位置を直した。「ランシンの話では、あんたはリリアン・スミスと知り合いだったそうだな」

「そうだ」

「どれぐらい親しかったんだ？」

いよいよ発表会の時間か。ま、彼が自分の役割を果たしてくれるなら、それでかまわない。「知り合って六年。おれの職場に来てた。ふたりでくだらない話をした。六年前に娘の訃報記事を書いてくれたんだ」

ガーシュはうなずいた。マーセラのことをすでに知っていたのだとしても、それを口にも顔にも出さなかった。ありがたかった。詫びの言葉なら、グレイハウンド社の長距離バス一台を満席にするぐらいたくさん聞いてきた。「最後に会ったのは？」

「十日、いや十一日前。おれに昼食を届けてくれた。いっしょに食べた。彼女は帰っていった」

「そのときの様子は？」

ウェイターがガーシュの前にポテト・スキン（半分に切って中身をくりぬいた皮付きジャガイモにチーズやベーコンを詰めて焼いた料理）とハム、卵が山盛りの皿とオランデーズソースを置くあいだ、おれは返事を控えた。なるほど、この店はそう悪くないのかもしれない。

おれの皿も彼のと同じぐらい大きく、動脈血栓症と糖尿病を招きそうな料理だ。いいぞというようにガーシュにうなずいてみせたが、彼は早くもシャツの襟にナプキンを挟んでフォークとナイフを手にしていた。

「で？」彼が促した。「どんな様子だった？」

「元気そうだった。実際、これまでになく元気そうだった。健康そうだった。いつもは暗く憂鬱そうな雰囲気をまとっていた――それが個性というか。奇抜で風変わりなタイプで、まるで――」

「いや、おれも面識はあったんだ」ガーシュが話を遮った。「アックス事件の捜査で事情を聴いたんでね。あの双子に少しばかり執着しているようだった」

それは興味深い話だが、別段驚きはしない。リリアンは依存しがちな性格だからだ。マーセラが死んで間もないころ、おれが警察を辞める前、墓地で働きはじめる前、リリアンはよくウイスキーやウォッカやジンのボトルを提げてうちへ来ていた。いっしょにマーセラのベッドに寝転んでボトルをやりとりしながら酒を飲むあいだ、彼女はなにも言わなかった。ただそこに寝転んでおれに酒を与え、おれが話や愚かなまねをしたくなったり、便器にかがんで吐きたくなったりしたら、つきあってくれた。いっしょにアルコール依存に陥った。だが、リリアンはすでに依存状態だったんじゃないだろうか。うまく隠していたし、なんなら、うまく対処していた。泥酔した姿をもう何年も見てないから。

「彼女の夫に会ったことは？」ガーシュがポテト・スキンとハムにフォークを突き刺した。

「ああ、一度会った。リリアンを迎えに来たときに。おれたちはハイになってた――彼女がだれかからマリファナを買ってきたんだ。おれたちは、うちを差し押さえられたあと引っ越した汚いアパートメントにいた。彼女はカウチに、おれはベッドに座って、キリンなんかの話に笑ってると、彼女の夫が玄関ドアから入ってきた。ノックもなにもせずに。ただ入ってきて、彼女に立てと言った。犬にでもやるようにドアを指差した。出ろ、と命じた。出ろ、と」

おれは肩をすくめた。「すると彼女は立ち上がり、よろよろと出ていった。おれには目もくれず、言葉もかけずに。そのあと二、三週間は姿を見なかったな」

「本当に？」ガーシュはフォークを置き、おれに全神経を集中させた。「彼女が夫から虐待を受けてると感じたか？」

おれはそれについて考えた。「いや。もしそう感じてたら介入したはずだ。ま、あのときの自分の状態を考えると、介入する努力をしたってことだが」あのとき感じたあの夫婦の関係性を表現する言葉を探した。「むしろ、彼女が子どものようだと感じたな——夫が親だ。そう、支配していた。ただし、思いやりと愛情を伴う支配だ。少なくとも、おれの目にはそう見えた。わかってほしいんだが、おれが夫に会ったのはその一度きりだ。あれ以後、彼女は夫のことをほとんど口にしなかったしな」リリアンが最後に夫の話をしたときのことをたったいま思い出した自分に腹が立って背筋を伸ばした。「彼女は夫が浮気をしてると思っていた。心を痛めていた」

ガーシュは反応を見せなかった。顎を動かしてポテトを嚙むリズムに乱れはなかった。

「浮気の相手はわかるか？」

「彼女は言わなかった。証拠はなかったんじゃないかな。ただの勘だったんだろう」

最後に会ったときにそのことを訊けばよかった。自分以外のことに心を注げばよかった。

胸を突き刺すようなうしろめたさを無視して皿を引き寄せ、ナイフとフォークを手に取った。「で、彼女の死についてわかってることは？　夫が殺したのか？」

56

マイク

　ゆっくり慎重にリカーキャビネットの中身を調べた。錠は無傷で、こじ開けられた形跡はなかった。ボトルをきちんと整列させて、ラベルを二度ずつ確かめた。ラム、ウォッカ、テキーラ、ジンはほぼ思っていたとおりの数だ。ちらほら何本かなくなっていたり中身の減ってるボトルがあるにせよ、それは想定の範囲内だ。リリアンの飲酒量がときおり急増するのだから。だが、あの一本だけはずっとあったし、リリアンもこれまで決して手をつけなかった。伝統や儀式はリリアンが執着することのひとつだからだ。でも、そのボトルが木箱ごとなくなっている。

　あの酒を買ったのは、隠し場所として使うためではなかった。もともと他意なく買ったものだ。リリアンをことさら愛していた時期に、ふたりで休暇旅行に出た。流産したあとの壊れもののような危うさが、彼女を守ってやりたいというめずらしい感情を引き起こしたからだ。ディナーをすませて歩いて帰る途中で、高級なワインと酒を置いている店を通りかかって入ったのだ。

これは記念ボトルで、湿温度管理のできる場所で保管すれば価値も味も存分にお楽しみいただけます、と店員が請け合った。その夜、木箱ごとスーツケースにしまいながら、結婚二十周年の記念日に開けて、ふたりの未来に乾杯しようと約束した。

浅はかな感情などなんの役にも立たないので、パニックを起こさないようにした。じっくり考える必要があるからクッション付きの椅子を引っぱり出して座った。このリカーキャビネットの鍵の隠し場所を知ってるのはリリアンとおれだけだ。おれではない以上、あのボトルを持ち出したのはリリアンだ。普通なら、リリアンの行方を突きとめ、命を奪う寸前まで問いつめるところだが——このところ起きてるあれこれのせいで——もはやそれは不可能だ。

そこで、次善の策としてビデオ映像を見ることにした。

わかりきった理由から、うちには監視カメラを設置してないが、例外が二カ所ある。客用ベッドルームのクロゼットに一台、食品庫のエアコン用通気口に一台取りつけている。

食品庫のカメラはモーション起動型で、リカーキャビネットを開ける人間の全身が映る角度に設置してある。録画は無線ではなく有線で行なうので、インターネット接続の信頼性にも安全性にも左右されることはない。六年前にキッチンを改修した際に施した配線はリカーキャビネットのうしろを通って、四百二十時間分もの録画ができる小型フラッシュドライブにつながっている。モーション起動型だからフラッシュドライブが満タンになるおそれはないが、万が一にも満タンになった場合は古いファイルから順に上書きされていくだけだ。フラッシュドライブをパソコンのUSBに挿し込み、ファイルがロードされるのを待った。

思ったとおり、満タンではなかった。それどころか、何百ものファイルに合計六時間半分の映像が記録されているだけだ。最新の映像から見はじめて、すぐに大当たりを得た。死体で発見されたときと同じ白いTシャツにヨガパンツといういでたちのリリアンが映像に現われた。ポニーテールの髪、せかついたようなぎくしゃくした動き。リカーキャビネットのなかを手探りして次から次へとボトルに触れている。はっと身をこわばらせたのは、あの記念ボトルの木箱が目に入ったからだろう。つま先立ちになって奥まで手を伸ばし、木箱を引っぱり出した。とくと眺めているので、そのまま戻そうかと考えているのがわかった。正邪の葛藤。結婚の誓いを守るか軽んじるか。怒りが——ないがしろにされた女の怒りほど怖いものはない――勝利し、彼女は爪の縁を使って木箱の封を切った。ふたを開けてボトルを取り出し、キャップを開けてひと口飲んだ。

彼女の顔をよぎった笑みにぞっとした。したり顔の笑みには復讐心がにじんでいるが、彼女はたんに記念日の計画、記念の品を踏みにじっていると思ってるだけだ。腕に抱えた木箱に本当はなにが入っているか――世界でもっとも危険な犯罪組織のひとつの金融インフラだ――を知らない。彼女はボトルを木箱に戻し入れた。あの笑みに拳をくらわせたい。コンピュータ画面を破壊したい。彼女の顔を殴りつけて、骨が粉々に砕け、命を失ってあの薄茶色の目が開かなくなるまでパンチをくらわせたい。

彼女はバッグを開けて木箱を放り込んでからリカーキャビネットを施錠して鍵を戻した。十五秒後、彼女が食品庫を出ていくと、ビデオ映像は真っ暗になった。

ビデオクリップを巻き戻してもう一度見た。タイムスタンプは彼女が行方不明になって死んだ日の午前十一時二分。

携帯電話の呼び出し音が鳴った。リリアンの飲んだくれの母親からだ。電話を消音にした。またためそめそ泣かれ、くだらない質問攻めにあうのは耐えられない。いえ、なぜリリアンがあんなことをしたのかわかりません。いえ、彼女がひとりでいたのかどうか知りません。いえ、こっちへ来ていっしょに悲しんでもらう必要はありません。いえ、あなたのいまの恋人と話したくも質問されたくもありません。いえ、ジェイコブは大丈夫じゃありませんし、あなたと話したくないそうです。

母親はリリアンが自殺したと確信してるようだが、おれはそれに納得していない。当初は殺害動機も思い当たらなかったが、ひょっとすると暗号化キーを持っていたせいかもしれない。

ビデオをまた再生し、今回はリリアンの表情と様子に注目して見た。どうやらサムの言ったとおり、薬を断っていたようだ。ビデオでも、酒を選ぶ際にさまざまな感情を見せている。この手の危険が潜んでることは、彼女がおれの情事を嗅ぎつけたときに予測しておくべきだった。夫婦の絆が危機に瀕することを。妻はもともと酔っぱらうのが好きで、その好みは状況が悪化すれば劇的に上昇することを。

あの木箱を泥棒が絶対に確認しないであろう食品庫の耐火性のリカーキャビネットにしまい、おれたち夫婦以外だれも隠し場所を知らない鍵で施錠しておくなんて、自分では頭がいいと思っていた。慎重な扱いを要するほかの品々といっしょに、客用ベッドルームのクロゼットにしまっておけばよかった。それなのに、なにかあった場合——組織か連邦野郎か予期せぬだれかがやって来ておれを脅した場合——客用ベッドルームに隠したものはあきらめても、コロラドは手もとに残ると、つねづね自分を納得させていた。

コロラドを失えば取り戻すことはできない。コロラドを失えばたくさんの副作用を生むが、それを予想したことはない。コロラドを失えばおれは死ぬことになるので、副次的な影響など関係ないからだ。

四年前、六十四文字の暗号化キーを設定したとき、あのバーボンの木箱は万一のための予備策だった――選択肢その1がだめになった場合の。選択肢その1は、リリアンとジェイコブとおれが写った額入り写真の裏に手書きするというもの。その写真を祖母にやると、祖母はオクラホマシティの農場内にある家の隅に置かれた小型グランドピアノの上に無数に並べた額入り写真のひとつに加えた。そこなら安全だとおれは踏んでいた。それなのに五カ月前、竜巻が――いまいましい竜巻が――祖母の家を巻き上げて粉々にした。おそらく救援隊員がどこかであの額を見つけて捨てただろう。当選宝くじ券を捨てるようなものだとは思いもせずに。

新たな隠し場所を見つければよかったのだが、サムとはアパート取引の仕事中、ルイスは赤身豚肉先物取引のリサーチと投資をおれに任せきりだった。豚どもめ。そのせいで、最優先事項であるはずのことに集中できなかった――予備策の予備策に。豚どものせいで……その後、結婚生活がゆっくりと最終的な崩壊を迎えた。

あの朝のリリアンの様子についてサムが伝えようとしていたことを聞く気になったので

電話をかけた。

「やあ」客といるのかと思うような低い声。客といっしょでも電話には絶対に出る。それがサムの取り柄のひとつ――どうしてもサムの取り柄リストを作らなければならないとなった場合に挙げる点のひとつだ。すぐれたコミュニケーション能力。早めには来ないまでも、かならず時間どおりに現われる。自分の話が終わってなくても、かならずおれの話を先に聞いてくれる。

「リリアンが死んだ日の朝に話をしたが薬を服んでないように見えた、と言ったな。あの朝のことをすべて知りたい」

「なんなら会って話そう。場所を指定してくれ」

「ブレントウッドの〈ファーマーズ・マーケット〉のそばのカフェ。駐車場で会おう。車にいるから」

「わかった。こっちは……そうだな……二十分かかる。それでいいか？」

「いいよ」電話を切り、もう一度ビデオを見た。リリアンはあのボトルをバッグに入れたあと……彼女の通話記録の時系列表示を確認した。三時間半後にタクシー会社、DV相談ホットライン、新聞社に電話をかけ、その後なぜかマリブの波打ちぎわで死体となって発見された。バッグもその場にあった――刑事がバッグのことを言っていたのを思い出した。

あのときはボトルがなくなってることを知らなかったので気にもしなかった。いまは、あのバッグがおれの人生でもっとも重要なものかもしれない。あのボトルはまだバッグに入ったまま、証拠品保管庫に収められているのだろうか？

おれはフラッシュドライブを戻して配線を隠し、リカーキャビネットをいつもどおりの状態にして鍵を缶にしまった。リカーキャビネットに価値のあるものはもう入ってないのに。それでも、元どおりの状態に戻す必要がある。そうしなければ、家庭も結婚も人生も、ただ崩壊しつづける大建造物にすぎなくなる。

車のキーを取り、階段からジェイコブに声をかけた。ジェイコブは耳に悪い大音量で音楽を聴いている。しばし待ってから車庫へ向かった。カフェの駐車場でサムと落ち合うまで十三分ある。

途中で、バッグのことをたずねようと刑事に電話をかけたが、相手は出なかった。喪に服している男の打ちひしがれ弱った声を意識してメッセージを残した。ストレスを声に注入するのは容易だ。悲しみは……まだ模索中だ。さしあたり彼女に感じているのは憎悪。今回の新たな発見がその火に油を注いだ。

57

リリアン

わたしは見知らぬ家の細長い廊下の真ん中に立って、ここがどこか知ろうとしている。つきあたりに鏡があるけれど、のぞいても自分が映ってないと知るのは妙な気分。壁は淡いブルーで、鏡と反対側のつきあたりは、ミッドセンチュリーモダンの白い家具類が置かれ、大きなダルメシアンのいるリビングルームへと続いている。ダルメシアンがカウチから飛び下りてわたしに向かって吠えたてる。わたしが興味津々で見つめ、しゃがんで片手を出すと、小走りで寄ってきてにおいを嗅いだあと、また吠えたてる。おもしろい。

しっと叱る女の声が聞こえたので、わたしは立ち上がって声のしたほうへ、開け放されたドアへと向かって廊下を進む。ドア口で足を止めてなかをのぞくと、そこは至るところに本や書類が積まれた狭い書斎だ。L字型デスクの奥に知らない女。近づいてしげしげと見つめる。透きとおるような白い肌、三つ編みにした黒い髪。細く赤いヘッドバンドをしてるから若く見えるけれど、たぶんわたしより五つか六つ上。鼈甲縁の丸眼鏡、デニムのオーバーオールに赤いタンクトップ。目の前のコンピュータ画面に集中し、前のめりに背中を丸めてキーボードを打っている。

部屋のなかまでついてきた犬がわたしに向かってまだ吠えているので、女がまた叱る。わたしがドアを指さすと、意外にも犬はそれに従い、廊下へ出て座り、次の指示を待つようにわたしを見つめている。

わたしはゆっくりくるりとまわって、なぜこんなところにいるのだろうと考える。知らない場所に来たことはこれまで一度もない。少なくとも死んでからは。女が不満げにため息をついたので、わたしはデスクをまわって、女のやっていることを見る。条例執行機関やら裏庭のデッキやらに関するメール。女と同時に耳をそばだてる。ドアの閉まる音と、キャロラインと名前を呼ぶ男の声を聞きつけたからだ。

「ここよ」女が大きな声で告げる。

わたしはどう見えるかと意識してパソコンから一歩下がったけれど、次の瞬間、自分が存在しないということを思い出す。少なくともこの人たちにとっては。するとドア口に彼が現われ、わたしは一瞬、自分が死んでいることを忘れた。

デイヴィッド。

見た目がまるでちがう。顎ひげは剃り、ゴルフシャツにジーンズといういでたちで、髪も短く整えている。女とそろいの眼鏡をかけている。まるで、週末の有機野菜交換会や自由参加の詩の朗読会に出かける夫婦のようだ。目をやると、女はほほ笑んでいる。デイヴィッドはデスクをまわって女の唇にキスをする。わたしは嫉妬の鋭い刃に切りつけられる。

つまり彼は独身じゃないってことね。ここは彼の家。あれは彼の飼い犬。この女は彼の……女の手を見ると指輪がある。この女は彼の妻だ。彼も指輪をしていて、女のうなじをなでる指に細い銀色の結婚指輪がきらりと光る。わたしに覆いかぶさってうめいた彼を思い出す。額から落ちたひとしずくの汗がわたしの胸の谷間で跳ねたんだった。嫌悪の波に襲われてふたりから顔をそむける。

「この週末も留守にすると思ってたけど」女が言う。

「あの仕事は終わったんだ」それを聞いて……驚いた。フランス語訛りなんてない。

「あら」女は驚いている。「すべて解明できたの？」

「そうじゃないけど」彼はデスクの端に腰かける。女から目を離し、上半身をかがめて犬をなでる。その動作により、女には彼の顔が見えなくなる。つらそうに歪んだ顔が無理やり平穏な表情に戻るのが。わたしはうっとりと眺める。「彼女がね。彼女がだめだった」

「えっ」女が椅子の背にもたれかかる。「どういう意味？　彼女に見破られたの？」

「ちがう、そうじゃない」彼が眼鏡をはずし、指の腹で目もとをぬぐう。「ドラッグの過剰摂取」

「あなたがやったの？」

〝あなたがやったの？〟。その質問に、わたしは顔をしかめる。この女は、わたしを殺したのかって彼に訊いてる？

彼はその質問にがっかりしたようにため息をつく。「キャロライン」

「なに？」女は肩をすくめる。「訊いてもいいでしょう。答える必要はないけど」わたしの死なんて気にしてない様子なので、この女を嫌いだと思う。

デイヴィッドはまた眼鏡をかけたけれど、右の頬骨のあたりにぬぐいそこねた涙がひと粒残ってる。ほら！　と叫びたくなる。見て！　彼はわたしに好意を持ってたのよ。心から好意を。「シャワーを浴びてくる」

「まずい状況？」女は椅子を回転させて、ドアロへ向かう彼に向き直る。彼がわたしのすぐそばを通るのでコロンのにおいがする。わたしと会うときにつけていたのとはちがう香りだけれど。

「上は不満がってるが、おれは大丈夫。そういうこともあるんだから。別の手段を見つけて、残りの必要なものを手に入れるさ」彼の本来の声にはわずかにニューヨーク訛りがある。この男と、わたしの知ってた男のちがいに興味を覚える。〝残りの必要なもの〟。なんの話だろう？

その意味を考えようとしていると、彼は犬の背中を引っ掻いて部屋を出ていった。

「おかえりなさい」女が低い声で言うので、わたしはなんの理由もないのに歯を剝き出し、女に向かってうなった。

58

レニー

使い古された二十ドル札三枚で支払った。ガーシュはよれよれの紙幣をちらりと見たがなにも言わなかった。酒を注文することなく朝食をすませたおかげで、激しい頭痛がするのを別にすればまずまず調子がいい。すぐになにか飲む必要がある。さもないと離脱症状が現われてリリアンの役に立たないからだ。したがって、この魅力的な若造が残りの情報を吐き出したら、おれの褒美は、ここへくる途中にあったビリヤード場だ。乏しい照明、ドアロに立ってる阿呆ども、窓台にたまってる吸い殻——完璧だ。ガーシュのあとについて車へ向かうあいだ、そのことを考えまいとした。

最後に乗ったパトロールカーは走るごみ箱だった。その一週間おれと組まされた新人は不運だった。おれはいつも新人をあてがわれた。とんでもないくそったれのおれにパートナーなんてつけられないからだが、上層部が好むやりかたで市民を抑えることができたからでもある。おまえは硬軟併せ持っていると言われた——だが本当は、たんに状況をやわらげる術《すべ》を知っていただけだ。アルコール依存症の父親のもとで育てば、その技が幼くして身につく。さらに冷淡な母親となれば、出会ったどんなタイプの人にも共感するようになる。唯一うまくやれなかった相手が尊大な連中だ。だからビバリーヒルズやら富裕層の住むその他の地域の担当からすぐにはずされた。スラム街で輝いてはいたが、日の光が当たるとその輝きも失せた。それにひきかえガーシュはヤッピーどものお仲間のようだ。

彼が運転席に着いたので、おれはつや出し保護剤で磨き上げたばかりの助手席に乗り込んだ。カップホルダーに入っている芳香剤を見た。「犯人を乗せるとき、手指消毒薬とブレスミントを差し出すのか？」

「そりゃおもしろい」ガーシュはギアボックスの隣のスタンドに取りつけたパソコンを開いた。キーボードの上を飛ぶように動く彼の指の速さに、おれはいらついた。こういうのが癪にさわる。たとえマーセラを亡くさなくても警察を追い出されてたにちがいないと、決まって思い知らされるからだ。おれのような警察官は、いまいましいことにデンタルフロスで歯間掃除をする以上に有能に見えるこいつのような若造に人気をさらわれた、恐竜並みに時代遅れの代物ってわけだ。

ランシンはどうやって切り抜けてるんだろう？　勤務を終えて退出するたびに、ほんの一瞬でも辞めることを考えるんだろうか？　もう定年を迎えるはずだ。おれみたいな連中の仲間入りをしてもいい。酒を飲み、クロスワードパズルを解き、朝十時まで寝て、新たな人生を嫌って過ぎ去った古き良き時代をなつかしむ。ほら。退職はいいぞ。みじめな生活の仲間入りをしろよ。そうすれば、おれが哀れに見えなくなるから。

「通話記録の話はしたよな？」ガーシュがおれをちらりと見たが、どういうわけか指が動きつづけているのがおそろしい。

「ああ。三カ所にかけたんだよな。タクシー会社、DVシェルター、新聞社」

「タクシー会社は電話の録音記録を取ってない。新聞社も。だが、DVシェルターは録音記録を取ってるから入手した」彼があるキーを打つと、パソコンのスピーカーから女の声が聞こえてきた。

「DVヘルプラインです。緊急事態ですか？」

「あ、いえ。そうじゃないの。いまはまだ」

「お名前をうかがっても？」

「リリアン・スミス」

おれは身をのりだし、目を閉じてその声に意識を集中させた。

「じゃあ、どういったご相談ですか、リリアン？」

「夫のことでだれかに話を聞いてほしくて。夫がわたしに腹を立ててるの。わたし、不安で……だれかに話を聞いてほしくて。どうすれば、こんなことから逃げられるのかわからない」

「リリアン、いまどこにいますか？　どこか安全な場所をご用意しましょうか？」

「かけ直すわ。もう行かないと。これはまちがいだったかも。思うに……」彼女は間をおいて続けた。「わたしが姿を消すのが、だれにとっても簡単なんだと思う」

「リリアン、聞いてください。予約を取って話をうかがいます。選択肢はいくつも――

――」

録音が終わり、ガーシュがあるキーを打った。「以上だ。この通話を聞いて、なにか奇妙だと思った点はあるか？」

「ある」ガーシュを見て、おれが口にしようとしていることをすでに察しているのだとわかった。「いまのはリリアンの声じゃない」

「どのぐらい確信がある?」

「千パーセント確かだ」

59

リリアン

マイクが危機感を募らせているけれど、その理由がわからない。食品庫に隠しカメラを仕込んでた理由もわからないけれど、彼はわたしが記念日用のバーボンを取り出す映像を五、六回見たあと、腹立ちまぎれに照明器具を殴って倒した。ひょっとすると、思ってた以上にわたしのことを心配してくれてたのかもしれないけれど、理由はなにか別にあると女の勘が告げている。

彼は一時間前に出かけた。ジェイコブに声をかけて無視されたあとで。彼が二階へ行って息子と話をしようとするのを待ってたのに、車庫へ向かい、車で出ていった。

わたしは二階へ移動してジェイコブの部屋に入る。スピーカーから音楽ががんがん流れるなかで、ジェイコブはマットレスの中央にあおむけに寝転んでいる。シンバルが激しく叩かれ、だれかが理解不能な言葉をマイクに向かって叫ぶ例の不快な音楽だ。ジェイコブは目を閉じてなにかぶつぶつ言っている。口もとに耳を近づけて、歌詞を歌ってるんだとわかった——こんな音楽にちゃんとした歌詞があるとは。

この子のそばに座っていたい、いっしょにいたいのに、生きてるあいだはこの音楽に耐えられなかったし、死んだいまも我慢できない。だから廊下へ出て階段を下りはじめる。裏庭へ行ってハンモックに寝転がろう。ハンモックを揺らすことはできなくても、ジャスミンの花の香りを嗅ぎ、日差しと風を感じることはできる。永遠に消えてしまう前に屋外で楽しむ最後の機会になるかもしれない。

そう考えると笑みが浮かび、動きが速くなる。でも、階段を右へ急回転したところで止まる。家のなかに見知らぬ男がふたり。わたしのほうへ向かって階段を上がってこようとしている。

わけがわからず、ふたりの顔を見つめる。母なら浅黒いと言いそうな連中——身長のわりに厚い筋肉で、両肩が階段の壁にすれそうだ。ひとりはエアロスミスのTシャツ、もうひとりはタンクトップを着ていて、足音も立てずに階段をそっと上がってくるのでわたしは震え上がる。

こんなにこそこそ動くんだから家屋修理工じゃない。マイクの知り合いの特徴でもある、かっちりした髪型でも便秘がちの顔でもない。ジェイコブの友だちにしては年をとりすぎてる。わたしはよろよろと上の段へと後退した瞬間、エアロスミスの手に握られた拳銃に気づく。

拳銃。わたしに心臓があれば凍りついていただろう。ジェイコブのことしか考えられない。壁に並んだ額入り写真に爪を立ててもなにも起こらない。あと何段かを駆け上がり、ジェイコブの部屋に飛び込んでわめいたけれど、ジェイコブは身動きもしない。まだ目を閉じて寝転んだまま、指で胸を軽く叩いている。

なにか、なんでもいいからやろうとするものの、これは映画じゃない。宇宙の力なんて空中に漂ってないし、なにもがたがた音を立てたり揺れたりしない。だから、ジェイコブはただ寝転んで歌詞を口ずさんでいる。男たちはドアを開け、足音も立てずにベッドの両脇へ移動する。エアロスミスが前かがみになってジェイコブの額に銃口を押しつけた瞬間、ジェイコブがぱっと目を開け、わたしの視界は真っ暗になった。

60

マイク

〝いいかげん金を移動させろ。どうなってる？〟。

刑事との電話を終えてカフェの駐車場に入ったとき、このテキストメッセージが届いた。血圧を測る必要がある。問題になる範囲まで上昇しているのはまずまちがいないし、賦形剤を配合したいま服用中の降圧剤も効き目があるとは思えない。ボルボを停め、深呼吸を何度かして速い鼓動を鎮めた。

刑事との電話は役に立たなかった。おれはあの酒がまだリルのバッグのなかに、証拠品保管庫にあるのかどうかを知りたかった。それを訊けばガーシュ刑事の反感と疑惑を買うだけだと思ったが、しかたなかった。残念ながら返事はノー。死体が発見されたビーチにも彼女のバッグのなかにも、酒のボトルも木箱も入ってなかった。通話を終える前に、署に来てほしいと言われた。一時間後に行くと約束した。

おれのクライアントは忍耐強くないし、理解ある連中でもない。コロラドの暗号化キーを失くしたかもしれないなんて話を、冷静にあるいは好意的に受け入れてくれるはずがない。たちまちパニックを起こすだろう。連中がパニックに陥るなどこれまで一度も見たことはない——パニックを起こす理由を与えたことがない——が、たとえ少額の預金口座のひとつであろうと、失ったと知った瞬間、おれが八年ものあいだ完璧な取引を行なっていたことなどなんの意味もなくなり、忘れられるのはまちがいない。まして、失ったのがコロラドだと知ったらどうなることか。

サムのミッドナイトブルーのレンジローバーが歩道脇に停まり、運転席のドアが開いて、ヴェルサーチのスーツにミラーサングラスというでたちのカマキリみたいなサムが降りてきた。会うたびに別人のような彼は、今日はさながら成功を収めたファッショニスタだ。その効果も、ヤシの木の下で寝ているホームレスをよける小走りの足どりで台なしだ。サムは窓越しに手を振った。

いつだって、うずうずいそいそしている。結局あんなことになったのは、なににも増してそのせいだ。おれはゲイではないが、チャンスをつかむ男だし、サムは山ほどチャンスをくれた。

「ハイ」サムがドアを開けるとカリフォルニアの熱気が車内に流れ込んだ。

おれは黙ったまま、彼が乗り込んでドアを閉めるのを待った。エアコンのつまみをまわしてハイにし、彼がシートのなかで身をよじっておれに向き直るのを見ていた。一瞬、沈黙が広がった。最後に会ったとき、おれはノーと言い、彼はイエスと言った。そして、もう終わったとリリアンに断言したにもかかわらず、最後にもう一度だけ関係を持った。

リリアンに言ったことは本当だ。サムとは肉体だけの関係。愛なんてない。少なくとも、おれのほうは。親密な関係を持つ——彼を抱きしめたりキスをしたり——なんて考えると胃袋がひっくり返りそうだ。サムが性的欲求を満たしてくれるとはいえ、リリアンと結婚したその日から、おれは気持ちのうえで彼女を裏切ったことはない。

サムが手を伸ばしてきたので、おれはシートのなかで身を引いた。「やめろ。いくつか訊きたいことがある」

クッキーはもうだめよと言われた子どものように、彼は表情を硬くして手を引っ込めた。彼だってわきまえるべきだ。ほんの数キロしか離れていないところでおれの妻が検死台で解剖されているのだから。

おれの妻。彼の親友。

長らく続いためちゃくちゃな状況だが、おれはちゃんと対処していたし、撤退戦略も整えていた。リリアンが嗅ぎつけて、早々にこの電車に飛び乗ってさえこなければ。「リルに会ったときのことを聞かせてくれ」

「昨日の朝だ。お宅に寄って少し話した」

彼が感情的になっていないのはありがたい。ジェイコブのこわばった顔やらリリアンの家族からの電話やらのあとで、これ以上、思い出話を聞かされるのも、めそめそ泣かれるのもごめんだったから。「何時ごろ？」

「十時半過ぎ。十一時だったかもしれない」

それなら、彼女が食品庫に入る前だ。「その日の予定を言ってたか？」

「あんたといっしょに弁護士に会うって言ってた。それ以外、その日の予定についてはなにも。でも、彼女は薬を服んでなかった。服むかって訊いたら少しむっとした」彼は額をなでながら考えた。「例の動画のことで、だれか削除できる人間を知ってるかと訊かれた。通報はしたと答えた」

おれはぎゅっと目を閉じてリリアンの頭のなかに入り込もうとした。支えであるはずの抗双極性障害薬と抗鬱剤を彼女はたびたびやめてしまう。離脱症状は、気分変動と突飛な行動というかかなり一貫したパターンで、そのあとアルコール依存が強まり、妄想症、ときには意識喪失を引き起こす。

リリアンがどこかで飲むためにあのボトルを持ち出した可能性が高い。そのあとは？ ボトルを捨てた？ だれかにやった？ せめて自分の車で出かけてくれていれば。GPS追跡装置の記録から、彼女の経路を簡単に追跡できただろう。だが実際は、彼女は歩いて家を出た――かえってそのほうがよかったのかもしれない。少なくとも徒歩圏内から調べはじめればいいんだから。とはいえ、歩いて出ていったことと、タクシー会社への電話、発見されたマリブのビーチ……おれはステアリングホイールに額をつけて、長らく必死で考えた。

問題を予測して緊急時対応計画を立てる自分の能力をおれは誇りに思っている。それなのに、傲慢にも、妻が近づくことのできるものにすべての希望を託すというあやまちを犯してしまった。先ごろあきれるほど愚かなまねをしたばかりの妻は、調子のいい日ですらなにをしでかすかわからないというのに。睾丸をそぎ落とされ、それをスプーンで食べさせられてもしかたない。その不幸な罰が真っ先に頭に浮かんだ。ネッド相手に失敗を犯しそうになるたびに陽気なトーンの声で唱えられる脅し文句が。

「なにか問題でも？」サムがおれの腕に片手を置き、すぐにその手を引っ込めた。「いや、問題があるのはわかってる。彼女が死んだのはわかってるけど――」

「リリアンが死んで動揺してるわけじゃない」その言葉を声に出して言うのは、叶うとは思ってもみなかった贅沢だ。だが、いざ口にしてみると、その言葉は成功ではなく状況がいかに傾いてしまったかを示すものだった。

「そうか」サムはサングラスをはずしてたたみ、上着の胸ポケットにそっと入れた。「なるほど。じゃあ、なにが問題なんだ？」

「彼女はおれが必要とするものを持ち去った。コロラドに関係のあるものを」

サムがおれを見た。その顔に浮かんだ表情にほっとする気がした。意味を理解するにつれて恐怖の色を帯びていく。おれ自身の顔にも、彼の五倍は濃いであろう恐怖の色が浮かんでいるにちがいない。「それはどれぐらい重要なものなんだ？」彼が慎重にたずねた。

この瞬間、おれが取れる道はふたつ――サムに真実を話すか、嘘をつくかだ。彼を信用できるか？　可能性は高いが絶対ではないし、おれが嘘をつく相手は妻だけではない。

「すごく重要というわけではない」きっぱりと言った。「だが、ないと困る。リリアンの最期の日のことでなにかわかったら……真っ先におれに知らせてくれ。警察やほかのだれかに話す前に」

「わかった」彼は笑みを浮かべ、手を伸ばしておれの手に触れた。ぞわりとした不快感が胸に生じたのに、おれは手を引っ込めなかった。こんなことは、おれたちの関係は――終わりにする必要がある。「今夜うちへ来てくれ」

「無理だ。いいかげんにしろ、サム。リルが死んだばかりなんだ。おれには息子がいる。ひょっとすると警察がおれを監視してる」

胸が締めつけられ、吸入器を取ろうとしてセンターコンソールのふたをごそごそと開けた。完全に時間の無駄だった。サムはなにも知らなかった。あの木箱は公衆のごみ箱に捨てられて、四億ドル以上の口座の暗号化キーが隠されたまま清掃業者に回収されるのを待っているのかもしれない。

なんとしても見つける必要がある。おれが見つけるのが先か、だれかに拾われ持ち去られるのが先か、一刻を争う状況だ。うちに入る前に周辺をくまなく探す必要がある。デイヴィッドと会って、彼がなにを知っているのか、あの日リリアンと会ったかどうかを確かめる。警察は彼女の携帯電話の位置情報を確認できるはずだ。警察署へ行って、すでに確認したのかどうか、確認ずみであればなにがわかったかを聞き出そう。

吸入器を右手でつかんで息を深く吸い、しばし薬を吸引した。小さく咳をしてからシートベルトを調整した。「なにか思い出したら電話をくれ。これから警察へ行って事情聴取を受けなければならないんだ」

「警察はあんたを疑ってるのか？　つまり……」彼は耳のあたりを真っ赤にした。「警察はリリアンが自殺じゃなかった可能性があると考えてるのか？」

おれはシフトレバーに手をかけたまま返事を迷った。「言われてはいないが、たぶんそうなんだろう。なにしろ、最初は夫が疑われると決まってるからな」総額六百万ドルもの生命保険をかけていた夫となるとなおさらだ。「だから、おまえはもう行け。監視がついてるといけないから」

監視などついていないが、おれは急ぐ必要があった。サムは急ぐことなくドアを開けて、高価な靴で舗装を試すように片足ずつ下ろし、最後に悲しげな顔を見せてから日差しのなかへ出た。

「なにか思い出したら電話をくれ」おれは念を押した。

サムはおれに向かって敬礼のまねをした。いらだっているようだが、かまうものか。大げさな反応をするという点で彼はリリアン以上だ。彼がリリアンに抱いている対抗心をおれは見逃さない。リリアンとロマンチックなディナーを食べると、彼とはそれよりも高価なディナーを食べなければならない。リリアンと週末に出かければ、彼とは二回出かけなければならない。サムはますます大胆になってきていたので、リリアンにばれなかったのは、信じられないぐらい運がよかった。

サムが自分のSUV車に乗り込む前に、おれは駐車位置からバックで車を出し、サンタモニカ大通りに入った。まっすぐ警察署へ向かったものの、サムが最後に言った言葉を忘れられなかった。

自分がリリアンを殺してないのはわかってるが、捜査対象になる覚悟もしている。したがって警察による事情聴取が形式的なものだと受け入れてはいるが、納得はしていない。リリアンは精神的に不安定な人間で、結婚生活の大半を鬱病やら耽溺・依存やらに苦しんできた。だからドラッグの過剰摂取による死はいかにもという感じだし、つかのま悲しんだあと――おれなりの悲しみかたで――すんなりと受け入れた。だが、殺害されたとなると、犯人があのボトルとコロラドの暗号化キーを持ってる可能性が出てくる。

信号で停車したときに自分の姿をバックミラーで確認し、シャツの襟を整えてから髪をなでつけた。リリアンはよく指を舐め、その指におれの髪を巻きつけて整えてくれた。不快な習慣だったのに、急になつかしくなった。額にかかった巻き毛で試してみたが、行儀よく収まってくれない。

通話を切る直前にガーシュが、息子さんもいっしょに来てもらえるかとたずねていた。ジェイコブはまだ事情聴取を受けていない。息子の事情聴取に賛成はできないが、避ける方法はなさそうだ。ガーシュには、息子は明日連れて行くと約束した。それでコロラドの差し迫った問題に取り組む時間ができる。法律的には、おれの同席なしにジェイコブに事情報を聴取することはできないが、ジェイコブがなにを話すか話さないかについては心配していない。無辜《むこ》の人間に秘密などないからだ――なんの罪もないなどと言うには笑えるほど遠いおれだが、妻の自殺あるいは他殺の可能性のある死に関しては潔白だ。

クレセントハイツ大通りの信号で停車した際に、やることリストの次の項目をかたづけることにした――葬儀だ。リリアンに着せる服を選ぶ、彼女の好みをだれよりも知ってる、とサムが言っていたが、おれが着せたい服は決まっている。肩で紐を結び、彼女がくるりとまわると膝丈のスカートが広がる淡青色のドレス。二年前に週末旅行でサンフランシスコへ行ったときに買ってやったドレスだ。前から三列目のチケットが取れたアンドレア・ボチェッリのコンサートの一時間前に、彼女がブラウスにスパゲティソースをこぼしたからだ。彼女が仕事で手に入れたチケットで、コンサートのレビューを書くことになっていた。ドレスは高価で不要なものだった――ブラウスをしみ抜きに出してもよかった――が、長らくプレゼントを買ってやってなかったし、彼女は胸が張り裂けそうな顔をしていた。白いバッグと薄葉紙に包まれたドレスに彼女は大喜びし、得意げだった。ホテルのロビーにあるレディーズショップで駆け込み購入したものなどではなく、すごい高価なものだというように。

バックミラーを見ると、その思い出に笑みを浮かべている自分が映っていた。あわてて口を真一文字に結んでから――喪に服している男にはそのほうがふさわしい――方向指示器を出し、警察署のほうへ曲がった。たとえ妻のなつかしい思い出のためとはいえ、チェシャ猫のような笑みを浮かべて駐車場に入ってくるビデオをガーシュに見られるのだけはごめんだ。

通り側の区画に車を停め、なかへ入る前にジェイコブに電話をかけた。息子が電源を切っているのでいらだちが募った。そっけないボイスメールを残したあと携帯電話をバイブレーション設定にし、車を降りた。どこから見ても悲嘆に暮れる夫の要素をまとっていることを確認してから、足を引きずるようにして警察署の玄関へと向かった。

61

マイク

「わからないな」おれは、さまざまな色の点で覆われたロサンゼルス市の地図が表示されている、ガーシュ刑事のコンピュータ画面を見た。「これはなんだ？」

「リリアンの携帯電話のここ四十八時間の位置情報を表示したものです」ガーシュは点のいくつかを指先で打った。「各点は衛星通信基地局。彼女のいた正確な位置ではないまでも、おおよその地区がわかります。各点の下の表示は、ネットワーク接続が確認された日時です」

おれは表示された点をざっと見て理解しようとした。点の半数は緑で、黄色と赤がそれぞれいくつかある。地図の下に、緑は存命中、黄色は死亡推定時刻ごろ、赤は死後と説明があった。「動きのいくつかは本人の死後のものか」

「そうです」ガーシュはおれがなにかの賞を獲得したかのようにうなずいた。「われわれは、携帯電話がタクシーかなにか別の車にあったんだろうと見ています。携帯電話を持っていた人間は市内を移動し、今朝ネットワーク接続が切れました。おそらくバッテリー切れでしょう」

「つまり、死んだ日に妻がどこへ行ったのかはわからない、と？」息が詰まりそうなので、もたつく指でシャツのいちばん上のボタンをはずした。普通はなにか飲みものを勧めるんじゃないのか？　水とか。

「まあ、これは出発点なので。目下、もっと正確な動きをつかもうとしているところです」ガーシュは、おれの悪しき計画など――もう少し時間をくれれば――解明してやるというように笑みを浮かべた。

「なるほど。妻はあの日、午前中はうちにいて、午後に何本か電話をかけ、夜のあいだに死んだってことだな？」検死医が死亡推定時刻を口にしたかどうか思い出そうとした。「妻がそのあいだの時間どこへ行ったのか、どこで死んだのかは見当もついてないってわけだ。ビーチで死んだんじゃないのか？」彼が情報のごく小さな断片しかくれないことにむかつきながら、ズボンの太ももで手のひらを拭いた。

彼が笑みを消した。おれの口調が少しばかり辛辣だったのかもしれない。「言ったとおり、もっと正確な動きをつかもうとしているところなので」

「だが、それをおれに教えるわけにはいかないんだな？　おれには妻がどこにいたのか知る権利はないのか？」おれは迫った。「意味がわからない。大きな秘密かなにかなのか？」

「教えていい情報は教えます。とりあえず、あの日のあなたの行動を明確に知る必要があります」

「ああ、いいとも。もちろん」右足がそわそわと動きだしたので、床のタイルにかかとをしっかり押しつけた。

「バッグの中身についておたずねでしたね」ガーシュが新しい書類を取り出した。「ご覧になりたければ、なにか失くなっているか知りたければ、これが中身のリストです」

「ひょっとして酒はあったか？」口調に熱がこもりすぎた。おれは顔をしかめて眉間をつまんだ。これでいい。心を痛めている夫のできあがり。

「いいえ。入念に確認しました」彼はバッグの中身のリストをおれのほうへ押してよこした。「その酒にどんな価値が？」

「めずらしいボトルが失くなってるものでね。金銭的価値は気にしてないが、注目に値するものだったようだから」リストに何度か目を通した。どれも役に立たないものばかりだ。

ガーシュはメモ帳のページをめくり、書き込みに目を凝らした。その書き込みを見たくてたまらない。「なるほど……」彼が思案げに言った。「ご覧のとおり、バッグには錠剤の瓶が入ってました。奥さんに処方されていた薬をご存知ですか、ミスタ・スミス？」

五年前なら、薬のブランド名やら服用量やらをすらすらと正確に答えていただろう。毎日たっぷり朝食を取らせ、八時半までに薬を服ませて、毎晩コップ一杯の水と薬をベッドまで運んでやり、いっしょに寝ていた。当のリリアンはそれが気に入らないふりをしていたが、たとえ的はずれなことであっても、つねに自分に関心を向けてほしがった。おれが薬の服用の監視をやめたのはいつだろう？　突然やめたわけではない。ある日うっかり忘れ、二日忘れ、もっと重要なものごとに一週間ほど気を取られるうち、おれのリストでリリアンの優先順位が一段ずつ下がっていったのだ。

おれは唾を飲み込んだ。「わからない」力なく答えた。「セロクエルだと思う。それとオランザピンかな」

ガーシュはふたつの薬の名前を書き留めてから、別のページを開いた。「この一年、そのふたつをやめてシンビアックスを服んでいたようです。それで合ってますか？」

またしてもテストに失敗した。「妻はたびたび薬を変えていた」おれは金属製の固い椅子のなかで身じろぎした。「だから、そうかもしれない」

「あの日のあなたの行動に話を戻しましょう」

おれは腕時計を見ないように努めたが、こんな事情聴取は早く終わらせる必要があった。うちの近所を車でまわり、うちから歩いていける範囲内でリリアンが行ったかもしれない場所を見つけるためにも。角のコンビニエンスストアとその向かいの酒店に立ち寄る必要があるし、うちのごみ箱のことでいつも文句を言ってる詮索好きな隣人にも訊いてみなければ。両手に四本ずつリードを持ち、くだらないものを詰め込んだウエストバッグをつけて犬どもを散歩させてる人にも。だれかがリルを見かけたはずだ。タクシーを呼んだことを忘れ、どこだかへ車で送ってもらうことにしてリリアンがウーバー・タクシーのアプリを使ったのかどうか、まだ確認してないことに気づいた。

「マイク？」

おれは腕時計で時刻を確かめないように、テーブルの下へ手をやった。「起きたのは六時十五分。朝食を取った。ニュースを見て、運動してシャワーを浴び、七時四十五分に会社へ向かった。着いたのが八時十五分ごろ。十二時半までオフィスにいて、リルを拾うために車で家へ戻った。いっしょに弁護士事務所へ行く予定だったが、彼女は家にいなかった」

「心配しましたか？」

「いや。腹が立った。弁護士との約束を忘れたか、わざと避けているんだと思った。少し——強情なところがあるんでね。やりたくないことはよく〝忘れる〟んだ。電話をかけてみたが、結局ひとりで弁護士事務所へ向かった。死亡推定時刻は？」

今度はガーシュが椅子のなかで身じろぎしたので、その情報をおれに与えるか否かで迷っているのだとわかった。「午後三時から七時のあいだです」

おれは内心でうめいた。そんな不都合な時間を選んで死ぬのはリリアンだけだ。

「弁護士と会ったあと、なにをしましたか？」ガーシュは鉛筆を取り出し、すべて書き留めようとしている。事情聴取が終わったら、おれの供述の裏づけを取るのだろう。汗のしずくが背筋を伝った。本当のことを話すか嘘をつくか。ふたつの選択肢で迷った。おれにはやるべきことがあった。リリアンはちょうどその時間に出かけて死んだ。

おれは咳払いをひとつしてから言った。「会社へ戻った。六時過ぎまでいて、そのあと家へ帰った」それはおれのついた最初の嘘だが、反証をあげるには時間がかかるはずだ。

「夜はずっと家に？」

「そうだ」

「それを証明できる人はいますか？」

「うーん……」間を取って考えた。「息子は友だちの家へ泊まりに行っていたが、十時半ごろ、なにかを取りに戻ってきた」

ガーシュが嫌悪の表情で見るので、口に出される前から次の質問が予想できた。「奥さんがどこにいるのか不審に思わなかったのですか？」

「浮気をしていると知ったばかりだった。家にいなければ相手の男といっしょにいるんだろうと思った。あるいは客用ベッドルームにいる、と。その前の夜、彼女はそこで寝たから」話を切り上げる必要がある。この男に釈明してたら丸一日かかりそうだ。「なあ、急かしたくはないが、おれはリリアンになにもしてない。あんたが扱ってるのは、情緒不安定で、自傷行為やらドラッグ常用やらの既往歴のある女だ。彼女は――」

「それは知りませんでした」ガーシュが話を遮った。

「知らなかったって、なにを？」

「自傷行為の既往歴というのは？」

おれはため息をついた。「本気で訊いてるのか？　彼女の診療記録を手に入れてないのか？　警察記録は？　リリアンは去年、自殺未遂で入院した。彼女の行動は自己破壊的だ。妻は――」

「診療記録は入手しています」ガーシュが遮って言った。「昨年五月の入院については、胃の内容物から大量のケタミンが検出されています」

「だから？」

「医師たちは疑わしい状況だと記しています」

「リリアンは以前、抗鬱剤としてケタミンを用いていた。微量投与していた」だから、正常な女と結婚すればよかったんだ。大学三年生だったベッカ・パークスならもってこいだった。彼女なら、子どもをふたり産んでくれて、駐車違反切符を切られる程度の問題しか起こさなかっただろう。それなのに、おれは美しく独創的だが支離滅裂な女と結婚した。ベッカ・パークスには発揮できない必死さでおれを必要としている女と。

早くも心のどこかで、リリアンを亡くしたことをさびしく感じていた。

「聞こえましたか、ミスタ・スミス？」ガーシュが軽蔑をろくに隠そうともせずにおれを見つめていた。

「なんだって？」

「アリバイが証明されるまで、あなたは参考人扱いとなります。息子さんの事情聴取は早いほうがいい。署へ連れてきてもらってもいいし、こっちがお宅へうかがってもかまいません。あなたが決めてください」

「母親が死んだばかりなんだ。息子を動転させたくない」

「もちろん。息子さんは容疑者ではありません。いくつかの情報に関して息子さんに確認したいだけです」

ほかにどうしようもないので、おれはうなずいた。とんでもない状況だ。おれは十年ものあいだ、この種のことから家族を守ってきたのに。

「では、これからお宅へ行って息子さんから話をうかがってかまいませんか？」ガーシュが腕時計に目をやったので、これ幸いと、おれも自分の腕時計に目をやった。

「息子がどこにいるか確認しないと。さっき家に寄ったときにはいなかったから」

「いいでしょう。ただし、今日じゅうですよ。そちらから連絡がなければ押しかけますから」

「わかった」言葉に棘のある彼の言いかたが気にくわなかった。この男は好きなときにジェイコブに事情聴取すればいい。ジェイコブの供述に不安はない。ガーシュの口調を強いて無視した。いまは、まぎれもなく悲嘆に暮れた夫でいる必要がある。それには、警察への協力が最優先課題のはずだ。

「ジェイコブの電話番号を教えるよ。本人とじかに相談して決めればいい。息子は未成年だから、おれが事情聴取に同席する必要があると思うが？」ガーシュが差し出したペンと紙を受け取り、ジェイコブの携帯電話番号を書いた。これで、おれのリストの項目がひとつかたづいた。ほら、協力的だろう。どこからどう見ても、まちがいなく無罪だ。

「カリフォルニア州法では、息子さんに単独で事情聴取できるんですよ。それに、言ったとおり、息子さんに嫌疑はかかってません。われわれは、リリアンの身になにが起きたのかを突きとめようとしているだけです」

ああ、そうだ。愛しい完璧なリリアン。なにもかもやめて、彼女がなぜ自殺したのか、あるいはなぜ殺されたのかをみんなで突きとめよう。なにしろ、ここはロサンゼルス。道をまちがえただけで殺される。まして、酒瓶を持って歩きまわってる頭のおかしい白人女となればなおさら危険だ。「警察の見解は自殺か、それとも他殺か？」もっと前に訊いておくべき質問だが、おれは手いっぱいだった。それにいまは、メキシコのカルテルに頭を切り落とされまいと――文字どおり切り落とす連中だ――していた。

「それについてはまだ断定できません。死体の発見状況に不審な点があるので」

「まさか、レイプされたりなんかはしてないよな？」おれは迫った。「体内からあやしいものが検出されたわけじゃないよな？」

「性的暴行あるいは暴力を受けた形跡はありません」彼はおれの質問を生半可に認めて立ち上がった。おれはそれ以上は訊かなかった。帰っていいのであれば、走ってドアから飛び出すのを抑える必要があるだけだ。

彼が片手を差し出すので、その手を握った。「また連絡します」

「わかった。協力できることがあれば、なんでも言ってくれ」

握った手に彼が力を加えたので、おれも握り返した。笑顔も忘れずに。協力的に。協力的な完璧な夫。

62

リリアン

息子が拉致された。その言葉を何度も繰り返し、気が動転して当然だと自分に言い聞かせる。ところが不思議と冷静だった。それは、ジェイコブが連れてこられたのが暗い監房でも薪小屋でも、映画で見たことのあるような場所でもなかったからかもしれない。ジェイコブは円形のダイニングテーブルに座らされ、チーズをかけたステーキエンパナーダというものをふるまわれている。テーブルの席は埋まっていて、ジェイコブが加わったせいで折りたたみ椅子まで使われている。ジェイコブは黙り込んでるけれど、ほかの連中はしゃべっている。赤いボウルや黄色い大皿の料理をまわしながら早口のスペイン語がテーブルを飛び交っている。

ジェイコブの隣がエアロスミスで、反対隣がタンクトップだ。テーブルには、ジェイコブと同じ年ごろの少女、妊婦、思春期前の少年、皺くちゃの老女、肥満の禿げ男。リビングルームのテレビがサッカーの試合を流していて、画面に映る展開に応じて男どもが歓声や大声をあげる。

ジェイコブは両手を膝に置いて椅子に深々と座り、両隣の男たちを不安げな目でちらちら見ている。妊婦がしきりに勧めてるけれど、皿に盛られた料理にまだ手をつけていない。**あんたたちは何者なの、**とわたしが訊いても、だれの耳にも聞こえない。**あんたたちは何者で、わたしの息子をどうするつもり？**

レンジのタイマーが鳴り、老女が立ち上がってフライパンのところへ行って火が通ってきた肉をフライ返しで動かすと、玉ねぎと牛ひき肉のおいしそうなにおいが部屋を満たす。テーブルではおしゃべりが続いているし、老女は肩越しになにか言い、返ってきた言葉に声をあげて笑う。会話が飛び交っているので、マイクがこの場にいてくれたらと思う。スペイン語が堪能な彼なら、連中がなにを話してるかぐらいはわかるはず。

わたしはジェイコブが手に取れそうな武器を探す。わが子が身を守るために使えそうなものを。ナイフや重い鍋がそこらじゅうにあるけれど、それが脅威になりうるとはだれも思ってないみたい。わたしは安心するどころか、かえって不安になる。連中はジェイコブが逃げるなんて考えてもいない。どうして？　どうして、連中は平然と食事をしてるの？

まるで、わたしの息子が自室で銃口を突きつけられて連れてこられてなどないみたいに。

わたしはテーブルをまわってジェイコブのそばにしゃがみ、彼がエンパナーダをおそるおそる切り開くのを見つめる。パイ皮が開いて湯気が噴き出すと、わたしは、死んでも食欲があることを知って驚く。ジェイコブがただ見つめているので、食べなさいと心のなかで促す。次にいつ食事をもらえるか、そもそも食事をもらえるかどうかもわからないんだから。

息子が拉致された。まったくわけがわからない。この連中がわたしを殺したってこと？連中はなんのためにジェイコブが必要なの？

「食べたほうがいいよ」ふたつ隣の席の少女がジェイコブを見つめている。「おいしいよ。ちょっとスパイシーだけど、あたしの好物なんだ」少女がはにかみがちにほほ笑むと、ジェイコブの口角が上がる。かわいそうに。少女があと三言でも口にすれば恋に落ちるだろう。

「ローサ！」妊婦が少女に向かってフォークを振る。「カリャテ・ラ・ボッカ・ヤ・ポンテ・ア・コメル！　エル・ノ・エスタ・アキ・パラ・アブラール・コンティゴ」彼女はジェイコブを睨みつけ、指差す。なにを言ったのかはわからないけれど、少女はあきれたように目を剝いてひき肉のかたまりをすくい取る。

「あんたと話しちゃだめなんだって」

「スフィシエンテ！　ウナ・パラーブラ・マス・ヤ・レ・ディレ・ア・トゥ・パードレ・ケ・テ・カスティグ・ア・ゴルペス」女の口調に含まれている怒りにわたしはたじろぐ。なんと言ったにせよ、少女の強気な態度が薄れ、椅子のなかに縮こまって、それきりジェイコブに目を向けない。

ジェイコブをここから逃がさなければ。いまはおいしそうなにおいのする家族の時間かもしれないけれど、いずれ事態は暗転する。男たちは拳銃を持っている。ジェイコブの頭に突きつけた拳銃を。

わたしは息子の背後に立って、このあとなにが起きるかを見届ける。

63

レニー

パズルのピースが、徐々にではあるものの、集まりつつあった。ガーシュは一九八〇年代生まれの若造にしてはまったくの役立たずというわけではなかった。

リリアンの胃の内容物からは、パンプキンスパイス・ラテと思われるものやバナナ半分、クラッカーのほか、体重百三十キロあまりの男を殺すのに充分な量のザナックスを含む何種類かの薬物が検出された。血液検査により、血中のアルコール濃度は〇・二九と判明し、γ－ヒドロキシ酪酸（GHB）も検出されている——前者は歩けばふらつくほどの量、後者は逮捕されかねないほどの量だ。その両方から、おれは他殺を疑った。

携帯電話の位置情報が信頼できるとしたら——まあ信頼できないんだが——彼女をどこか重要な場所へ連れていく前に携帯電話を捨てるぐらい犯人が狡猾だったことを示してい

るだけだ。なんなら、携帯電話が移動した場所を追うのではなく、位置情報に表示されなかった場所を調べるべきかもしれない。

ガーシュは夫に尾行をつけているし、交通課が、彼女の死亡推定時刻を含めた過去四十八時間の夫の車の動きを追跡している。

少なくともレイプはなかった。DV相談ホットラインへ偽の電話がかけられていたにもかかわらず、過去の虐待の証拠もなし。それに……他人のものだと識別できる毛髪、血液、DNAは死体から検出されなかった。抵抗したのだとしても、相手を爪で引っ掻いたり自分の体に傷を負うことはなかった。残念ながら、GHBを摂取した状態で、おとなしく従ったのだろう。口を開けてドラッグを服み、もっとくれとせがんだかもしれない。

おれはいま、かつてよく知ってた場所に――取調室に――座っている。ただし、マジックミラーの裏側にあたる見学室で、速記係とどこだかから来た弁護士といっしょだ。弁護士はどうやら取り調べを見学して、被疑者がカップケーキを与えられ、背中のマッサージを受けているかを確認するらしい。マジックミラーの向こう側では、ガーシュがリリアンの浮気相手と向かい合って座っている。男はひじょうに冷静で、パット・ホーキンスとかいう捜査官の立ち会いなしで質問に答えることを拒否した。

「パット・ホーキンスとはいったい何者だ？」弁護士がおれより先に疑問を口にした。

「麻薬捜査関係者だそうです」速記係が自分の席から答えた。きっと、この署のだれひとり、ひげの生える年齢に達してないんだろう。「いくつもの捜査機関と仕事をしてるんだとか」

なるほど、ほっぺの赤い若造どもも役に立つのかもしれない。「いくつもの捜査機関？」おれはうめいた。マジックミラー越しに浮気相手の男をしげしげと観察した。ひょっとすると、あの男も関係者なのかもしれない。情報提供者とか。

「なぜホーキンスを待つんだ？」ガーシュがデイヴィッド・ローレントにたずねた。メモ帳を使わないのが気に入った。それにより、返答はすでにわかっていると知らしめることになるし、どのみち書き留めるようなことでもない。それに、速記係がパソコンに打ち込み、ビデオカメラも何台かまわっているんだから、指一本動かすことなく必要な情報をすべて記録できる。「あんたは情報提供者なのか？　あのボートでドラッグを運んでるのか？」

男はそれには答えず笑みを浮かべた。古きよき時代なら、男の顎をぶん殴ってやるところだ。女が殺されたのに、この男はおれたちをもてあそび、犯人につながるかもしれない情報を隠している。案外、こいつが犯人なのかもしれない。悲しんでるように見えないのは確かだし、おれはこの男と夫マイクの共通点にとまどいを覚えた。少なくともマイクは動揺しているふりをしようとした。この阿呆は、いまにも口笛で陽気なメロディを奏でそうだ。

窮屈な見学室のドアが開き、制服警官が入ってきて取調室に通じるインターコムのボタンを押した。「ホーキンスはあと二十分で到着します。麻薬取締局《ＤＥＡ》の所属だそうです」

見学室の全員が反応を示した。弁護士はため息を、速記係の若造は口笛を漏らした。おれは無意識にフラスク瓶に手を伸ばし、すぐに、車に置いてきたことを思い出した。酒を飲むに値するニュースがあるとしたら、これがそう。ＤＥＡとは。驚きの展開だ。

「ＤＥＡ……」ガーシュが思いに沈む声で言った。デイヴィッド・ローレント――おそらく本当はデイヴィッド・ローレントという名前ではないだろう――が得意然とするとしたら、いまがまさにそうだ。いまいましい連邦野郎どもめ。いつだって、そう、いつだって、自分たちはおれたちより優秀だと思ってやがる。「それは興味深いな」

ガーシュが丸めた背中で身をのりだした。「これで、あんたが供述しない理由がわかった。びびってるからだ、そうだろう？　まちがった供述をしたら、あんたらスーツ組が従うことになってる一万もの規則のどれかに違反することになるからな。じゃあ、おれがいくつか考えを口にする――いいか、阿呆な地元警察官の考えだ――それが正解に近ければ、うなずいてくれ。文字起こしはしない。なんならビデオカメラも切ろう」

うまい。ガーシュは頭が切れる。おれはうなずき、彼に向かって親指を立てようとしたが、その瞬間、当の彼はマジックミラーに向き直って手を伸ばし、取調室の上方の角に設置されたビデオカメラのプラグを抜いた。彼から見えないので親指は隠したが、気持ちはそのままだった。

「おれの推測では、あんたはリリアンを殺してない。そうだろう？」

ガーシュは待った。デイヴィッドにしてみれば、この質問にうなずくのは簡単だ。だが、重要な意味も持つ。うなずけば、このゲームに乗る気があることをしぶしぶながら認めることになるからだ。

彼はイケてない眼鏡の奥で――リリアンはこんなダサい男のどこに魅力を感じたんだろう？――あきれたように目を剝いてからうなずいた。

「よし、いいだろう。次に、おれの推測では、彼女はあんたが仕事で日焼けをしてるあいだに引っかけた遊び相手だった。彼女は作戦の一部だったのか？」

デイヴィッドも答えるのをそう渋らない質問だ。おれが近づいたのでマジックミラーがくもった。早く答えろ……「ホーキンスが来たら彼に話す。ホーキンスにだけ。おれがなんらかの作戦の一部だったかどうかについて答えるつもりはない」

おれはうなるように悪態をついた。意気地のない連邦野郎め。まちがいなく、連中は役に立つどころか厄介者だ。

「おれはただ、行き止まりだとわかってる方向へ突っ走るのをやめたいだけだ、わかるだろう？」

「もちろん」デイヴィッドが卑劣な笑みを浮かべた。「心配無用だ、刑事さん。おれたちの認識は一致してるから」

「うなずけよ、くそったれ」おれが大声をあげると弁護士が身をすくめた。「いいからうなずけ、くそったれの連邦野郎！」

「ミスタ・トンプソン」――弁護士が咳払いをした――「あなたは好意によりここにいるんです。それを忘れないでください。それに、向こうにこちらの声は聞こえませんよ」

「彼女の夫か？」ガーシュがたずねた。「彼に近づこうとしてたのか？」

おれはリリアンの浮気相手を睨みつけたが、彼は例の不快な薄ら笑いを顔に貼りつけて座っているだけで、なにも答えなかった。

64

マイク

どんな問題にも、解決するか逃げるかを決断しなければならない瞬間がある。おれの問題は単純明快――暗号化キーがなんとしても必要だが、探すことわずか三時間で、クライアントを納得させられるほどすぐには見つかりそうにないと気づいたことだ。残念だ。逃げるのはとんでもなく面倒で厄介だから。結腸内視鏡検査にも匹敵する苦痛と不快感を伴うからだ。

むろん、備えはしてある。犯罪組織の仕事を十三年もやっていて、予備策の予備策を用意してないはずがない。市内の三カ所の駐車場にそれぞれ車を準備している。どれもガソリンは満タンで、トランクにはスーツケース、食料、武器、現金を目いっぱい積み込んである。リリアンとジェイコブとおれの偽名をそれぞれふたつずつ用意してあるし、アメリカと海外の両方にビットコインの口座を設けてあるので向こう三年は金に困ることはない。三年もあれば、新たな人生と仕事を始めることができるだろう。

問題は、いざ実際に逃げたりしたら、数分以上姿を消したら、マークされること。そのあとは二度ともとに戻れないことだ。土壇場で暗号化キーを見つけてコロラドを移動させても、もはや手遅れ。コロラドを動かそうとすれば痕跡を残すからだ。暗号化キーの最後の文字を入力した瞬間、おれは指を切り落とされて瞼を剝がされ、その状態のまま、わが子が拷問を受けるのを見せられる。不適切なやりかたは容認されないからだ。

時間切れが迫っているので選択の余地はない。あのボトルはこの街に飲み込まれてしまった。思い出が抑止力になるだろうと決めつけて、アルコール依存症ぎりぎり手前の女の手の届くところに置いておくなんて、おれは阿呆だった。この九年間、思い出が抑止力になっていたことなど関係ない。愚策だった。その結果、おれは逃げざるをえない。したがって、ジェイコブも逃げなければならない。

うちの私道に入ってジェイコブの車の隣に停め、通用口の脇のリサイクル用ごみ箱のなかを、息を止めて確かめた。万が一にも、リリアンがあのボトルをそこに放り込んだかもしれないから。でも、なかった。通用口に錠がかかってなかったので、そのままなかに入った。これも、ジェイコブがまったく従わないルールだ。ドアにはかならず錠をかけなさい。かならず。チェック。チェック。チェック。

おれは頭のなかでリストをまとめた。ジェイコブを引っつかんで何ブロックか歩き、タクシーをつかまえて最寄りの逃亡用車両――センチュリー・シティ駐車場のマツダ車だ――まで行き、逃げる。二階へと階段を上がりながらジェイコブの名前を呼んだ。頭のなかでは、この家を出る前にほかにやるべきことを確認していた。パソコンのデータをすべて消去する。携帯電話は置いていく。ジェイコブの部屋のドアをノックしてノブをまわした。持っていく必要があるのは――

おれはその場に立ちすくんだ。ジェイコブのベッドの端に男が座ってほほ笑みかけている。ジェイコブを探したが、部屋にはいない。ベッドを見ても血痕はなかった。

「マイクル」ルイスの声は温かかった。「ひさしぶりだな」

65

マイク

「どうなってるんだ、マイク?」ルイスは片方の足首をもう一方の膝に乗せておれを見た。「まだコロラドの移動を始めてないな。なぜだ?」

ジェイコブが使うバスルームはこの部屋のすぐ外にあり、客用ベッドルームと共用のものだ。ジェイコブがそこにいることを願うような願わないような思いで、おれは耳を澄ました。ルイスはおれの視線の先を見て首を振った。「そこにはいないよ、マイク」

おれはほっとしてドレッサーにもたれかかった。「あいつは無関係――」

「もういいって」ルイスは舌打ちした。「子どもはいつだって無関係だ。だからって父親の罪の報いを受けずにすむことはない。そうだろう?」彼は残念そうに首を振った。「ほら、おまえの父親がいい例だ。おまえは父親の罪の報いを受けた。おまえとおまえの母親がな」

おれは応えなかった。ジェイコブがうちにいないという安心感に代わって、だからルイスがここにいるのかという不安が大きくなってきた。「ジェイコブはどこにいる？」

「彼は無事だ、マイク。むろん、彼を連れ去らざるをえなかった理由はわかるよな」

おれは首を振った。「ルイス、おれはこの十三年、あんたたちの仕事をやってきた。逃げるなんてまねは絶対に――」

「そりゃ、するはずないよな」彼は屈託なく言った。「そんな心配はしてない。おまえだって承知してるだろうからな、マイク。そんなことになったら、おれたちがどんな反応をするか。それに、そうなったら残念だよな、おまえはすでに奥さんを亡くしてるのに……」彼が立ち上がっておれの両肩を手で叩くので、初めて彼と会ったときのことを思い出した。あのとき彼を魅力的だと思った。ラスベガスのカジノテーブルで出会い、葉巻をくゆらせながらカジノゲームを楽しんだ。有価証券の多様化についていくつも質問を受けたあと、おれはうちへ帰って、新たなクライアントを獲得したとリリアンに話したんだった。六桁半ばの利益をもたらしてくれる新規クライアント。当時のおれは大きな利益だと思っていた。当時のおれはルイスと彼の今後の可能性に感服してたから、証券取引法のいくつかに抵触する行為をした。小さな違反。些細な違反を。

おれは一線を越え、状況が動きだした。またひとつ線を越えると、罪の意識が薄れた。曖昧になった。さらに何歩か進んで、いまこのありさまだ。息子はどこかで〝無事〟にしているが、取り戻すためには、アクセスできない四億ドルを移動させなければならない。

おれの肩に置いた彼の手に力が加わった。おれの顔を見上げて、ウェス・フロックハートの肩にドリル刃をふるう直前に彼に向けたのと同じ、温かく励ますような笑みを見せた。

「おまえが大丈夫か確かめたかったんだ、マイク。パートナーたちが気を揉みはじめてるもんでね」

当然だ。そりゃあ、びびるだろう。あの預金口座を失えば——現に失ったわけだが——全員が破滅し、死ぬことになるんだから。おれも含めて。ジェイコブも含めて。

彼がまた笑みを浮かべたが、その目に不安の色が浮かんでいるのがわかった。リリアンの卓上カレンダーに盗聴器を仕掛けたのはルイスだったんだろうか。「じゃあ行こうか、マイク。コロラドをあるべき場所へ移そう」

66

リリアン

空気が変わってエアロスミスとタンクトップは仕事モードになり、ジェイコブに階段を下りさせて地下室に放り込む。この地下室にはろくなものがないから、母性本能が警戒の悲鳴をあげる。壁には拘束具が——本物の手枷と足枷が——あって、だれかの手足につながれるのを待っている。わたしにはそれを見届ける必要はない。ここから消えてモルグに戻り、葬儀に備えて自然に見えるように縫合されるのを眺めてもいい。あるいは、家へ帰って、家族がひとり減ったことに適応すべく冷然と人生設計を練り直している夫を眺めてもいい。でも、ジェイコブがこの地下室にいるしかないなら、わたしもここにいる。この子の痛みを感じよう。この目で見て、苦しもう。それが母親の務めだから。たとえ、時間の経過とともにわが身が薄れていく気がしていても。いまだって、連中がこの子になにか言って椅子に座らせ、ひとりが拳銃を抜くあいだにも……連中の声がくぐもって聞こえはじめ、ジェイコブの姿がぼやけたりくっきり見えたりする。すばやくまばたきをして、この場に踏みとどまろう、ジェイコブが座らされた椅子と拳銃のあいだに立ちはだかろう、だれかに聞き届けてもらえる言葉を発しようと努める。うちにはお金があります、お金なら払います、この子を殺す必要はありません、と懇願する。

ジェイコブの椅子の横に折りたたみ式テーブルが置かれると、連中がなにを置こうとしているかわかる。拷問器具だ。ワイヤカッター、感電装置、ナイフ類。連中が段ボール箱を運んできてテーブルに置き、なかに手を伸ばすや、わたしは吐き気を催す。

次の瞬間、驚く。最初に取り出されたのは、ナイフではなくパソコンだ。つづいてキーボードとマウス。長い延長ケーブル。壁のコンセントにプラグを挿し、パソコンの裏にケーブルをつなぐ。

ジェイコブはわたしと同じぐらい頭が混乱している様子で、連中のやることを余さず見ようとして首を左右に動かしている。

わたしは、連中がジェイコブに言ったなかに〝パードレ〟という言葉を聞き取る。だれかの父親を指しているのかジェイコブの父親を指しているのかはわからないけれど、連中がマイクに連絡してくれることを願う。マイクがこの状況をなんとかしてくれる。身代金に必要なお金を用意してくれる——不意にわたしの生命保険金のことを思い出し、それが目当てなんだろうかと考える。わたしには三件の生命保険がかけられていて、保険金は合計で五百万ドル以上、ひょっとすると六百万ドルになる。

それほどの大金のためなら誘拐でも人殺しでもやるに決まってる。この家のローンを完済して、あと五軒も家を買える。あの老女の介護士費用をまかなえる。あの少女の私立高校と大学の授業料も。

波及効果。マイクはその話をするのが好きだった。大なり小なり、わたしたちの行動はトリクル効果を引き起こす、と。そしてこれが、わたしの引き起こしたトリクル効果。わたしが死んで、その生命保険金のせいでジェイコブが危険にさらされている。

でも大丈夫、マイクがお金を払ってくれる。払うほかないから。でも、ただ払ったりしない。どんな方法ならジェイコブの安全を保証できるかを考え抜き、あらゆる危険を予測し、あらゆる方向や角度から状況を分析して、成功を確かなものにする。

わたしは深呼吸をして、怯えた様子のジェイコブに安心感を注ごうとする。背後で、階段の上のドアが開く。振り向いて見上げるとマイクがいる。

彼の表情を見た瞬間、希望と信頼がしぼむ。

67

レニー

上層部と連邦野郎が現われたところで、おれはデイヴィッド・ローレントの事情聴取の見学をあきらめた。ホーキンスだけではなかった。ほかにふたりもスーツの男が現われれば、ローレントはおとり捜査官でリリアンはその標的だったと納得した。なぜという大きな疑問はまだ残っているが、ガーシュが真相を探ってくれると信じて、なぜおまえがここにいるとだれにも訊かれないうちに警察署をあとにした。

車でリリアンの自宅を見に行った。刑事のころのおれは、シャーロック・ホームズばりの推理力もなく、署のどんな記録も破ることはできなかったが、優秀な警察官ではあった。ほかの連中が気づかないことに気づいたし、悪党を見過ごさない洞察力を備えていた。だから、車で家のそばを通りながら、時間をたっぷりかけて観察した。

リリアン・スミスがどんな家に住んでいるかなんて、わざわざ考えたことはなかったが、この家はあまりにもありふれている。無理やり普通に見せようとしている。煉瓦造り、表側に面した車二台分の車庫、二階にふたつの窓、ロッキングチェアがふたつと枯れたゼラニウムの鉢が置かれた幅広の玄関ポーチ。三軒隣にまったく同じ造りの家、通りを挟んだ向かい側にも反転した家がある。ただし玄関ポーチはない。その家には駐車場所が三つあり、そのひとつにナイン・インチ・ネイルズのステッカーを窓に貼った古びたセダンが停まっている。おれはそのブロックをひとまわりしてから、何軒か離れた、庭に〝売物件〟という看板の立っているランチ様式の家（平屋で屋根の傾斜がゆるい装飾の少ない家）の前に車を停めた。

警察がつかんでいることをガーシュが教えてくれた――十一時過ぎに自宅から出てきて左へ歩いていくリリアンを、通りの向かい側の住人が見かけたそうだ。そのあとリリアンは姿を消した。近辺の大きな交差点の防犯カメラのどれにも、歩いている彼女の姿は映ってないし、この区域を出入りしたタクシーや配車サービス業者には残らず事情を聴いて潔白が証明されている。おれは向かい側の家のドアをノックし、リリアンの自宅を見ながら待った。ガーシュの話では、この隣人は少しばかりお節介らしいが、おれには好都合だ。

もう一度ノックして通りを見やった。トラックが一台、つづいてセダンが通った。交通量がわりとあるのも役立つだろう。だれかがなにかを見ているはずなので、そのだれかを次々に見つけ出せばいい。リリアンはここからはるばるマリブへ移動している。だから、犯人以外のだれかがなにかを見ている。

玄関ポーチから下りて通りを渡ってリリアンの自宅へ行き、彼女が歩いていったと隣人が証言した方向へ向かった。夫の話では、彼女は家を出るときにバーボンのボトルを持っていた。夫はしつこくそう言ったらしい。したがって、リリアンは酒を飲みながら歩いていた。おれにはその心理状況が手に取るようにわかる。交差点で足を止めた。まっすぐ進めば二ブロック先に幹線道路。右は行き止まり。おれは左へ曲がった。

通りをぶらぶら歩き、芝地を横切った。自転車に乗った子どもを止めて彼女の写真を見せた。バス停留所のベンチに座ってガーシュに電話をかけ、バスの時刻表の確認を頼んだ。歩きながらフラスク瓶の酒を飲み、これまでにわかっていることをじっくりと考えた。

女が忽然と姿を消すことはない。自分から行方をくらましたのでなければ、行きずりのだれかもしくは知っているだれかに連れ去られたのだ。

まず、行きずりのだれか。リリアンは魅力的な女だが、それがかならずしも危険を招き寄せるわけではない。彼女は公共の場所にいながら孤独だった。わりと安全な場所に――ま、ロサンゼルス市内に安全だと思える場所があるとしての話だが――いたが、酒を飲んでいたし、薬を断っていた。医師や夫、親友に言わせれば、予測不能で意識を失いやすい状態だった。だから、意識を失ったか、行きずりの何者かの車を停めたのかもしれない。その何者かがドラッグを与え、事故か故意かはともかく殺してしまい、マリブで死体を遺棄した。とんでもない仮説ではないが……

電話。ああいった電話をかけるためには、リリアンのことを知り尽くしているか、少なくとも実用的な知識を持ち合わせている必要がある。それに、電話をかけた人物は意図的にカモフラージュを行なっている。というわけで、行きずりのだれかという線はまずないと踏んだ。

それに、あれらの電話により、リリアンが酔っぱらってマリブまで行き、故意にせよ事故にせよドラッグを過剰摂取した可能性も排除できる。

おれは歩道の割れ目につまずいた。見えてたはずなのに見えてなかった。たったいま見つけたものに気を取られたせいだ――リリアンが一杯やる穴場。彼女が前に話してくれたことがあったので知っている。すっかり忘れていたが、あのとき交わした会話を思い出した。

「ねえ、わたし、浮気してるの」彼女が半開きになった目でおれをちらりと見た。おれにまだ心が残っていたら、とっくにリリアンに恋してただろう。

「そうなんだ」おれはまっすぐ座っていよう、冷静な威厳を保とうとしたが、墓石が回転しはじめたので、横になって二十分かなんなら三十分ほど目を閉じる必要があった。

「そうなの。別の墓地。ここよりはるかに素敵よ。ベンチだっていくつかあるしね」まるでベンチが特別なものみたいな言いかた。この墓地では買いたくても買えないみたいだ──ま、買えるとも思えない。墓地管理委員会は、去年の十二月に何者かに壊されたごみ箱の修理のための予算すら承認しようとしないんだから。「それに、うちから歩いていける距離なの。だから……こうやって」──彼女は両手を振って、自分の車やらロサンゼルスの交通量やらを示した──「車で出かけるなんて馬鹿なまねもいらないしね」

「でも、その墓地におれはいないだろう?」

「わたしの食べものや飲みものを盗み取る、文句ばかり言う墓地管理人?」彼女はまじめくさって言った。「でも、すごくいい視点ね。その人はいないみたい」

おれはその言葉に乾杯してから、世界が回転しはじめないように芝生の上に寝転んだんだった。

目の前の近所の小さな墓地にはすっきりした鉄製の門があった。門を開けてなかに入る。ベンチが一台あるのに気づいた。そこを過ぎれば、また一台。薄い舗装を施された小道を進んだ。区画は五十ほどだろうか。大半が成木の根に侵食されている。ここは心地よい静寂に包まれている。彼女はここに座って酔っぱらったんだろう。そのあと……どうしただろう？

おれはさまざまな可能性を比較検討し、通りすぎる車や人を数えながら耳を澄ました。多くはない。だらけた格好で座り込めばベンチで眠れるし、だれにも邪魔されることはないだろう。だれかに見られることもなさそうだ。

通りに戻って左を、そして右を見て、自分のいる位置を確認した。この道はふたつの幹線道路間を移動したい人が使う通り抜け道路だ。ここへ来る途中あるいはここから帰る途中で、彼女の知っているだれかが――夫あるいは友人が――歩いている彼女を見つけて車を停めた。乗らないかと声をかける。あとで彼女を突き落とすことになるドアを開けて危険な罠に誘い込む。

日が沈みかけているのに気づいて、おれは足を速めた。目が悪いので、暗くなってから車を運転したくない。彼女の自宅の通りまで戻り、隣人宅の前を通りかかったので、玄関前の階段を上がってもう一度ドアをノックしてみることにした。今度はすぐにドアが開き、白髪で、落ち着きのない疑り深そうな目をした鳥のような女が現われた。「はい？」女はドアを細く開けただけなので、顔の端しか見えない。女の背後に箱や紙が山と積まれていて、猫の小便のにおいが鼻を突いた。

「元ロサンゼルス市警のレナード・トンプソンです」おれは帽子を脱いだ。そのほうが格好よく見えるとマーセラがよく言っていた。

「元？」口を開くと耳ざわりな甲高い声だ。

「退職したんですが、ご近所のミセス・スミスと懇意にしてました」

「通報に応えて来たってこと？」女はドアの隙間を少しだけ大きくして頭を出し、首を伸ばしておれと通りを見まわした。「ほかの人たちは？ ここへ向かってるの？」

「通報というのは？」女によく見えるように、おれは一歩後退した。

「あの子のことよ」女は嚙みつき、玄関ポーチに出てきてドアをぴしゃりと閉めた。レブロン・ジェームズのユニフォームと緑色のパジャマのズボン。伸びすぎた爪の端が輪になっている女の足もとを見つめないようにした。女はリリアンの家を指差した。「ティーンの息子さん。何時間か前に男がふたり来て、あの子を連れ去ったの。そのことで、こっちはもう三回も通報してるのよ」

「あの子を連れ去った？」おれはゆっくり慎重に繰り返した。まだだれも駆けつけてないことにもさほど驚かない。ガーシュの話では、この女は去年一年間に四十三回も緊急通報してきたらしい。散らかったごみやら、リードにつないでない犬やら、シートベルト義務違反やら、不審人物やら、隣人がドラッグの売人だという思い込みやらで。隣人はドラッグの売人ではなかった。「つまり、どういうことです？」

「ふたりの男があの家の裏口へまわって、五分後に息子さんを連れて出てきて、車の後部座席に乗せたってこと。息子さんは怯えてた。ここから見てもわかったわよ、歩きかたで。まずい動きをしたら男たちが危害を加えるんだなって感じ」女が胸の前で腕を組んでうなずいたので、おれはその話を信じた。

「男たちについて教えてもらえますか？　着ていたものを覚えてますか？」

女は笑みを浮かべた。めんどりのような鳴き声をあげることができるならそうしていただろう。「もっといいことを教えてあげる。写真を撮ったの」

ローザ・ベータウィッチは写真を六枚撮っていた。役に立たないものばかりだが、一枚は男たちとジェイコブが乗った車をとらえていた――スモークガラス窓の白の日産アルティマ。小さいほうの男が運転席に座り、もうひとりがジェイコブと後部座席に乗っている。ローザが心配したのも当然だ。写真の静止画像でさえ、ジェイコブが危険な状況だとわかる。こわばった姿勢、怯えて青ざめた顔。その写真をメールで送ってもらってから玄関ポーチに出てガーシュに電話した。

68

リリアン

連中はマイクをパソコンの前に座らせてキーボードとマウスを指差し、待った。室内は沈黙に包まれ、全員が息を詰めてマイクを見つめて待っているように感じる。でも、なにを?

「移動させろ」そう言ったのはエアロスミスでもタンクトップでもない。白いゴルフシャツにタックの入った短パン姿の新顔の男だ。ビジネスマンに見える。高級腕時計、歯並びのいい白い歯、散髪し、ひげもきれいに剃った顔。いまより二十キロ弱体重を落とせば、にっこり笑ってる子どもの横でポーズを取っているメンズウェアのモデルと言っても通用しそうだ。道順を教えてくれそうとか、車のパンク修理を頼んだら引き受けてくれそうと思える相手。でも、わたしの目はまちがってる。この男がこの場を仕切ってるようだから。

マイクも、頭に拳銃を突きつけられてるみたいにおとなしく言いなりになってる。男は拳銃なんて持ってないのに。

「できない」マイクはキーボードに手を置いてるけれど、その手は動いていない。彼がジェイコブに向けた表情を見て、わたしは怖くなる。詫びるような顔だから。まるで、ここから逃げることはできない、もうおしまいだ、というような。だけど、そんなはずがない。マイクはいつだって緊急時対応計画を用意してる。かならず。わたしの生命保険金がまだ下りてないとしても、ふたりの企業年金や住宅純資産、彼の終身保険の利差配当金――それだけあれば、時間を稼ぐことができるはず。残りを工面するために一、二週間の猶予をもらうことが。それに、わたしたちは顔が広い。サムも協力してくれるだろうし、マイクにはほかにも友人がいる。ジェイコブとマイクの命を救うためならお金を貸してくれるにちがいない裕福な友人たちが。

「できないとはどういう意味だ?」ゴルフシャツの男がマイクにのしかかるように身をのりだしてパソコン画面を見つめる。「ほら、アカウント画面だ。さっさと移動させろ」

「暗号化キーがわからない。アドレスはわかるが暗号化キーはわからない」

男がマイクの肩に置いていた手に力が加わり、マイクが顔をしかめる。「暗号化キーがわかるのはだれだ?」

マイクは目を閉じて息を吐く。彼のこんな姿は初めて見た。いつだって自制を保ち、つねに堂々としてるのに。癪にさわるぐらい、いつも自信満々で――でもいまは、そんな姿を取り戻してほしい。自信過剰でうぬぼれた顔、知ったかぶった口調、小学生相手にでもするようにくどくど説明する上から目線の態度。そんなマイクに戻って、こんなことを終わらせてほしい。「目下、暗号化キーを探してるところだ」

エアロスミスが椅子をもうひとつ取り出すと、ゴルフシャツがマイクの正面に座り、テーブルに肘をついて寄りかかる。「おれにわかるように説明しろ、マイク」

そうよ、わたしはすがる思いだった。**わたしたちにわかるように説明して。**

「暗号化キーをデジタルウォレットやウェブにつながるなにかに保存するわけにいかなかった。セキュリティリスクやら政府に押収されるおそれやらがあるから。もっとも安全な保存場所は、古くさいが――ペンと紙。ビットコインに初めて手を出したときから、おれがコロラドに使ってた保存方法だ」

マイクが間を置くと完全な静寂が広がる。うなずいたり、理解した印につぶやいたりという反応を期待していたのだとしたら、それは得られなかった。「緊急の場合に簡単に持ち出せるものでなければならなかった。火事や洪水から守ってくれるもの」マイクは、吐きそうな顔をしているジェイコブをちらりと見る。「だから、酒のボトルの入ってる木箱に暗号化キーを書いた紙を隠して、うちの食品庫のリカーキャビネットに保管した」

え、嘘でしょ。

「酒は夫婦の思い出の品で、結婚二十周年の記念日に開けて飲むことにしていた——」

ゴルフシャツが口を挟んだ。「要点を言え」

「理由はわからないが、妻が、死んだその日にその木箱をうちから持ち出していた。今日は彼女の動きを追っていたんだが、木箱はまだ見つからない。警察やらこんなことやらに」——マイクはジェイコブと男たちを身ぶりで示す——「気を取られてたし」

「コロラドから気をそらしてただと？」男は笑ったが、その声にはおもしろがっている気配はまったくない。「よくもまあコロラドから気をそらすことができたもんだ」

コロラドというのがなにか、なぜ暗号化キーが必要なのかはわからないけれど、ジェイコブがこうして拉致されたのも、マイクがパソコンの前で汗をかいてるのも、わたしのせいかもしれない。

「奥さんが死んでもう二日になるな、マイク」男がゆっくりと立ち上がり、椅子をテーブルから遠ざける。「暗号化キーがないことに気づいたのはいつだ？」

「今朝だ」

「今朝？」男はこの返答が気に入らないようだし、わたしも気を失いそうで、かすかな吐生きてる普通の人間が感じる不安のせいなのか、この世とのつながりが弱まりつつあるせいなのか、き気まで覚える。この世とのつながりが弱まりつつあるせいなのか、生きてる普通の人間が感じる不安のせいなのかはわからないけれど、この状況はまずい。とてもまずい。

あの木箱をどうしたか、懸命に思い出そうとする。歩いて墓地まで行き、そこでお酒を飲みはじめた。硬い木製ベンチに座って、結婚二十周年目を迎えるまでにマイクと離婚してるのかななんて考えながら、二羽のモッキングバードが喧嘩してるのを眺めてた。そのあとは……

「今朝……」男が繰り返す。「サム・ナイトと会う前かあとか？」

「えー、前かな」まるで、湯船に入る前につま先で温度を確かめているみたいな、自信のなさそうな口調だ。

「ほら、サムはあやしいやつだからな」

「ルイス……」マイクは懇願するような口調で言って両手を合わせる。

「おまえは、おれたちの金を使ってあいつとたくさんの取引をしてきた。利益をあげた取引もあった」男は首を傾ける。「損害をこうむった取引もな」

「資金洗浄のためだ」マイクは小声で言う。「損害をこうむった取引も」

「そうだな。だが、疑わざるをえないんだよ……この仕事にサムは最適なのか、と」男――ルイス――がまた腰を下ろすと、金属と金属製のヒンジがすれて椅子がきしむ。「となると、おまえがこの仕事に本当に最適なのかを疑うことになる」

記憶をたどるのと、目の前で明らかになっていく情報を追いかけるのとで、わたしの頭は二分されている。ジェイコブに目をやると、やはり注意深く耳を傾けている。わたしたちふたりとも、存在すら知らなかったパズルのピースを組み立てようとしている。

息子を誇らしく思う。この子が黙って見ていること、泣かないこと、様子を見守り感情を抑えて待っていることが。父親譲りでもあり、わたしに似た一面でもある。この子の半分はわたし。この子を育てたのはマイクよりもわたし。ジェイコブのうしろへまわって両腕をまわして抱きしめようとしたけれど、わたしにはもう腕も脚もない。いまは、この場にいて、消えるのを待ってるだけ。

「なにしろ……」ルイスは短パンの脚の部分を引っぱってまっすぐに整える。「おまえが彼を引き込んだとき、おれたちはおまえらの関係を知らなかったからな。厳密に言うと、彼の性的嗜好はわかっていた」――わかっているというように男は肩をすくめる――「かなり見え見えだったからな。だが、おまえの性的嗜好には気づかなかった」

おまえの？　わたしは意味がわからず、マイクがさらに青ざめた理由を知ろうとして彼を見つめる。

「おれたちのビジネスにロマンスは禁物だ。秘密を守るにもな」

ロマンス？　この男は、サムとマイクが関係を持ってたってほのめかしてるけれど、そんなはずがない。ジェイコブが猫の鳴き声のような小さな音を漏らしたそのとき、階段を下りてくる足音が聞こえた。

「秘密をすべて明かそうぜ、マイク」ルイスが言う。「さあ」

ちらつく映画の画面のような記憶がひとコマ進んで、わたしは不意にすべてを思い出していた。

69

リリアン

死の当日

振り返ってみれば、マイクの愛人問題はこの一回きりではなかった。十八年もの結婚生活のあいだに彼は何度も浮気をしてたんじゃないかと思う。わたしだってデイヴィッドと過ごした時間は幸せだった。別人になった気がして、それが楽しかったし、ひょっとすると……マイクが浮気ばかりしていて、わたしが別のだれかといるほうが幸せだとしたら、マイクとの結婚生活にはなんの意味もないのかもしれない。

わたしはバーボンのボトルを傾けて飲んだ。バーボンの風味にだんだん慣れてきて、何度もちびちび飲むうちに刺激を感じなくなった。昔はバーボンが好きだった。毎年クリスマスに飲んでたのは……シナモン・メープル・バーボンサワー。それだ。サムがお得意のエッグノッグといっしょによく作って、チョコレート・ビスコッティを添えて出してくれた。そのときのために少し残しておかないと。

離婚することになったら絶対にサムを味方にする。サムはマイクに好意を抱いてるけれど。わたしはまたバーボンを飲み、サムと出かければだれかと仲を取り持とうと躍起になるだろうと考えて笑みを浮かべた。なんなら彼のうちへ転がり込もう。部屋はたくさんあるんだし。あんな大きな家よ。たしかに、サムは整理整頓に少しうるさい。一度でも床に土の足跡をつけたり、なにか飲むときにコースターを使わなかったり、シャワーを使ったあと髪が落ちてたりしたら、すぐにわたしを追い出すだろう。

わたしは腕時計をちらりと見てため息をついた。うちへ戻ったほうがいい。二時間後に弁護士と会うから、着替えて気持ちもしゃっきりさせないと。バーボンは木箱にしまってリカーキャビネットに戻せばいい。マイクが気づくのは離婚届を出したあとか結婚二十年の記念日を迎えたときだろうし、そのころには――まだ結婚生活が続いてたとしても――何口分か中身が減ってたってだれも気にしない。

ボトルを見つめた。減ってるのは何口分どころじゃないかもしれない。こんなに飲んだっけ？　立ち上がると、いちばん近くの墓石が揺らいだ。ああ、はいはい。空きっ腹にアルコールと薬はよくない取り合わせかもしれない。

ボトルを木箱に押し込んで、マークジェイコブスの緑色のトートバッグに戻し入れた。ため息をついて、バッグの紐を肩にかけた。おぼつかない足どりで一歩、また一歩前に進んだ。右脚の力が抜けたので、ベンチの端をつかんで体を支えた。

わかってる、酔っぱらってる。まわりを見まわして、吐こうかと考えた。あたりにはだれもいない。いちばん近いヤシの木まで急いで行って寄りかかって吐いたって、だれにも見られない。

低い鉄製の門の向こうを車が通ったので、その考えを捨てた。うちまでたったの四ブロック。なんとかうちまで帰って、プライバシーの守られたバスルームに飛び込むことができるだろう。ここで吐いたりしたら、下手をすれば、ゆうべ食べたピザのかたまりをシャツの前一面にべっとりつけるはめになる。

覚悟を決めて門をめざし、無事に歩道に出ることができた。歩道から目を離さずに片足ずつ交互に前に出して、最寄りの通りの交差点に立つ標識のところまで進んだ。うちのある通り。あとは右へ曲がって三ブロック行けば……ほうら。うちに到着。楽勝よ。

ああ、喉が渇いた。喉がからからで、舌が張りつきそう。いま角氷を口に放り込んだら、燦然たる喜びを感じるだろうな。

〝燦然たる〟。あまり聞かない言葉。現に、千件以上も訃報記事を書いてきたけれど、その言葉を使ったことは一度もない。使ってもよさそうなものなのに。〝彼女は燦然たる人生を送り……〟。わたしは顔をしかめた。訃報記事で使うにはふさわしくない形容詞かもしれない。

「リリアン？」だれかに名前を呼ばれて、自分が道路標識に寄りかかっていたことに気づいて背筋をしゃんと伸ばした。

黒光りするSUV車に乗ったわがナイト、サムだった。下ろした窓から、頭がふたつある怪物でも見るような目でわたしを見ている。「迷子になったのか？」彼は笑い、手招きした。「ほら。乗れよ」

わたしは左、右、また左を見て、車が一台も見えないことを確認してから慎重な足どりで助手席に近づき、乗り込んだ。足もとにバッグを置いて彼に向き直った。「ハイ。いい車ね」

「ハイ。ありがとう」彼は青い野球帽の下からわたしに笑いかけた。「酔っぱらってるようだな」

「かなり酔ってる」わたしは認めた。「あなたが帰ったあとリカーキャビネットをのぞいたかも」

「ほら、これ」彼がカップホルダーからスターバックスのカップを持ち上げた。

「これだから、一生あなたのこと大好き」わたしはパンプキンスパイス・ラテの入ったカップを両手でうやうやしく持った。「わたしに持ってきてくれたの？」

彼がほほ笑んだ。「今朝、落ち込んでるみたいだったから。もう一度、様子を見に行きたくなって。カフェインが効くんじゃないかと思ったんだ」

「ありがとう」わたしは大きくひと口、またひと口飲んだ。目を閉じてヘッドレストに頭を預けた。「二時に弁護士と会う約束があるの」

「時間はたっぷりある。心配いらない」彼はうちのブロックの手前で右へ曲がった。

「ちょっと。うちへ送ってよ」わたしはうちの方向を力なく指差した。

「送るよ。急いでリスティング契約の確認をしたいだけだ。安心しろ。どのみちマイクと会う前に少しは酔いを覚ます必要があるだろう」彼がモニターをタップしてアイコンを押すと、助手席のシートがうしろへ傾いた。

わたしは感謝のうめきを漏らし、パンプキンスパイス・ラテをまたひと口飲んだ。「ベンティ・サイズにしてくれればよかったのに」

彼は笑って、ゆっくり曲がって住宅街を進んだ。「欲ばりだな。たいてい、ありがとうとだけ言うんだ」

「ありがとう。次からはベンティ・サイズにしてね」またごくごく飲んでからカップを振り、もう空になったと示した。手を伸ばして彼の腕をつかんだ。「冗談よ」

「笑えないけどな」彼が言い返した。

「笑えないけどね」わたしは認めた。

「今後きみには二度と極小サイズのパンプキンスパイス・ラテを買わないと厳粛に誓うよ」彼は片手を胸に当てて、その誓いを強調した。

「ありがとう」彼の腕から手を離すときに、彼が白い手袋をはめているのに気づいた。

「その手袋、どうしたの？」

「保湿手袋だ」彼がわたしの膝のあたりを顎で指し示した。「試してみたいか？ グローブボックスに新しいのが入ってるよ」

わたしは手を振って断わった。シートを倒した状態なのでグローブボックスが遠すぎる。

「この車、かっこいいわ」わたしは後部座席をのぞいた。「新車？」

「特約店の代車だ」

「いいわね。ねえ、サム？」あくびが出た。

「なんだ？」

彼に訊きたいことがあったのに――車の感想を言いたかったのかもしれないけれど――

車内が回転しはじめたので、それを遮断するためにしかたなく目を閉じた。体の下でシートが音を立ててさらに傾き、ほぼフラットになった。サムったら、なんてやさしくて気が利くんだろう。それが、眠りに落ちる寸前に考えたことだった。サムはなんてやさしいんだろう。

サムのいない人生がどんなものか、想像もできなかった。

70

サム

殺人をどう正当化するか？　おれには理由がふたつあった――嫉妬と復讐だ。

彼やおれに感謝しないなんて。身近な人間に敬意も理解も示さないなんて。彼女が指を鳴らして注意を引いたり、ほんのわずかでも目を向けたり、想像力に欠ける新たな失敗をするたびに、おれを放り捨てる彼も彼だ。

選択肢はいくつかあった。彼とも彼女とも関係を断って傷を癒やし、おれの心を巻き込んで際限なく引っかきまわしつづけたふたりとかかわりのない人生を築くこともできたが、問題は金だった。マイクとのビジネスでおれは肥え太った――つねに金を洗浄する必要があったし、不動産の転売はそのための最善の方法だった。去年は彼とのビジネスが七十パーセント以上を占め、ほかの知り合いからでは得られないほどの高額取引のできるクライアントを紹介してもらえた。傷心に目をつぶるなら、彼を失うことは実質できない。だからこそ、縁を切るという選択肢を捨てて簡単なほうを選んだ——彼女を亡きものにするほうを。

哀れなリリアンのおかげで手間が省けた。彼女は、飲みものを渡してやるとがぶがぶ飲む。薬瓶の中身をすり替えておけば、瓶に入ってる薬を服む。一年前に二カ月連続で双極性障害の薬をすべてエストロゲン遮断薬に入れ替えて、彼女の反応を見てきた。〈パーチ〉で彼女の飲みものにGHBを入れてみたら、丸六時間も意識を失っていた。彼女がパンプキンスパイス・ラテを華奢な両手で持って車に乗ってるあいだ、おれには選り好みできる選択肢がさまざまあったが、当然ながら考えがあった。かのベンジャミン・フランクリンが言ったように〝準備を怠るのは失敗への準備をしているようなもの〟であり、殺人は失敗するわけにいかない。金に困ることも愛情を放棄することも、刑務所に入るなんてことも、おれの未来図にあってはならないから、リリアン・スミスの命を終わらせるための完璧な方法を何百時間も思い描いてきた。

だからこそ、これは完全犯罪だし、おれは絶対に捕まらない。明日は今日計画を立てた人のものであり、おれはこの日のために何年も計画してきたんだから。

だが、殺害方法や殺害理由といった光の当たる部分に足を踏み入れる前に、おれには彼女の夫と寝るつもりも恋に落ちるつもりもなかったという点ははっきりさせておきたい。五年前、ある瞑想のクラスで可愛くて風変わりな記者と出会い、友情が始まった。彼女に夫がいることは知らなかったし、気にもしなかった。彼女に好意を持った。彼女はおれを笑わせてくれた。彼女は精神的にもろく、おれを楽しい人間だと思ってくれた。恋人募集中で時間を持て余してたおれは、知的な友人を持つという考えが気に入った。彼女はエックハルト・トールのことをちゃんと知っていたし、近代哲学や生と死の理論、生と死の戦い、生と死の旅などについて議論することができた。

ただ好意を持っただけじゃなく、愛情を抱くようになった。彼女の息子にも、バイク集会に連れて行ったり、チェスを教えたり、うちの家政婦の娘とデートのお膳立てをしてやった——美しい娘で、セックスすればよかったのにしなかったようだ。リリアンの夫には仕事の話をして、不動産市場へ引き入れ、ほかの人なら乗らなかったかもしれないインサイダー取引を何度かやった。彼がステーキを焼いてるあいだ、おれはビールを飲み、〝男のゲーム〟をした。得意だからだ。ストレートの男どもより男らしくできる。だが、リリアンが病気と闘いはじめ……状況が一変した。気持ちが沈んだり高ぶったりする彼女を、マイクとおれが交代で見守り手を貸すために、絶えず連絡を取り合うようになった。夜遅く彼女がカウチで眠ってしまうと、ふたりで夜どおし酒を飲んだり、おれが彼らの家に泊まることもあった。酔っぱらっていたし、時間も遅いし、まだ清らかな関係だったから。ただ、そういう空気はあった。

ああ、あの空気感。電気が走るようなあの空気は、初めての男を思い出させた。おれがまだストレートだったころ——なんと牧師の息子だ——すでに彼女がいたころだ。彼女はきちんとした服装をしていて、聖歌隊で歌い、おれにキス以上のことを求めなかった。彼女にはジョンという兄がいた。彼と目が合うと息が胸につかえ、心臓が高鳴った。先に行動を起こしたのは向こうだ。彼にキスされたとき、これこそが人生で唯一のわくわくする重要な瞬間だという気がした。

あのときと同じ禁断の欲望をマイクに対して感じていた。ひょっとするとリリアンのせいかもしれないし、彼が懸命に回避しようとしていたからかもしれない。結婚の誓いを守ってストレートでありつづけようとしていたからかも。理由がなんであれ、彼と手がかすめただけで奇跡を感じ、ふたりのあいだの空気にエネルギーが満ちるので、なぜ彼女が気づかないのか、なぜ二キロ弱圏内にいるだれにも見え見えにならないのかがわからなかった。

あの空気が一度だけ高まったのは、市場が反転してマイクのクライアントの不動産取引が——初めて——失敗したときだ。ちょうど、彼が独自の取引におれを引き込んでいっしょに少しばかり違法な工作を行ない、おれに対する信頼が大きくなって絆が強まり、おれの分け前も増えていったころだ。マイク・スミスはおれの目の前で正真正銘の悪党へと変貌していった。

知性は強烈だ。知性と金と力を併せ持てばとてつもなくセクシーだ——なのにリリアンは、自分の夫の備えている魅力をまったくわかってなかった。

だから、そう、おれが彼に惚れ込んだ。だが、彼もおれに惚れ込んだ。リリアンには肉体だけの関係だと言えばいいけど、それは嘘だ。彼はおれを愛している。おれたちは愛し合っている。彼はリリアンの怒りの爆発を抑えるために、おれたちの関係を控えめに伝えざるをえなかった。それなのにリリアンは、たちまち本来の性格をあらわにして情事に走った。そうなったとき、彼はおれのところへ戻ってくると思っていた。

そう思っていた。それがおれの最初のあやまちだった。いつもマイクに思い知らされるおれの早合点。だから、彼が味方になってくれる、ふたりで戦う、あの動画のきまり悪さと現実をいっしょに乗り越える、とリリアンが言ったとき、おれはますます不快になっただけだ。おれの雇った私立探偵が撮った動画。リリアンとマイクの夫婦関係、リリアンとジェイコブの母子関係に最大限のダメージを与えるようにおれが編集して投稿した動画。

あの動画が彼らの夫婦関係にあっさりとどめを刺すはずだった——彼らの関係には修復

不可能なひびが入ってるという証拠になるはずだった。容易かつ迅速に決断を下す根拠になるはずだったのに、マイクはその決断を下せなかった。彼の〝情事〟に気づいたリリアンへの対処をあやまったように。

だからおれは、やむなく彼女を殺した。彼の代わりに決断を下すしかなかった。容易な決断ではなかったが、最近の彼女が身勝手すぎたことがひと役買った。彼女との友情を見直して、あまりに一方的だったことに気づいた。マイクとの結婚生活もそれと同じ。リリアンとの友情は、要は彼女を助けること。彼女を支えること。彼女がばらばらに壊れたら、そのかけらを拾い集めて組み立てること。

彼女の殺害は長い道のりの終着点だ。彼女がもう少しだけ身勝手ではなく他人を思いやっていれば、その道からそれて別の安全な場所にたどり着くこともできたのに。

なのに、死んでしまったいまもなお彼女は頭痛の種だ。ルイスがリンウッドへ来いと言うから、内覧をキャンセルして、彼とその手下どもに茶番劇を披露するために車で向かっている。きっとコロラドの件だろう。取引データはすべて手もとにあるが、マイクにも言ったとおり、保留中の取引から撤退するのはまちがいだ。幸いおれのまちがいではないが。

もっとも、もしもリリアンが生きていて、警察がマイクの周辺を嗅ぎまわってなければ、だれもびびったりしなかっただろう。

リリアンの携帯電話で偽の電話をかけたのはまちがいだったかもしれない。だが、あのときは名案だと思った。だれも親友のおれを調べようとしないはずだ。立派な容疑者がふたりもいるんだから――デイヴィッドとマイクが。それに、リリアンが自殺するとしたら、きっと電話をかけて訃報記事を依頼する。いかにもリリアンらしい突拍子もない行動だ。

おれはもともと俳優になりたくてロサンゼルスへ来たので、リリアンの小声のかすれ声をまねるのは簡単だった。よくマイクに向かって彼女の口まねをしてふざけてたし。電話の相手はまんまとだまされてくれた。DV相談ホットラインのオペレーターの心配そうな声は――〝どこか安全な場所をご用意しましょうか?〟――おれの口まねがみごとだという証だった。おれは車で市内をでたらめに走り、彼女の携帯電話を宅配業者のトラックの後部に放り込んでからマリブへ戻った。自分の独創力を褒めてやっているあいだ、リリアンの死体が後部座席に転がっていた。

ルイスの手下どもについてランチ様式のぼろ家のなかを通り、未仕上げの階段を下りて地下室に入った。何人かがおれたちを待っていた。天井にぶつけないように頭を下げ、薄暗い室内に慣らそうと目を細めた。

最初にわかったのはジェイコブの顔だった。彼がここにいる意味に気づいて胃が重くなった。ルイスが椅子のなかで向きを変えておれを見た。彼の奥、ジェイコブの隣で、折りたたみ式テーブルに向かって座り、両手に頭をうずめているのはマイクだ。
なるほど。その種の会合か。

71

サム

この地下室は不潔だ。これまで、マイクのクライアントと会うのはステーキハウスか高級ホテルのスイートルームだったし、一度はオンラインだった。今回は巻き込まれたくないたぐいの取引だが、カルテルとのビジネスの危険性はいわゆる悪党の要素をいつだって与えてくれたし、人生に厚みを加えてくれるその秘めた一面を、おれは楽しんでいた。

マイクとジェイコブの表情を見て、いまはお手上げの状況なのかもしれないと思った。最初は、おれがリリアンに行なったことを問いただされるのかと思ったが、カルテルはビジネスに影響を及ぼさないかぎり個人的ないざこざには関心がないようだ。それに、おれはつねづね、マイクとの情事もリリアンとの友情も仕事とは切り離すようにしてきた。あのあやまちが――DV相談ホットラインに残したボイスメールのせいで疑惑の目がまちがいなくマイクに向けられる——おれをつつくが、電話をかけたのがおれだと突きとめられるはずがない。

マイクと目が合った。不安の色を浮かべた申し訳なさそうな目。おれのあやまちを案じているのはおれだけじゃないのかもしれない。この場面をじっくり眺めた。空気は張りつめ、カルテルのメンバー五、六人が戦争に備えるかのように周囲を取り囲んで立っている。アイロンのかかった清潔な服装のルイスはその対極をなしている。

「こんばんは、みなさん」おれは温かい笑みを浮かべた。ここでもまた、演技レッスンなんてまったくの無駄だという父の思い込みがまちがっていたことが証明された。挨拶の言葉がよどみなく自信たっぷりに口から出てきたおかげで、おれを見たルィスが、その落ち着き払ったふるまいや態度からこの件に関して——それがなにかはわからないが——潔白だと判断を下したのがわかったからだ。「これはいったいなにごとです？」

「コロラドを移そうとしている」ルイスが言い、頭を傾けてマイクのほうを指した。「マイクがビットコイン口座の暗号化キーを失くしたと言うんだ」

「はああ？」精いっぱいこらえたものの、ぽかんとした顔になった。「〝失くした〟ってどういう意味だ？」

「ある酒のボトルといっしょにうちのリカーキャビネットに隠しておいたんだ」マイクが

げんなりと言った。「死んだ日にリリアンが持ち出したようでね」

〝ある酒のボトル〟。〝リリアンが持ち出したようでね〟。パズルのピースがぴたりとはまり、車で拾ったときにリリアンが持っていた酒の入った木箱を思い出した。あの目的のために借りたSUV車を掃除しているときに見つけて、彼らの結婚記念日の記念品だと気づいた。リリアンに対する屈折した怒りの徴としてうちへ持ち帰り、裏のデッキで海を見ながら、彼らの結婚生活が終わったことに乾杯したんだった。あのボトルと木箱はわが家のごみ圧縮機に放り込んだので、朝になってメイドが来るまで安全だ。自分の手にしたものに気づいて鼓動が速まった。五億ドル近くあるはずのビットコイン口座コロラドの暗号化キー。マイクの打ちひしがれた顔、いまにも不安発作に襲われそうなジェイコブの顔、生えぎわに玉のような汗を浮かべているルイスの顔へと目を転じた。切迫した状況でも冷静を保つことを誇りとしている男にとって、それは精神的に参っている証にも等しい。**暗号化キーのありかを知ってるのはおれだけだ。**その事実の持つ力が目もくらむほど圧倒的なので、両手を短パンのポケットに突っ込んだ。だれにも見られることなく握りしめることができるからだ。

「なるほど」おれは咳払いをした。「で、おれがなぜここに?」

「まあ、やる気を起こさせるためかな」ルイスは笑みを浮かべた。「マイクの記憶を呼び起こすため――それに、おまえはリリアンを知ってる。そのボトルを置きそうな場所に心当たりは？」彼は、大事なものをすぐ手の届く隠し場所に置いていたことに対する苦々しさをあらわにしてマイクを睨みつけた。

「サム、ひとつ断わっておくが」ルイスは舌打ちした。「暗号化キーを取り戻せなければ、関係者全員に罰を与えるほかない。おまえが関係者だと言ってるわけじゃない、サム……だが、マイクとおまえが好意を持ち合ってたことは、おれたちみんなが知ってる」

罰を与える。それがどういうものかは見たことがある。ルイスの送りつけてきた、おれたちから不動産手数料をだまし取った住宅開発業者の写真をマイクが見せてくれたことがあるからだ。生きてるあいだに目玉をくり抜かれていた。

うーん。道徳的ジレンマが強い。暗号化キーが手もとにあると打ち明けてもいいが、そうするとボトルを持ち出したあとのリリアンに会ったことをマイクに知られてしまう。そして、彼女の死の責任がおれにあることがマイクにわかってしまう。暗号化キーを引き渡せばマイクとジェイコブの命を救うことにはなるが、マイクとよりを戻すチャンスはまちがいなく台なしになる――今後マイクと長期的関係を続ける見込みが正式に失われるからだ。そう考えると心が沈んだ。ふたりでいる光景を思い描いてたから。おれの家ではなく――もっと大きな家を買い、旅行もする。たくさん旅行する。マイクは、飛行機恐怖症だとよくリリアンに言ってて、家族旅行ではどこへでも車で行ってたけど、あれは彼が運んでるものや秘密の任務を隠すためだった。実はマイクは人並みに飛行機のファーストクラスが大好きで、おれたちは国じゅうをいっしょに小旅行した。リリアンから解放されたらもっといっしょに旅行できると、おれは思っていた。

「そこで、ひとつ質問させてくれ。おまえはリリアンをよく知っていた。彼女がその木箱とボトルを置きそうな場所をどこか思いつくか？」ルイスが立ち上がり、おれの前へ歩いてきた。

多額の金が絡んでるので、おれのジレンマは一周して戻ってきた。どっちにしてもマイクとの関係が終わるのなら——彼が殺されるか、おれがリリアンを殺したことを自白するかのどちらかで——せめて金ぐらいは手にしてもいいんじゃないか？　あれほどの金はただ人生を変えるだけじゃない。人生を創造する。法外な富は、おれを安全と匿名性で保護して、末長く幸せで平穏な生活を約束してくれる。それぐらいの褒美をもらって当然だ。おれが勝ち取った褒美だ。

「いや」おれは力ない声で答えた。——完璧に、もっともらしい声が出た。「おれは……どこにあるか見当もつかない。だが、頼む——もう少し時間をやってもらえれば、マイクがどこか思いつくかもしれない」こうもみごとに完璧に焦点をマイクに戻した自分に、つい頬がゆるみそうになるのを抑えなければならなかった。ときどきそうして抑えている――おれの独りよがりの笑みは、父がかつて指摘したように、相手に〝ボルトカッターで唇を切り落としたい〟気を起こさせてしまうからだ。ルイスはボルトカッターの扱いがうまそうなので、おれは唇を引き結び、心を痛めているような目をした。〝だれの責任か忘れないようにしよう。マイクに解決させろ〟。

「マイクは解決する意欲を欠いてるらしい。その点は手助けしてやれると思うが」ルイスは、黒いTシャツにふさふさした顎ひげの男に片手を差し出した。男が拳銃を渡すと、ルイスは銃口をおれのほうへ向けた。おれがはっと息を吸い込み、口を開く前に、銃口はさらに左へ動き、マイクを通りすぎてジェイコブを狙った。

ジェイコブ。初めて会ったとき、あの子は十二歳で、頬がぽっちゃりしていた。おたがい下品なコメディアンやアクション映画が好きで絆を深めた。以前、本物の女よりもエイリアンの女に魅力を感じると打ち明けてくれたことがある。父親はダサくて母親は料理下手だと思っている。学校の評価や見解をおそれている。ある意味、若いころのおれによく似ている。その一方で、彼の頭をよぎるものが理解できないこともある。

リリアンのあの動画を投稿するのはつらかった。理由は彼女じゃない――彼女に対しては怒りがふたつあったから。だが、ジェイコブや彼の友人たち、学校がどんな反応を示すかは正確に予想できた。あの動画がジェイコブにどれほど深刻なマイナス影響を及ぼすかわかっていたが、リリアンとマイクの結婚生活にしかるべきダメージを与えるためにはそれぐらいの恥辱が——それに対するジェイコブの反応が——必要だった。

息を呑んで銃口を見つめ、左の目じりから涙をこぼすジェイコブを見つめた。マイクとリリアンが犯したあやまちのせいであの子が死ななければならないなんておかしい。本当にあの子をこのまま死なせるのか？

おれは暗号化キーを持っている。いますぐ連中にそう言って、わが身を投げ出してジェイコブを救ってやってもいい。

わが身を投げ出せばマイクを失う。

金も。

どのみち、連中は皆殺しにするつもりかもしれない。

おれはジェイコブの顔から目をそらし、コンクリート床の亀裂を見つめた。

マイクが涙ながらに命乞いをし、おれは銃声が轟くのを待った。

72

リリアン

こんなこと、我慢できない。夫に、サムに、だれかに、なんとかしてと叫んでいた……でも、ゴルフシャツがジェイコブに銃口を向けても、みんな、ぼさっと立ってるだけだった。

サムは暗号化キーを持ってる――本人もそれをわかってる――くせに、ジェイコブの顔を見据えたまま黙ってる。その瞬間、わたしを殺したのはサムだとわかった。あのパンプキンスパイス・ラテ、それか、そのあとくれたなにかかもしれない――なんだったにせよ、わたしが心のなかに、わが家に迎え入れたこの男が……ルイスという男はなんと言ったっけ？〝おれたちのビジネスにロマンスは禁物だ〟。

サムは冷酷で嘘つきで人殺しだ。そして、こんなことになったのは、またしても、わたしの責任。わたしたちの人生にサムを招き入れたのはわたし。彼を信用してた。彼に愛情を感じてた。彼から真実を聞き出してしかるべきマイクも、どうやらそうだったみたい。ルイスがなにか考えつく最後のチャンスをマイクに与えると、サムは臆病者のように床を見つめて、ジェイコブが殺されるのを待ってる。わたしは怒りが爆発して体が震える。どうして映画みたいにいかないの？　一陣の風を起こすとか、ルイスをうしろ向けに突き倒すとか、サムの頭のなかに入り込んで自白させるとか。

頭上で大きな音がした。銃声じゃなくて、なにかがぶつかったようなドスンという音。全員が天井を見上げる。

また音がしたあと、叫び声と重い足音が聞こえた。地下室にいる男が全員――マイクとジェイコブとサムをのぞいて――大声をあげて動きはじめたけれど、どこにも逃げ場なんてない。わたしたち全員が地下室に閉じ込められてるんだから。階段からなにか投げ込まれ、突然、まばゆい光と大きな音とともに爆発する。反射的に隠れようとすると、不意に家の外にいた。そこかしこで制服警官が拳銃をかまえて家を取り囲んでいる。と、ある顔を見て喜びと安心でわたしの心が舞い上がる。

防弾チョッキで胸部を覆い、家から離れたところに立っている作業衣姿のレニー。ぴんと伸ばした背筋、硬い顔、家を見渡している目。

レニー。墓地管理人の作業衣に身を包んだアルコール依存症の彼は、わたしにとっては輝く甲冑に身を包んだ騎士のようだ。

73

マイク

四日後

ひょっとするとリルは天使で、願いごとをしたのかもしれない。理由はなんであれ、おれは第4クォーター残り三秒の土壇場で救われた。特別対策班は麻薬取締局《DEA》と地元警察の合同部隊で、一階にいた老女も含めて全員を逮捕したあと、連行した警察署で詳細を整理した。

もともと、おれの四番目か五番目の緊急時対応計画は共犯証言者になることだったので、逮捕されると容易に決断できた。家は書類の宝庫だし、おれは客用ベッドルームの金庫と裏庭の物置のコンビネーション錠の番号を教えた——もっとも、どちらも連中は自力で解錠しただろうが。

三日連続で連邦野郎四人と地元警察官ひとりと部屋に座って、カルテルのメンバーひとりひとりについて、サムとの取引も含めておれがかかわったことのある取引について、くわしく供述した――ただし、取引に用いた金の性質についてサムはなにも知らないと主張した。

連中はそれを疑っていた。それは連中が交わす視線でわかった。おれが馬鹿なのか嘘をついているのか判断しかねているが、おれがその嘘を譲らないので連中は話を先に進めた。おれには供述することがほかにもたくさんあったからだ。

おれは司法取引を望んだ。ジェイコブとおれに、この先一生の証人保護プログラムの適用を。山間の寒い町で。大都市に近いが、市内ではない場所で。連中はうなずき――ああ、いいとも――すべての要求に同意する意向だった。全面的な免責まで。期待はしていたが、うれしいことに変わりはなかった。

資産をすべて差し押さえられてもかまわないが、リリアンの生命保険証書だけは、新しい身元を得るジェイコブの手に渡るようにしてもらいたい。それはどうかなと言われた――六百万ドルは法外な金額だ――が、だれかがだれかに電話をかけると承認された。〝おめでとう。あんたは未来の大金持ちだ〟。おれは息子が三十歳になるまで信託財産にすると主張した。それだけ時間があれば、正しい資金管理の方法を教えてやれる。

ジェイコブは怒っているが、かまうものか。危うく、あいつの頭が吹き飛ばされるのを見せられるところだったんだから、あいつが生きててくれるだけで感謝する——いずれ、すべてのかたがついて落ち着いたら、なぜあの家へ帰れないのか、なぜこれまで知ってい た人と二度と口をきいてはいけないのかを理解するだろう。少なくとも、理解しはじめるだろう。

おれとしては、これで安心だ。サムにはうんざりしていた。カルテルからの絶え間ない圧力に参っていた。この二年は引退を夢見ながら過ごしていた——むろん、海を望む豪邸での暮らしを望んでいた——が、小さな町での暮らしにも適応できる。どんなひどい失敗をしてもだれにも殺されることのない仕事に就く。新しい女と、まあ男かもしれないが、出会う。息子を育てるという仕事をもっと上手にこなす。

明日にはプライベートジェット機に乗って新しい家へ向かう。リリアンの埋葬が行われているころに、上空で新しい身元と住所を手に入れる。そのことはジェイコブにはまだ言ってないし、あいつも葬儀のことはまだ訊かない。葬儀は一週間ほど先だと思ってるんだろうが、この先おれたちが彼女の墓を訪れることはまずできないだろう。

「それで？」正面に座っている男がペンで紙を軽く打った。「四億ドルもの金が失くなったというのか？　取り戻せない、と？」

おれはつねづね、仮想通貨のことが理解できない連中をおもしろがっていた。そういう連中は決まって、カスタマーサービスに電話をかけるとか用紙に記入するとかすれば、失くした暗号化キーを取り戻すことができると思い込んでいる。

「だれかが暗号化キーを見つけ、それがなにかわかって、それを使うアカウントのアドレスを突きとめないかぎりは」すでに二回答えたのとまったく同じ答えを繰り返した。

「アカウントのアドレスをどうやって突きとめるんだ？」

おれは肩をすくめた。「なにを探してるかをわかってる腕のいいハッカーなら突きとめるかもしれない。暗号化キーとはわけがちがう。アドレスはさほど重要ではないから安全性も低い。小切手のいちばん下に記されてる銀行口座番号みたいなものだ」

「要するに、金は失くなったわけか？」別のスーツの男が黙っていられなくなったようだ。

「そうだ」一週間前なら、それがばれたらおれの身は完全に破滅していた。だがいまは、次へと進む用意ができている。

74

リリアン

わたしにとってはすべてがまもなく終わると思う。ジェイコブにしがみつくこともろくにできない。あとをついていくと、ジェイコブは白い通路を通ってカウンセラーと話をした。写真を撮られ、指紋を採取されて、それが新しい身分証明書に貼りつけられる。わたしは消えて、また現われたときにはかなり時間が経っているけれど、なにを見逃したのかはあまり気にならない。

感情も薄れてきて、マイクが契約書にサインして犯罪組織らしきものの秘密や詳細を供述するのを見ているうちに、心配と関心もうっすらしてくる。彼はどれぐらいの期間、犯罪組織の仕事をしてたんだろう？　どうでもいい。本当にサムと情事を？　どうでもいい。人間らしい感情と関心を失うのは、感情と関心からの解放だ。ひょっとすると、ジェイコブとマイクは見つかって殺されるかもしれない――それでもかまわない。死は一瞬だ。自分が死んでることも忘れるぐらい。わたしは薬物を混入されたパンプキンスパイス・ラテを飲んで眠った。警察がマイクに語った話では、犯人はサムらしいけれど、それっておもしろくない？　あのパンプキンスパイス・ラテだったのか、その少しあとに錠剤を服まされたのかは定かじゃないけれど、わたしが覚えてるのはシナモンとかぼちゃの味……そして眠ったこと。言ったとおり、死にかたとしては悪くない。

思うに……

一瞬消えてるあいだにジェイコブが飛行機に乗ってて、わたしはロサンゼルス市を見下ろしながら、葬儀はもう始まったかなと考えている。いまから？　もうすぐ？　長年、故人に対する思いやその人の大切さを訃報記事に込めてきたわたしが、自分の訃報記事になにが書かれているのか気にならないなんて、おかしなものね。やっぱり、最後の訃報記事は自分で自分に書くほうがいいのかもしれない。

それとも、ただ消えようかな。目を閉じてふわふわと漂って……

75

レニー

葬儀は取りやめになった。あれこれ取り仕切っていたであろう夫が姿を消し、葬儀場は葬儀を執り行なおうとしなかったからだ。

立派な棺に収めてもらえるように手配してやると——代金は前払い済みだった——彼女の遺体は埋葬のためにここアンジュラス・ローズデイル墓地へ運ばれてきた。マーセラの小さな棺に使われたのと同じクレーンで彼女の棺を墓穴に下ろし、つややかなマホガニー材の棺が底につくなり、おれはマーセラを埋葬したときと同じように大声で泣いた——ただ今回は、おれの隣にリリアンは立ってなかった。今回はおれひとりなので、生きつづける理由を見つける必要があった。彼女の墓前に立っていると、生きることをあきらめそうだからだ。

今後の見通しはある。ガーシュという思いもよらない形で。あの手入れの日以来、彼は毎日電話をかけてきて、おれを説得して警察に復職させようとしている。刑事としてではなく内勤でだが、復職すれば、ベッドから出て、酒を断ち、この場所に別れを告げ、マーセラの死を毎日思い出さずにすむ理由ができる。

同僚との仲間意識がなつかしい。悪との戦いも。手がかりを見つけたり、嘘を見抜いたりの勝負も。たとえ脇役にすぎなくても、そのための仕事にかかわることは——ありがたいし、健康にもいいはずだ。痛む大臼歯の治療だってできる。

埋葬の案内をインターネットに投稿しておいたが、参列者は数えるほどだった。リリアンの通り向かいの住人ローザ。リリアンの元勤務先のフラン。リリアンの浮気相手デイヴィッド・ローレント。以前からマイク・スミスを捜査していて、彼に近づくためにリリアンを標的にしたとようやく明かしたデイヴィッド・ローレント。リリアンの母親も、ほかの何人かに交じって来ていた。

目立った欠席者は——サム・ナイト、マイク・スミス、ジェイコブ・スミスだ。マイクとジェイコブがどこにいるかは知っている——新しい身元と、証人保護プログラムのその他の恩恵を手にして、新しい家へ向かっている。墓地の端には、サムが危険を犯して現われるか興味津々の私服警官たちが待機してるが、来るはずがないとおれにはわかっている。

やつはどこかに身を潜めている。この街のどこかかもしれないし、そうじゃないかもしれない。逮捕状が出てるんだから、リリアンの埋葬のためとはいえ、のこのこ現われたりしないだろう。

おれがこれまでに出会った犯罪者どもを思い返してみても、サム・ナイトは頭のいいほうだ。彼女の遺体からはなんの手がかりも識別可能なDNA証拠物件のかけらも検出されなかった。犯罪現場からも。あの地下室にいたこと自体、ロス・コリマ・カルテルとかかわりがあったことを示唆しているものの、彼を二十四時間以上にわたって拘束するほどの証拠はなかった。ロス・コリマ・カルテルを名指しし、主要メンバーの少なくとも六人の名前をあげたマイク・スミスが、不動産ブローカーのサムは違法な資金源には気づいておらず、息子のジェイコブ・スミス同様、無理やりあの場へ連れてこられただけだと言い張ったために釈放されたのだった。

サムの逮捕状を取るまでが大儀だったが、警察の地道な捜査が報われた。パシフィック・コースト・ロードを南へ四百メートルほどのところにあるビーチハウスの防犯カメラに、午後十一時から午前四時までのあいだに——死斑とビーチの波模様に基づいて割り出された、遺体が遺棄されたとされる時間だ——通過した四百四十二台の車両が映っていた。その四百四十二台のうち十四台だけが一時間以内に引き返している。防犯カメラが道路を向いていたおかげでナンバープレートがはっきりと映っていた。十四台の車の所有者が調べられ、そのだれもリリアン・スミスあるいはマイク・スミスと直接的な関係はなく殺害動機もないとわかったが、ただひとり、黒いシボレー・タホの所有者は——トリシア・デナリオという女だ——サム・ナイトから家を購入していた。ガーシュが連絡したとき、彼女はフランスの別宅にいて、問題の車はロサンゼルスの家の車庫に三カ月停めっぱなしでしばらく運転していないと明言した。ロサンゼルスの家に出入りできる人間はいるかと訊かれて、彼女は三人の名前をあげた。そのなかのひとりがサム・ナイトだった。

いまも容疑は確実ではない。あの野郎はリリアン・スミスの自宅周辺の交通監視カメラのある交差点をわざわざ避けてたし、彼女に飲ませたパンプキンスパイス・ラテを買ったスターバックスの店舗も警察はまだ突きとめていない。きっと現金で支払ったのだろう。トリシア・デナリオの家についても同じだ。

鑑識がシボレー・タホを徹底的に調べたが、やつの毛髪も指紋も検出されなかった。

リリアンのDNAは車の助手席や後部座席のいたるところから検出された。血痕は見つからなかったが、指紋と毛髪はたくさん見つかった。それと防犯カメラ映像が充分な根拠となり、サムの逮捕状が出されたのだ。とはいえ、どれも状況証拠にすぎず、おそらく公判を維持することはできないだろう。

やつが逃げた時点で有罪であることは確実になった。少なくともおれの頭のなかでは。数百万ドルもの豪邸と高級車を捨てて姿をくらましたんだから。美術品や家具類、ペットのヨーロッパアナゴを残したまま。

ヨーロッパアナゴ。それがあの男が異常人格者である証拠だと、リリアンは最初に気づくべきだった。

墓穴が埋められるや参列者たちは帰っていったが、おれは残って区画に芝土を置き、花を散らした。墓石の横に小さな薔薇の木を植えてから丘に腰を下ろし、彼女の墓に初めて沈む夕日を眺めた。

リリアン・スミス

母。娘。妻。

その笑い声と笑顔で天国へ召されますように

最後の一行はおれの提案したもので、マーセラの墓石にも刻んだリリアン自身の言葉だ。リリアンよりマーセラにはるかに合う言葉だが、その借用をリリアンは気に入ってくれると思う。気に入らないかもしれないが、こっちは、あるもので最善の決断を下したんだ。

太陽が完全に隠れてしまうと蚊が出てきた。おれはショベルとバケツを持って造園小屋へ戻った。

小屋でひとり座ってランプをつけ、一生懸命に彼女の訃報記事を書いた。

76

サム

これぞ四億ドルの力――やりたいことはなんでもできる。しかも金はどんどん増える。おれの新たな貯蓄は、年に千五百万ドルの利子を生む。一日当たり四万二千ドル。あっちにもこっちにも支払いをして、ひと目見て気に入ったものを買っても、残高は変わらない。昨日はパテック・フィリップのヴィンテージ時計を買った。今日はプール従業員に五千ドルのチップをやった。このリゾートのだれもがおれを知っている。好みの酒や乗っている車も――ちなみに一九五七年型ピニンファリーナだ。

腹ばいになってフェイスクレードルを調整し、首の凝った筋肉を揉んでくれる女性マッサージ師の指の動きに合わせて、意識して長々と息を吐いた。海から吹いてくる風で柔らかなシーツが腕の側面にすれ、おれは岩に砕けては引いていく穏やかな波の音に耳を傾けた。岩に砕けて引く。

岩に砕けて引く。

鳥が低い声で鳴き、プールからはウクレレの音が聞こえる。

来週には身分証明書とパスポートが届き、おれは正式に別人になる。ニコラス・デルフ。過去を練り上げて、生活するのに理想的な場所を探している。むろん家は何軒も持つことになるが、試すのは一度に一カ国と決めている。いまはベネズエラにいる。パスポートが手に入ったら、フランスのシャトーかカナダのモントランブラン郊外の山岳地帯も試してみようと考えている。

マイクのことで負った心の傷はまだ癒えていない。愛と憎しみの混じった苦い関係だったし、めまぐるしい状況の変化に中毒になってたんだと思う。ドラマを餌にしてる自覚もある。彼の仕事の危険性、彼の秘密、リリアンとの心理ゲーム――以前は満たされてた心に穴が開いている。気をまぎらすために、たくましいバックパッカーかビーチの神でも見つけるだろうけれど、それまでは、マイクと彼が警察についた嘘に、四億もの理由で感謝しよう――彼の嘘のおかげで、おれはあの地下室の騒動のあと無罪放免になったんだから。

「ミスタ・ナイト?」声のしたほうへ頭を向けると、ダークジーンズとセーターに身を包んだ男が見えた。

返事をしよう、もっとよく見えるように体の向きを変えようとした瞬間、後頭部に銃口を押しつけられて観念した。この休暇、新しい人生は……終わった。

謝辞

出版業界は公平な世界ではない。作品を制作して読者の手に届けるという作業の一員にすぎない私が、作者として、作品に対する反応を最大に受け取ることになるのだから。反応は好意的な場合もある――読者からのメールが増えたり、インスタグラムに本と五つの星と大きな太字のコメントを添えた素敵なフラットレイ写真の投稿が増えたり。批判的な場合もあるが、反応をいただけるのがありがたいことに変わりはない。裏方チームが高評価を目や耳にすることはほとんどなく、制作過程で彼らが大きな役割を果たしていることはたいてい悲しいぐらい過小評価される。

私には、この謝辞が彼らの尽力に多少なりとも光を当てる唯一の機会なので、全力を尽くさせていただきたい。

まず、出版業界で大好きな人、モーラ・ケイカセラ。私が自分の名義でロマンス小説を一冊書いただけで、まだ作家のほんの小さな芽にすぎなかったころ、モーラはエージェントとして庇護下に置いてくれた。イタリアワインのプロセッコを教えてくれて（言ったでしょ、私は無力だった！）、私のために戦ってくれた。彼女は優秀で果敢で励ましてくれるけれど、洞察力にも優れている――彼女の尽力と意見、アマゾン出版のインプリントであるトーマス＆マーサーに売り込んでくれたことに絶えず感謝している。

次に、メガ・パレクを始めとするトーマス＆マーサーのファミリー。*Every Last Secret* から始まったメガとのつきあいは、*The Good Lie* で深まり、本作に至る。今後まだ何作も続くことを願っている。私はまずおおまかなアイデアと大筋をメガに話し、彼女の助けを得てそのアイデアを固めたり改良したあとで実際にペンを取って書きはじめる。おそろしいことに私のペンはいつのまにか未知なる方向へ進み、彼女を巻き込んでしまうことも多いのだから、彼女は信じられないほど忍耐強くもある。私はいつか彼女の頭痛とストレスを減らし、正常に書き進めることのできる作家になることを誓う。ただ、何作書けばそうなれるかはわからない。

シャーロット・ハーシャーはトーマス＆マーサーのもうひとりの達人だ。これまで三作でお世話になっていて、言葉に関して重要な役目を果たしてくれている――プロットを引き締め、語り口を改良し、サスペンスを高め、人物像を深めるのに力を貸してくれる。とくに本作では、リリアンをリラックスさせたり、マイクを抑制したり、展開を減速させる多くの場面を削除したりするのに手を貸してくれた。本作のペースとリズムを気に入っていただけたとしたら、シャーロットとメガのおかげだ。

ご尽力くださった以下のかたがたにもお礼申し上げる。ケリー・オズボーンは言葉のねじれを正したり誤用を見つけたり、ひと言で言うと私が愚か者に見えないようにしてくれた。レイチェル・ハーバートは制作の推進を担当し、執筆の遅れや私の疑問に忍耐と寛容を持って対処してくれた。きれいな表紙はジェイムズ・イアコベッリのおかげだ。彼は本作のイメージを完璧にとらえ、私のアイデアと要望を取り入れてくれた。そして、まだ会う機会はないけれど、本作のフォーマット化や販売、マーケティング、制作にかかわってくださったトーマス＆マーサーの裏方チームのみなさんに。

出版業界以外では、つねに支え、我慢強くいてくれた家族にお礼を言いたい。家族がこんな巻末まで読むことはたぶんないと思うので、上手ではないまでもベニエを作ってあげたり、テレビのリモコンの完全支配権を与えたりという形で感謝を注ぎたい。そして、カウチで居眠りしてしまい、びくっとして目が覚めて、見逃したテレビ番組の内容を知りたがる私の姿を見る機会も与えようと思う。家族みんなを愛しているし、作家という仕事がもたらす一切合切を理解してくれることをありがたく思っている。

トリシア・クラウチにも心からの感謝を。私の正気を保ち、私のＳＮＳを存続させてくれて、架空の人物について実在の人たちのように話す私の声に耳を傾けてくれた。

末筆ながら、読者のみなさんに。感謝の言葉を読んでくれているとしたら、あなたが苦労して稼いだお金でこの小説を買い、時間を費やして各章を読み、巻末までたどり着いてくれたからだ。どうもありがとう。心から感謝します。私の著作の最新情報についてメールの受け取りを希望されるかたは、www.nextnovel.com の申し込みフォームよりご登録ください。

訳者あとがき

「夫婦は他人の集まり」という諺がある。周知のとおり、夫婦はもともと赤の他人だった者同士が結びついた関係にすぎないので不和になったり別れたりしてもしかたがないという意味で使われる。一方で、「夫婦は二世《にせ》」という言葉もある。夫婦の縁は現世だけでなく来世まで続くという仏教の説から来ており、夫婦は他人同士が自分たちの意思で家庭的な関係を作り上げていくものなのでさまざまな葛藤も生じるが、その分、来世まで続く強い絆で結ばれるという意味だそうだ。〝他人同士〟という点を基軸としながらも、まるで正反対の意味の言葉が存在するぐらい、夫婦はそれぞれにありようが異なるものなのだろう。

では、本書に登場する夫婦、リリアンとマイクの場合はどうだろう。結婚して十八年、高校生のひとり息子。妻に無関心な夫。一度は離婚を考えたものの、現実的ではないと断念した妻。一見、どこにでもいそうな倦怠期の中年夫婦の姿に思える。だが、マイクが浮気をしていると確信しはじめたリリアンが、具体的な証拠をつかむ前にマイクに疑惑をぶつけたことから、夫婦の状況も物語も大きく動きだす。マイクは、相手とはきっぱり別れると約束し、家庭に戻ろうとする。だが、そんな虫のいい話をやすやすと受け入れたくないリリアンは、カフェで声をかけてきた年下の男デイヴィッドと軽口を交わすうち、訃報記事の記者という仕事で知りえたばかりの故人の名前（テイラー）を思わず名乗ってしまう。〝下り坂の人生に焦燥と憤りを募らせていたこともあり、デイヴィッドが関心を寄せてくれることにリリアンは有頂天だった。親友のサムにたしなめられても、テイラーになりきって彼との逢瀬を重ね、マイクに隠して二重生活を送るうちに、自分とはまったくちがう人生を謳歌するようになっていった。ところが、思いもよらない形でデイヴィッドとの関係があばかれるや、そこから波紋が広がって……

こう紹介するといかにもロマンス小説の筋書きのようだが、ときに語り手を変えながら進められる物語は、冒頭からカウントダウンの始まっている〝死〟が訪れて以降はサスペンス色を帯び、怒濤の展開で登場人物たちの別の顔が次々と見えてきて、それまで隠れていた驚愕の真実が明らかになっていく。さりげなく鏤められた小さな違和感はさりげなくみごとに回収され、予想もしなかった結末へとたどり着く。

作者のA・R・トーレは、謝辞のなかで本人も記しているとおり、本名のアレッサンドラ・トーレ名義でロマンス小説を多数書いてきた。その後サスペンス長篇を書きはじめ、本作で二〇二三年のエドガー賞（アメリカ探偵作家クラブ賞）オリジナルペイパーバック部門にノミネートされた。

トーレは執筆を続けるかたわら、インディーズ作家の育成や活動を支援するためのインターネットサイトを立ち上げたり、原稿の評価プロセスにＡＩ技術を活用するという考えに賛同してサイトの創設者に名前を連ねたりと、後進のために精力的に行動している。

なお、本書の刊行された二〇二二年時点でツイッター社はまだ存在しており、作中の表記どおり訳文でも〝ツイッター〟とさせていただいた。

二〇二五年二月

訳者略歴　神戸市外国語大学英米学科卒，英米文学翻訳家　訳書『ハリウッドの悪魔』ワイス,『捜索者』フレンチ,『ベルリンに堕ちる闇』スカロウ，『拮抗』フランシス，『密航者』マレイ＆ウェアマウス（以上早川書房刊）他多数

HM=Hayakawa Mystery
SF=Science Fiction
JA=Japanese Author
NV=Novel
NF=Nonfiction
FT=Fantasy

家族《かぞく》のなかの見知《みし》らぬ人《ひと》

〈HM㉗-1〉

二〇二五年三月 十 日　印刷
二〇二五年三月十五日　発行
（定価はカバーに表示してあります）

著　者　A・R・トーレ
訳　者　北《きた》野《の》寿《す》美《み》枝《え》
発行者　早川　浩
発行所　株式会社　早川書房
郵便番号　一〇一－〇〇四六
東京都千代田区神田多町二ノ二
電話　〇三－三二五二－三一一一
振替　〇〇一六〇－三－四七七九九
https://www.hayakawa-online.co.jp
乱丁・落丁本は小社制作部宛お送り下さい。
送料小社負担にてお取りかえいたします。

印刷・株式会社亨有堂印刷所　製本・株式会社フォーネット社
Printed and bound in Japan
ISBN978-4-15-186551-0 C0197

本書は活字が大きく読みやすい〈トールサイズ〉です。